（典藏版）

百部国学传世经典

中华国学经典盛宴／获取先贤核心智慧

世说新语

【南北朝】刘义庆／著

林少华／主编

漓江出版社

图书在版编目（CIP）数据

世说新语 /（南北朝）刘义庆著；林少华主编. --
桂林：漓江出版社，2017. 8
（百部国学传世经典）
ISBN 978-7-5407-8230-6
Ⅰ. ①世… Ⅱ. ①刘… ②林… Ⅲ. ①笔记小说-中
国-南朝时代 Ⅳ. ①I242. 1
中国版本图书馆 CIP 数据核字(2017)第 197195 号

世说新语

作　　者　【南北朝】刘义庆　著
主　　编　林少华

策划统筹　陈植武　林晓鸿
责任编辑　魏志明
助理编辑　秦瑜蔓

出 版 人　刘迪才
出版发行　漓江出版社
社　　址　广西桂林市南环路 22 号
邮　　编　541002
网　　址　www. lijiangbooks. com
印　　制　北京飞达印刷有限责任公司
开　　本　710 mm×1000 mm　1/16
印　　张　30
字　　数　570 千字
版　　次　2017 年 8 月第 1 版
印　　次　2022 年 9 月第 4 次印刷
书　　号　ISBN 978-7-5407-8230-6
定　　价　45. 00 元

前言

中华民族有着数千年的文明历史，创造了光辉灿烂的古代文化，其中中国传统国学是我国辉煌灿烂的文化典籍的核心部分，它博大精深、源远流长，显示出中华文化的深厚根基，给人类留下了丰富的精神财富。它是我们炎黄子孙的文化精髓，它塑造了我们中华民族的民族精神，是培育民族精神的重要资源。它开启心智，滋润生命，陶冶人格，塑造灵魂。

开卷有益，忙碌的人们闲暇之时，应该用传统国学来陶冶自己的情操，开阔自己的心胸，提高自己的人文修养，用先人的哲思来涤荡自己忙碌的心灵。我们应该坚持阅读的爱好，在潮流文化的强大攻势下，让传统文化永驻我们的心田。“复兴国学，从根本上讲，是复兴中华民族的自尊心、自信心。”我们要甄选传世经典著作中最经典的部分来读，要以开放的胸襟和燃烧的激情去承接古人的经典大论与哲思华章，以自豪而不狂妄、执着而不僵化的精神风貌来直面当今社会的竞争与挑战。

为了弘扬中国传统文化，帮助读者深刻了解我们的历史与文化，用经典历史文学知识陶冶情操、提高文化修养，同时使国学得到承传，得以弘扬光大，我们精心编排了本书。为了便于读者理解和领会古代先贤的思想与精神，我们在文章中选取了与正文相契合的插画，将插画与正文有机地结合在一起，可大大增加读者的阅读趣味。

本书选取了国学经典著作中很多优秀的作品及资料，博采各类经典作品的长处，并有所创新，以使得本书风格迥异、卓然超群，相信会给读者带来全新感受。

由于时间仓促，书中难免有不尽之处，恳请读者朋友们提出宝贵意见，在此深表谢意。

目录

德行第一

原文

陈仲举言为士则，行为世范①。登车揽辔，有澄清天下之志②。为豫章太守，至，便问徐孺子所在，欲先看之。主簿白："群情欲府君先入廨③。"陈曰："武王式商容之闾，席不暇暖④。吾之礼贤，有何不可！"

注释

①陈仲举，名蕃，字仲举，东汉桓帝末年任太傅。当时宦官专权，他与大将军窦武谋诛宦官，未成，反被害。

②登车揽辔：坐上车子，拿起缰绳。这里指走马上任。揽，拿住。辔，牲口的嚼子和缰绳。

③主簿：官名，主管文书簿籍，是属官之首。白：陈述；禀报。府君：对太守的称呼。太守办公的地方称府，所以称太守为府君。廨（xiè）：官署；衙门。

④式商容之闾：在商容居住的里巷门外立标志来表彰他。式，通轼，驾车前往探望。商容，商纣时的大夫，当时被认为是贤人。闾，指里巷。

译文

陈仲举的言论和行为是读书人的准则，是世人的模范。他初次做官，就有志革新国家政治。出任豫章太守时，一到郡，就打听徐孺子的住处，想先去拜访他。主簿禀报说："大家的意思是希望府君先进官署视事。"陈仲举说："周武王刚战胜殷，垫席都没坐暖，顾不上休息就去商容的住处表示敬意。我尊敬贤人，不先进官署，又有什么不可以呢！”

原文

周子居常云：“吾时月不见黄叔度，则鄙吝之心已复生矣[①]！”

注释

①时月：时日。黄叔度：名宪，字叔度，出身贫寒，有德行，得到时人赞誉。

译文

周子居常说：“我有一段时间见不到黄叔度，庸俗鄙漏吝啬的想法就又滋长起来了！”

原文

郭林宗至汝南，造袁奉高，车不停轨，鸾不辍轭[①]；诣黄叔度，乃弥日信宿。人问其故，林宗曰：“叔度汪汪如万顷之陂，澄之不清，扰之不浊，其器深广，难测量也。”

注释

①郭林宗：名泰，字林宗，东汉人，博学有德，为时人所重。造：到……去，造访。袁奉高：名阆（làng），字奉高，和黄叔度同为汝南郡慎阳人，多次辞谢官府任命，也很有名望。曾为汝南郡功曹，后为太尉属官。郭泰说他的才德像小溪，

虽清，却容易舀起来。“车不”两句：车不停轨、鸾不辍轭两句同义，指车子不停留，这里形容下车时间短暂。轨，车轴的两头，这里指车轮。鸾，装饰在车上的铃子，这里指车子。轭，架在牲口脖子上的曲木。

译文

郭林宗到了汝南郡，去拜访袁奉高，见面一会儿就走了；去拜访黄叔度，却留宿一两天。别人问他什么原因，他说：“叔度好比万顷的湖泊那样宽阔、深邃，不可能澄清，也不可能搅浑，他的气量又深又广，是很难测量的呀！”

原文

李元礼风格秀整，高自标持，欲以天下名教是非为己任①。后进之士，有升其堂者，皆以为登龙门②。

注释

①李元礼：名膺，字元礼，东汉人，曾任司隶校尉。当时朝廷纲纪废弛，他却独持法度，以声名自高。

②升其堂：登上他的厅堂，指有机会接受教诲。龙门：在山西省河津市西北，那里水位落差很大，传说龟鱼不能逆水而上，能游上去的会变成龙。

译文

李元礼风度出众，品性端庄，自视甚高，他要把在全国推行儒家礼教、辨明是非看成自己的责任。后辈读书人有能得到他教诲的，都自以为登上了龙门。

原文

李元礼尝叹荀淑、钟皓曰:“荀君清识难尚,钟君至德可师①。”

注释

①荀淑:字季和,东汉颍川郡人,曾任朗陵侯相。他和钟皓(字季明)两人都以清高有德,名重当时。

译文

李元礼曾经赞叹荀淑和钟皓两人说:“荀君清高且识见高明,人们很难超过他;钟君有最美好的德行,却是可以学习的。”

原文

陈太丘诣荀朗陵,贫俭无仆役,乃使元方将车,季方持杖后从①。长文尚小,载著车中。既至,荀使叔慈应门,慈明行酒,馀六龙下食②。文若亦小,坐著膝前。于时太史奏:“真人东行③。”

注释

①陈太丘:陈寔,字仲弓,东汉时期官员、学者,因曾任太丘县长,故又称“陈太丘”。元方、季方都是陈寔的儿子,元方是长子,名纪,字元方;季方是少子,名谌,字季方。父子三人才德兼备,知名于时。下句的长文是陈寔的孙子陈群。

②应门：照管门户，指开门迎送宾客等事，这里指迎接。下食：上菜。

③太史：官名，主要掌管天文历法。真人：修真得道的人，此指德行最为高洁的人。关于“真人东行”一语，徐嘉锡氏以为“此盖好事者为之，本无可信之理。据《汉杂事》所载，殆时人钦重太丘名德，造作此言，与荀氏无与焉。”

译文

太丘县县长陈皇去拜访朗陵侯相荀淑，因为家贫、俭朴，没有仆役侍候，就让长子元方驾车送他，少子季方拿着手杖跟在车后。孙子长文年纪还小，就坐在车上。到了荀家，荀淑让叔慈迎接客人，让慈明劝酒，其余六个儿子管上菜。孙子文若也还小，就坐在荀淑膝上。这时候太史启奏朝廷说：“有品德高洁的真人往东去了。”

原文

客有问陈季方：“足下家君太丘，有何功德而荷天下重名[①]？”季方曰：“吾家君譬如桂树生泰山之阿，上有万仞之高，下有不测之深[②]；上为甘露所沾，下为渊泉所润。当斯之时，桂树焉知泰山之高、渊泉之深！不知有功德与无也！”

注释

①荷(hè)：担当；承受。

②仞(rèn)：长度单位，一仞为七八尺。

译文

有位客人问陈季方：“令尊太丘有哪些功勋和品德，因而在天下享有崇高的声望？”季方说：“我父亲好比生长在泰山一角的桂树，上有万仞高峰，下有深不可测的深渊;上受雨露浇灌,下受深泉滋润。在这种情况下,桂树怎么知道泰山有多高、深泉有多深呢!不知道父亲有没有功德啊!"

原文

陈元方子长文,有英才,与季方子孝先各论其父功德,争之不能决,咨于太丘①。太丘曰:"元方难为兄,季方难为弟②。"

注释

①咨:询问。

②按:这两句不会是陈寔的原话,因为父亲不会称呼儿子的字。

译文

陈元方的儿子陈长文,有杰出的才能,他和陈季方的儿子陈孝先各自论述自己父亲的事业和品德,两人争执不下,便去问祖父太丘长陈寔。陈寔说:"元方很难当哥哥,季方也很难当弟弟,两人差不多。"

原文

荀巨伯远看友人疾,值胡贼攻郡,友人语巨伯曰:"吾今死矣,子可去!"①巨伯曰:"远来相视,子令吾去;败义以求生,岂荀巨伯所行邪!"贼既至,谓巨伯曰:"大军至,一郡尽空,汝何男子,而敢独止?"巨伯曰:"友人有疾,不忍委之,宁以我身代友人命。"贼相谓曰:"我辈无义之人,而入有义之国!"遂班军而还,一郡并获全②。

注释

①胡：古时西方、北方各少数民族统称胡。子：对对方的尊称，相当于"您"。

②班军：班师；出征的军队调回去。

译文

荀巨伯到远处探望朋友的病，正好碰上外族强盗攻打郡城，朋友对巨伯说："我这下活不成了，您可以走了！"巨伯说："我远道来看您，您却叫我走；损害道义来求活命，这难道是我荀巨伯干的事吗！"强盗进了郡城，对巨伯说："大军到了，全城的人都跑光了，你是什么样的男子汉，竟敢一个人留下来？"巨伯说："朋友有病，我不忍心扔下他，宁愿我自己代朋友去死。"强盗听了互相议论说："我们这些不讲道义的人，却侵入有道义的国家！"于是就把军队撤回去了，全城也因此得以保全。

原文

华歆遇子弟甚整，虽闲室之内，严若朝典[①]。陈元方兄弟恣柔爱之道[②]。而二门之里，两不失雍熙之轨焉[③]。

注释

①华歆：字子鱼，东帝时任尚书令，入魏后官至司徒，封博平侯，依附曹操父子。闲室：静室，这里指家庭。朝典：朝廷的礼仪。

②柔爱：和睦、友爱。

③轨：法则，准则。

译文

华歆对待子弟很严肃，虽然是在家里，礼仪也像在朝廷上那样庄敬严肃。陈元方兄弟却是尽量实行和睦友爱的办法。但是两个家庭内部，都没有失掉和睦安乐的治家准则。

原文

管宁、华歆共园中锄菜，见地有片金，管挥锄与瓦石不异，华捉而掷去之①。又尝同席读书，有乘轩冕过门者，宁读如故，歆废书出看②。宁割席分坐，曰："子非吾友也。"

注释

①管宁：字幼安，汉末魏人，管仲的后人，自幼好学，饱读经书，一生不慕名利。捉：握，拿。掷：扔，抛。

②宁、歆：上文称管，这里称宁，同指管宁；上文称华，这里称歆，同指华歆。古文惯例，人名已见于上文时，就可以单称姓或名。

译文

管宁和华歆一同在菜园里刨地种菜，看见地上有一小片金子，管宁不理会，举锄锄去，跟锄掉瓦块石头一样，华歆却把金子捡起来再扔出去。还有一次，两人同坐在一张坐席上读书，有达官贵人坐车从门口经过，管宁照旧读书，华歆却放下书本跑出去看。管宁就割开席子，分开座位，说道："你不是我的朋友。"

原文

王朗每以识度推华歆[①]。歆蜡日尝集子侄燕饮,王亦学之[②]。有人向张华说此事,张曰:"王之学华,皆是形骸之外,去之所以更远[③]。"

注释

①识度:识见、气度。

②蜡(zhà):祭祀名,古代一种年终祭祀,在十二月合祭万物之神。

③形骸:指人的身体。

译文

王朗常常在识见和气度方面推崇华歆。华歆曾经在蜡祭那天把子侄聚到一起宴饮,王朗也学他的做法。有人向张华说到这事,张华说:"王朗学华歆,都是学些表面的东西,因此距离华歆越来越远。"

原文

华歆、王朗俱乘船避难,有一人欲依附,歆辄难之[①]。朗曰:"幸尚宽,何为不可?"后贼追至,王欲舍所携人。歆曰:"本所以疑,正为此耳。既已纳其自托,宁可以急相弃邪[②]!"遂携拯如初。世以此定华、王之优劣。

注释

①避难(nàn):这里指躲避汉魏之交的动乱。

②纳其自托:接受了他托身的请求,指同意他搭船。

译文

华歆、王朗一同乘船避难,有一个人想搭他们的船,华歆马上对这一要求表示为难。王朗说:“好在船还宽,为什么不行呢?”后来强盗追来了,王朗就想甩掉那个搭船人。华歆说:“我当初犹豫,就是为的这一点呀。已经答应了他的请求,怎么可以因为情况紧迫就抛弃他呢!”便仍旧带着那个搭船人并帮助他。世人凭这件事来判定华歆和王朗的品性优劣。

原文

王祥事后母朱夫人甚谨①。家有一李树,结子殊好,母恒使守之②。时风雨忽至,祥抱树而泣。祥尝在别床眠,母自往暗斫之;值祥私起,空所得被③。既还,知母憾之不已,因跪前请死。母于是感悟,爱之如己子。

注释

①王祥:字休征,魏晋时人,是个孝子。因为侍奉后母,年纪很大才进入仕途,官至太常、太保。

②守:守护。指防止风雨鸟雀糟蹋。

③私：小便。

译文

王祥侍奉后母朱夫人非常恭敬小心。他家有一棵李树，结的李子特别好，后母一直派他看管着。有时风雨忽然来临，王祥就抱着树哭泣。有一次，王祥在另一张床上睡觉，后母亲自去暗杀他；正好碰上王祥起夜出去了，只砍着空被子。王祥回来后，知道后母为这事遗憾不止，便跪在后母面前请求处死自己。后母因此受到感动而醒悟过来，从此就当亲生儿子那样爱他。

原文

晋文王称阮嗣宗至慎[1]，每与之言，言皆玄远，未尝臧否人物[2]。

注释

①阮嗣宗：阮籍，字嗣宗，魏代人，竹林七贤之一，是著名的文学家。对司马氏的黑暗统治抱消极抵抗的态度，谈玄学，纵酒，不议论别人，行为狂放，不拘礼法。

②臧否：褒贬，评论。

译文

晋文王称赞阮嗣宗是最谨慎的，每逢和他谈话，他的言辞都很奥妙深远，未曾评论过别人的短长。

原文

王戎云:“与嵇康居二十年[1],未尝见其喜愠之色。”

注释

①王戎:字濬冲,西晋名士、官员,受命征伐吴国,吴国平定后,封爵安丰侯。“竹林七贤”之一。嵇(jī)康:字叔夜,任魏朝中散大夫,世称嵇中散,与阮籍等称竹林七贤,为人内心谨慎,而行为狂放,崇尚老庄哲学,借以反对司马氏的黑暗统治,后遭诬害,被司马昭处死。

译文

王戎说:“和嵇康相处二十年,未曾看见过他有喜怒的表情。”

原文

王戎、和峤同时遭大丧,俱以孝称[1]。王鸡骨支床,和哭泣备礼[2]。武帝谓刘仲雄曰:“卿数省王、和不[3]?闻和哀苦过礼,使人忧之。”仲雄曰:“和峤虽备礼,神气不损;王戎虽不备礼,而哀毁骨立[4]。臣以和峤生孝,王戎死孝。陛下不应忧峤,而应忧戎。”

注释

①和峤:字长舆,西晋初年大臣,累迁颍川太守,为政清廉,享盛名于朝野,深得百姓颂赞。后任中书令,很受晋武帝器重。

②鸡骨支床：指骨瘦如柴，意同下文的哀毁骨立。

③刘仲雄：名毅，字仲雄，为人刚直，任司隶校尉、尚书左仆射。卿：君称臣为卿。数（shuò）：屡次；经常。省（xǐng）：探望。不：同否。

④哀毁骨立：形容悲哀过度，瘦弱不堪，剩个骨架立着。

译文

王戎、和峤同时遭到大丧，都因为尽孝得到赞扬。王戎骨瘦如柴；和峤哀痛哭泣，礼仪周到。晋武帝对刘仲雄说道："你经常去探望王戎、和峤吗？听说和峤过于悲痛，超出了礼法常规，真令人担忧。"仲雄说："和峤虽然礼仪周到，精神状态没有受到损伤；王戎虽然礼仪不周，可是伤心过度，伤了身体，骨瘦如柴。臣认为和峤是生孝，王戎是死孝。陛下不应为和峤担忧，而应该为王戎担忧。"

原文

梁王、赵王，国之近属，贵重当时[①]。裴令公岁请二国租钱数百万，以恤中表之贫者[②]。或讥之曰："何以乞物行惠？"裴曰："损有馀，补不足，天之道也[③]。"

注释

①梁王、赵王：梁王，司马肜（róng），司马懿的儿子。晋武帝（司马懿的孙子）即位后，封梁王，后任征西大将军，官至太宰。赵王，司马伦，司马懿的儿子。晋武帝时封赵王，晋惠帝时起兵反，自为相国，又称皇帝，后败死。

②二国：指梁王、赵王两人的封国。国是侯王的封地。恤：周济。中表：指

中表亲，跟父、母的兄弟姐妹的子女之间的亲戚关系。

③天之道：自然法则；天理。

译文

梁王和赵王是皇帝的近亲，贵极一时。中书令裴楷请求他们两个封国每年拨出赋税钱几百万来周济皇亲国戚中那些贫穷的人。有人指责他说："为什么向人讨钱来做好事？"裴楷说："破费有余的来补助欠缺的，这是天理。"

原文

王戎云："太保居在正始中，不在能言之流①。及与之言，理中清远②。将无以德掩其言③！"

注释

①正始：三国时魏帝曹芳年号。能言：指能清谈。魏晋时士大夫崇尚清谈，主张不务实际，专谈玄理，这形成了一种风气。

②理中：恰当的义理；正理。

③将无：恐怕，用来表示猜测而意思偏于肯定。

译文

王戎说："太保处在正始年代，不属于擅长清谈的那一类人。等到和他谈论起来，原来义理清新深远。他不以能言见称，恐怕是崇高的德行掩盖了他的善谈吧！"

原文

王安丰遭艰，至性过人①。裴令往吊之，曰："若使一恸果能伤人，濬冲必不免灭性之讥②。"

注释

①王安丰：即王戎，王濬冲。艰：父母丧。至性：纯真的天性。

②灭性：指因为哀伤过度而毁灭性命。

译文

安丰侯王濬冲在服丧期间，哀毁之情超过一般人。中书令裴楷去吊唁后，说道："如果一次极度的悲哀真能伤害人的身体，那么濬冲一定免不了会被指责为不要命。"

原文

王戎父浑，有令名，官至凉州刺史①。浑薨，所历九郡义故，怀其德惠，相率致赙数百万，戎悉不受②。

注释

①刺史：晋代全国分若干个州，州的最高行政长官称刺史。

②义故：义从和故吏。指自愿受私人招募从军的官佐和旧部下。赙(fù)：送给别人办丧事的财物。

译文

王戎的父亲王浑，很有名望，官职做到凉州刺史。王浑死后，他在各州郡做官时的随从和旧部下，怀念他的恩惠，相继凑了几百万钱送给王戎做丧葬费，王戎一概不收。

原文

刘道真尝为徒，扶风王骏以五百匹布赎之[①]；既而用为从事中郎[②]。当时以为美事。

注释

①赎：用财物来抵消罪过，解除刑罚。

②从事中郎：官名，大将军府的属官，主管文书、谋划。

译文

刘道真原来是个罚服劳役的罪犯，扶风王司马骏用五百匹布来替他赎罪；不久又任用他做从事中郎。当时人们都认为这是值得称颂的事。

原文

王平子、胡毋彦国诸人，皆以任放为达，或有裸体者[①]。乐广笑曰："名教中自有乐地，何为乃尔也！"[②]

注释

①胡毋彦国：姓胡毋，名辅之，字彦国，曾任湘州刺史。任放：任性放纵，指行为放纵，不拘礼法。据刘孝标注所引的王隐《晋书》说，这些人"去巾帻，脱衣服，露丑恶，同禽兽。甚者名之为通，次者名之为达也。"。

②乐广：字彦辅，历任河南尹、尚书令，名望很高，说话得体，能宽恕人。

译文

王平子、胡毋彦国等人都以放荡不羁为旷达，有时还有人赤身露体。乐广笑着说："名教中自有令人快意的境地，为什么偏要这样做呢！"

原文

郗公值永嘉丧乱，在乡里，甚穷馁[①]。乡人以公名德，传共饴之[②]。公常携兄子迈及外生周翼二小儿往食。乡人曰："各自饥困，以君之贤，欲共济君耳，恐不能兼有所存。"公于是独往食，辄含饭著两颊边，还吐与二儿。后并得存，同过江[③]。郗公亡，翼为剡县，解职归，席苫于公灵床头，心丧终三年[④]。

注释

①郗公：郗鉴，字道徽，东晋书法家、将领，以清节儒雅著名。永嘉丧乱：晋怀帝永嘉年间(公元307-312年)，正当八王之乱以后，政治腐败，民不聊生。至永嘉五年(公元311年)，在山西称帝的匈奴贵族刘聪(国号汉)将领石勒、刘曜俘杀宰相王衍，攻破洛阳，俘怀帝，焚毁全城，史称永嘉之乱。

②传：轮流。饴(sì)：通"饲"，给人吃。

③过江：指渡过长江到江南。永嘉之乱，中原人士纷纷过江避难，后来镇守建康的琅琊王司马睿即帝位，开始了东晋时代。

④席苫（shān）：铺草垫子为席，坐、卧在上面。古时父母死了，就要在草垫子上枕着土块睡，叫做“寝苫枕块”。心丧：好像哀悼父母一样的做法而没有孝子之服。古时父母死，服丧三年；外亲死，服丧五个月。郗鉴是舅父，是外亲，周翼却守孝三年，所以称心丧。

译文

郗鉴在永嘉丧乱时期，住在家乡，生活很困难，经常挨饿。乡里因为他德高望重，便大家轮流供他饭吃。郗鉴经常带着哥哥的儿子郗迈和外甥周翼这两个小孩去吃。乡里说：“各家自己也穷困挨饿，只是因为您的贤德，想合伙接济您就是了，恐怕不能兼顾两个小孩。”郗鉴于是便单独去吃，吃完后总是两个腮帮子含满了饭，回来便吐出给两个小孩吃。后来都活了下来，一起到了江南。郗鉴死时，周翼正任剡县县令，他辞职回去，在郗鉴灵床前尽孝子礼，寝苫枕块，守孝足足三年。

原文

王子敬病笃，道家上章应首过①，问子敬：“由来有何异同得失？”子敬云：“不觉有馀事，唯忆与郗家离婚。”

注释

①王子敬：王献之，东晋著名书法家、画家、诗人，书圣王羲之第七子。上章：道士替人上表给天神，祈求消灾的迷信活动。据《晋书·王羲之传》：“王氏世事张氏五斗米道。”此处“道家”即五斗米道。信此道者有病，则使处静室中思过。

译文

王献之病重，道家上章照例要病人思过，便问王献之："你这一生做过什么不大对劲儿的事？"王献之说："没觉得有什么事，唯与郗家姑娘离婚，叫人耿耿难忘。"

原文

殷仲堪既为荆州，值水俭，食常五碗盘，外无馀肴。饭粒脱落盘席间，辄拾以啖之。虽欲率物，亦缘其性真素。每语子弟云："勿以我受任方州[①]，云我豁平昔时意。今吾处之不易。贫者士之常，焉得登枝而捐其本？尔曹其存之。"

注释

①方州：大州，指荆州。荆州在东晋时为重镇。

译文

殷仲堪任荆州刺史后，赶上水灾减产。为此他每餐饭菜只上五碗盘，此外再无别的菜肴。饭粒掉在桌或席子上，就拾起来吃掉。他这么做虽然是要为人表率，但也是出于他天性率真自然。他常常对子弟们说："不要以为我受任大州的刺史，就可以大畅平生之志了。如今我处在这个位置上不容易。清贫是士人的本分，怎能因身居高位就忘了本色？你们要好好记住。"

原文

初，桓南郡、杨广共说殷荆州，宜夺殷觊南蛮以自树。觊亦即晓其旨，尝因行散，率尔去下舍，便不复还[①]。内外无预知者。意色萧然，远同斗生之无愠。时论以此多之。

注释

①行散：晋人喜服五石散，服后须出门散步，以散发药性，称为行散。

译文

当初，桓玄、杨广一起劝殷仲堪把殷觊的南蛮校尉夺过来，安排自己的人。殷觊也知殷仲堪的心事，便借着行散，快速离开了官邸，再也没回来。离去之前，内外谁也不知道；他的神态安然，像古时子文那样没有怒色。当时舆论因此而称赞他。

原文

王仆射在江州，为殷、桓所逐，奔窜豫章，存亡未测[①]。王绥在都，既忧戚在貌，居处饮食，每事有降。时人谓为试守孝子。[②]

注释

①王仆射(yè)：王愉，字茂和，于公元398年任江州刺史。江州：西晋分荆、扬二州地。因江水之名而置江州。治所在豫章，后移浔阳，历代为兵家必争之地。殷、桓：殷仲堪、桓玄。

②王绥：字彦猷，王愉的儿子。试守：犹试用。

译文

王愉任江州刺史，被殷仲堪、桓玄所逐，奔逃到豫章，生死不明。他的儿子王绥在都城，满面忧戚，日常饮食，都有所减少。当时人称之为“试守孝子”。

原文

桓南郡既破殷荆州①，收殷将佐十许人，咨议罗企生亦在焉。桓素待企生厚，将有所戮，先遣人语云：“若谢我，当释罪。”企生答曰：“为殷荆州吏，今荆州奔亡，存亡未判，我何颜谢桓公？”既出市，桓又遣人问欲何言。答曰：“昔晋文王杀嵇康，而嵇绍为晋忠臣。从公乞一弟以养老母。”桓亦如言宥之。桓先曾以一羔裘与企生母胡。胡时在豫章，企生问至，即日焚裘。

注释

①桓南郡：桓玄。殷荆州：殷仲堪。隆安三年十二月。桓玄袭破江陵，杀殷仲堪。

译文

桓玄攻败荆州刺史殷仲堪，俘虏了殷的部下将佐十余人，咨议参军罗企生也在其中。桓玄一向对罗企生很好，将要处决一批俘虏时，事先派人对他说：“如向我谢罪，就放了你。”罗企生回答：“我是荆州殷史的部下，如今他逃亡，生死不知，我有何面目向桓公谢罪？”待被带入刑场，桓玄又派人问他有什么遗言。他说：“过去晋文王杀了嵇康，而嵇绍却成为晋的忠臣。请桓公留下我的弟弟养活老母。”桓玄根据他的请求，赦免了他的弟弟。在此之前，桓玄曾赠罗企生的母亲胡夫人一件羊羔皮裘。这时，胡夫人正在豫章，得到罗企生被害的消息，当天便烧了皮裘。

原文

王恭从会稽还，王大看之①。见其坐六尺簟，因语恭："卿东来，故应有此物，可以一领及我②。"恭无言。大去后，即举所坐者送之。即无馀席，便坐荐上。后大闻之甚惊，曰："吾本谓卿多，故求耳。"对曰："丈人不悉恭，恭作人无长物③。"

注释

①王恭：字孝伯，东晋重臣。会稽：古县名（今浙江绍兴），在晋都建康（今南京市）之东方。王大：王恭的族叔王忱。

②一领：一张。

③长（cháng）：多余，剩余。

译文

王恭从会稽回来，王忱去看他，见他坐着六尺见方的竹席，便说："你从东边来，所以应该有这种竹席，给我来一张。"王恭没说话。王忱走后，王恭便把所坐的席子送去了。他再无多余的席子，便坐草垫子。后来王忱知道了，极为惊讶，说："我本来以为你多，所以和你要。"王恭回答："你不了解我，我一般不留多余之物。"

原文

吴郡陈遗，家至孝。母好食铛底焦饭，遗作郡主簿①，恒装一囊，每煮食辄贮录焦饭，归以遗母。后值孙恩贼出吴郡，袁府君即日便征②。遗已聚敛得数斗焦饭，未展归家，遂带以从军。战于沪渎，败，军人溃散，逃走山泽，皆多饥死，遗独以焦饭得活。时人以为纯孝之报也。

注释

①主簿:郡县的属官。

②袁府君:袁山松,时为吴郡太守。孙恩攻沪渎城,山松固守,城陷而死。府君,为郡太守的尊称。

译文

吴郡人陈遗在家极孝。母亲爱吃锅底焦饭,在任郡主簿时,他常带一个口袋,每次煮饭,都把焦饭收集起来,回家时带给母亲。后来孙恩窜入吴郡地区,太守袁山松当天便带兵出征。陈遗已收集了好几斗焦饭,来不及送回家,便带着随军出征。两军战于沪渎城,官军失败。士兵们溃散,逃入深山水泽之中的,大多都饿死了,唯有陈遗靠焦饭活了下来。当时人们认为这是他极孝的好报。

原文

孔仆射为孝武侍中,豫蒙眷接①。烈宗山陵,孔时为太常②。形素羸瘦,著重服,竟日涕泗流涟。见者以为真孝子。

注释

①侍中:官名。侍从皇帝左右,出入宫廷。

②太常:官名。九卿之一,掌宗庙礼仪,兼掌选试博士。

译文

孔安国任侍中时,得晋孝武帝厚爱。孝武帝死时,孔安国任太常。他的身体向来瘦弱,这时穿着重孝服,整日鼻涕眼泪不止,见了他的人都说他是真孝子。

原文

吴道助、附子兄弟居在丹阳郡①,后遭母童夫人艰,朝夕哭临。及思至②,宾客吊省,号踊哀绝,路人为之落泪。韩康伯时为丹阳尹,母殷在郡,每闻二吴之哭,辄为凄恻。语康伯曰:汝若为选官,当好料理此人。康伯亦甚相知。韩后果为吏部尚书,大吴不免哀制,小吴遂大贵达。

注释

①丹阳:今安徽宣城市。

②思至:据李慈铭,疑周忌之误。

译文

吴坦之、吴隐之兄弟住在丹阳,遭遇母亲童夫人去世,两兄弟朝夕哭泣。到周忌(头七)那天,客人前来吊唁。两兄弟号哭哀痛,路人听了也为之落泪。当时韩康伯任丹阳尹,母亲殷夫人住在署衙中,每当听到二吴的哭声,心里就难过。她对康伯说:"你若当了选官,应该好好安排这两人。"康伯对二吴也极有好感。后来韩康伯果真当了吏部尚书。大吴因丧过哀死去,小吴便在韩康伯提携下从此飞黄腾达起来。

言语第二

原文

徐孺子年九岁，尝月下戏，人语之曰：“若令月中无物①，当极明邪？”徐曰：“不然。譬如人眼中有瞳子，无此必不明。”

注释

①若令：如果，假使。物：指人和事物。神话传说月亮里有嫦娥、玉兔、桂树等。

译文

徐孺子九岁时，有一次在月光下玩耍，有人对他说：“如果月亮里面什么也没有，会更加明亮吧？”徐孺子说：“不是这样。譬如人的眼睛里有瞳仁，如果没有它，眼睛就一定不会明亮了。”

原文

孔文举年十岁[①]，随父到洛。时李元礼有盛名，为司隶校尉，诣门者皆俊才清称及中表亲戚乃通[②]。文举至门，谓吏曰："我是李府君亲[③]。"既通，前坐。元礼问曰："君与仆有何亲？"对曰："昔先君仲尼与君先人伯阳有师资之尊[④]，是仆与君奕世为通好也[⑤]。"元礼及宾客莫不奇之。太中大夫陈韪后至，人以其语语之，韪曰："小时了了[⑥]，大未必佳。"文举曰："想君小时，必当了了。"韪大踧踖[⑦]。

注释

①孔文举：孔融，字文举，孔子第二十世孙，汉代末年名士、文学家，历任北海相、少府、太中大夫等职。曾多次反对曹操，被曹操借故杀害。

②清称：有清高的称誉的人。

③李府君：李元礼曾任渔阳太守，所以称李府君。

④先君：祖先，与下文"先人"同。仲尼：孔子，名丘，字仲尼。伯阳：老子，姓李，名耳，字伯阳。师资：这里指孔子曾向老子请教过礼制的事。

⑤奕世：累世，世世代代。

⑥了了：聪明，明白通晓。

⑦踧踖：局促不安的样子。

译文

孔文举十岁时，随父亲到了洛阳。当时李元礼有很高的名望，任司隶校尉，登门拜访的都得是才子名流和内外亲属才给通报。孔文举来到他家，对守门小吏说："我是李府君的亲戚。"通报后，入门就座。元礼问道："您和我有什么亲戚关系呢?”孔文举回答道:“古时候我的祖先仲尼曾经向您的祖先伯阳求教,所以我和您算是老世交了。”李元礼和宾客们无不赞赏他的聪明过人。太中大夫陈韪来得晚一些,人们就把孔文举的话告诉了他,陈韪说:“小时候聪明伶俐,长大了未必出众。”文举应声说:“想来您小的时候,一定很聪明了。”陈韪听了,非常尴尬。

原文

孔文举有二子,大者六岁,小者五岁。昼日父眠,小者床头盗酒饮之,大儿谓曰:“何以不拜[①]?”答曰:“偷,那得行礼!”

注释

①何以不拜:酒是礼仪中必备的东西,所以大儿说饮酒前要拜。下文小儿则以为偷东西本身就不合乎礼,而拜是一种表敬意的礼节,所以不能拜。

译文

孔文举有两个儿子,大的六岁,小的五岁。有一次孔文举白天睡觉,小儿子就到床头偷酒来喝,大儿子对他说:“喝酒为什么不先行礼呢?”小的回答说:“偷来的,怎么能行礼!”

原文

孔融被收[①],中外惶怖。时融儿大者九岁,小者八岁,二儿故琢钉戏[②],了无遽容[③]。融谓使者曰:“冀罪止于身,二儿可得全不?”儿徐进曰:“大人岂见覆巢之下复有完卵乎[④]?”寻亦收至。

注释

①孔融被收：这里指孔融被曹操逮捕一事。

②琢钉戏：一种小孩玩的游戏。

③遽容：恐惧的神色。

④完：完整。这句话比喻主体倾覆，依附的东西不能幸免，必受株连。

译文

孔融被捕，朝廷内外都很惊恐。当时，孔融的儿子大的九岁，小的八岁。两个孩子仍然在玩琢钉游戏，没有一点恐惧的样子。孔融对前来逮捕他的差使说："希望只加罪于我个人，两个孩子能否保全性命呢？"这时，孩子们从容地说："父亲难道看见过打翻的鸟巢下面还有完整的鸟蛋吗？"不久，两个孩子也被抓了起来。

原文

颍川太守髡陈仲弓[1]。客有问元方[2]："府君何如？"元方曰："高明之君也。""足下家君何如？"曰："忠臣孝子也。"客曰："《易》称：'二人同心，其利断金；同心之言，其臭如兰。'何有高明之君，而刑忠臣孝子者乎？"元方曰："足下言何其谬也！故不相答。"客曰："足下但因伛为恭，而不能答[3]。"元方曰："昔高宗放孝子孝己[4]，尹吉甫放孝子伯奇[5]，董仲舒放孝子符起[6]。唯此三君，高明之君；唯此三子，忠臣孝子。"客惭而退。

注释

①陈仲弓:即陈寔。

②元方:陈寔的儿子陈纪。

③"足下但因"二句:是说元方回答不了,就说不值得回答,正好比一个驼背的人直不起腰来,却假装是对人表示恭敬才弯下腰一样。

④孝己:武丁的儿子,他侍奉父母最孝顺,后来武丁受后妻的迷惑,把孝己放逐致死。

⑤尹吉甫:西周宣王时重臣。

⑥董仲舒:西汉人,曾任江都相、胶西王相。

译文

颍川太守对陈仲弓施行了髡刑。有位客人问陈仲弓的儿子元方说:"太守这个人怎么样?"元方说:"是个高明的人。"又问:"您父亲怎么样?"元方说:"是个忠臣孝子。"客人说:"《易经》上说:'二人同心,其利断金;同心之言,其臭如兰。'那么,怎么会有高明的人惩罚忠臣孝子的事呢?"元方说:"您的话怎么这样荒谬啊!因此我不回答你。"客人说:"你不过是把驼背之躯当作恭敬之态,其实是不能回答罢了。"元方说:"从前高宗放逐了孝子孝己,尹吉甫放逐了孝子伯奇,董仲舒放逐了孝子符起。这三个做父亲的,恰恰都是高尚明智的人;这三个做儿子的,恰恰都是忠臣孝子。"客人听后,惭愧地走了。

原文

荀慈明与汝南袁阆相见[①],问颍川人士,慈明先及诸兄。阆笑曰:"士但可因亲旧而已乎?"慈明曰:"足下相难,依据者何经?"阆曰:"方问国士,而及诸兄,是以尤之耳[②]!"慈明曰:"昔者祁奚内举不失其子[③],外举不失其仇,以为至公。公旦《文王》之诗,不论尧、舜之德而颂文、武者,亲亲之义也。《春秋》之义[④],内其国而外诸夏[⑤]。且不爱其亲而爱他人者。不为悖德乎?"

注释

①荀慈明:荀爽,字慈明,东汉人,著述丰富,当时称为大儒。

②尤:指责,责问。

③祁奚:春秋时代晋国人,任中军尉(掌管军政的长官)。祁奚年老告退时,晋悼公问他接班人的人选,他推荐了他的仇人解狐。解狐未到任便死去。晋悼公又问祁奚,祁奚推荐自己的儿子祁午。大家称赞祁奚能推荐有才德的人。

④《春秋》:儒家经典之一,是春秋时代鲁国的史书,也是我国第一本编年体史书。

⑤诸夏:古时指属于汉民族的各诸侯国。

译文

荀慈明和汝南郡袁阆见面时,袁阆问起颍川有哪些德才出众之士,慈明首先就提到自己的几位兄长。袁阆讥笑他说:"有才德之士难道只能靠亲朋故旧来扬名吗?"慈明说:"您责备我,依据什么原则?"袁阆说:"我刚才问国士,你却讲自己的诸位兄长,因此我才责问你呀!"慈明说:"从前祁奚推荐人才时,对内不回避自己的儿子,对外不回避自己的仇人,人们认为他是最公正无私的。周公旦作《文王》时,不去叙说远古帝王尧、舜的德政,却歌颂周文王、周武王,这是符合爱自己的亲人这一大义的。《春秋》记事的原则是:把本国看成亲的,把诸侯国看成疏的。再说不爱自己的亲人而爱别人的这种做法,岂不是违反了道德准则吗?"

原文

祢衡被魏武谪为鼓吏①。正月半试鼓,衡扬枹为《渔阳掺挝》②,渊渊有金石声③,四坐为之改容。孔融曰:"祢衡罪同胥靡④,不能发明王之梦。"魏武惭而赦之。

注释

①魏武：曹操，初封魏王，死后谥为武。其子曹丕登帝位建立魏国后，追尊为武帝。谪：降职。

②桴：鼓槌。《渔阳掺挝》：鼓曲名。此曲为祢衡所创，取名渔阳，是借用东汉时彭宠据渔阳起兵反汉，最后兵败身死的故事。

③金石：指钟磬一类乐器。

④胥靡：轻刑名，指服劳役的囚徒。此指商代贤相傅说。相传商朝君主武丁梦见上天赐给他一个贤人，就令百工画出其相貌去寻找，果然找到一个正在服劳役的人——傅说，后拜其为相。

译文

祢衡被魏武帝曹操贬为鼓吏。正遇八月中大会宾客的时候要检验鼓的音色，祢衡挥动鼓槌奏《渔阳掺挝》曲，鼓声深沉凝重，有金石之音，满座的人都为之动容。孔融说："祢衡的罪过和服刑的傅说相同，只是不能引发英明魏王的思贤之梦。"魏武帝听了很惭愧，就赦免了祢衡。

原文

南郡庞士元闻司马德操在颍川，故二千里候之。至遇德操采桑，士元从车中谓曰："吾闻丈夫处世，当带金佩紫[①]，焉有屈洪流之量，而执丝妇之事！"德操曰："子且下车。子适知邪径之速，不虑失道之迷。昔伯成耦耕[②]，不慕诸侯之荣；原宪桑枢[③]，不易有官之宅。何有坐则华屋，行则肥马，侍女数十，然后为奇？此乃许、父所以慷慨[④]，夷、齐所以长叹[⑤]。虽有窃秦之爵，千驷之富，不足贵也。"士元曰："仆生出边垂，寡见大义。若不一叩洪钟、伐雷鼓，则不识其音响也[⑥]。"

注释

①带金佩紫:带金印佩紫绶带,指做大官。

②耦耕:古代的一种耕作方法,即两人各扶一张犁,并肩而耕。后泛指务农。

③原宪:孔子弟子,字子思。据说,他在鲁国的时候很穷,住房破破烂烂,用桑树枝做门上的转轴。

④许、父:许由、巢父。巢父是许由的朋友,尧也想把职位让给他,他不肯接受。

⑤夷、齐:伯夷、叔齐,商代孤竹君的两个儿子。孤竹君死,兄弟俩互相让位,不肯继承,结果都逃走了。后来周武王统一天下,两人因不肯吃周朝的粮食,而饿死在首阳山。

⑥"若不"二句:以此喻不加叩问,就不能认识司马德操的胸怀,而使自己得到教益。洪钟,大钟。雷鼓,鼓名,古时祭天神时所用的鼓。

译文

南郡庞士元听说司马德操住在颍川,特意走了两千里路去拜访他。到了那里,遇上德操正在采桑叶,士元就在车里对德操说:"我听说大丈夫处世,就应该做大官,办大事,哪有委屈自己的雄才大略,去做蚕妇之事的呢!"德操说:"您姑且下车来。您只知道走小路快,却不担心迷路。从前伯成宁愿回家种地,也不羡慕做诸侯的荣耀;原宪宁愿住在破屋里,也不愿换住达官的住宅。哪里有住就要住在豪宅,出门就必须肥马轻车,左右要有几十个婢妾侍候,然后才算是与众不同的呢!这正是隐士许由、巢父辞让的原因,也是清廉之士伯夷、叔齐长叹的来由。就算有吕不韦那样的官爵,齐景公那样的富有,也是不值得尊敬的啊。"士元说:"我出生在边远偏僻的地方,很少见识到大道理。如果不来叩击一下您这大钟,敲响您这雷鼓,就不知道您的胸怀啊。"

原文

刘公干以失敬罹罪[①]。文帝问曰："卿何以不谨于文宪？"桢答曰："臣诚庸短[②]，亦由陛下网目不疏。"

注释

①刘公干：刘桢，字公干，长于文学，"建安七子"之一。曾随侍曹操的儿子曹丕。在一次宴会上，曹丕让夫人甄氏出来拜客，座上客人多拜伏在地，独刘桢平视，这就是失敬。后来曹操知道了，把他逮捕下狱，判罚做苦工。

②庸短：平庸浅陋。

译文

刘桢因为失敬而获罪。魏文帝问他："你为什么不慎守法纪呢？"刘桢回答说："臣确实平庸浅陋，但也是由于陛下的法网太密的缘故。"

原文

钟毓、钟会少有令誉[①]。年十三，魏文帝闻之，语其父钟繇[②]曰："可令二子来！"于是敕见。毓面有汗，帝曰："卿面何以汗？"毓对曰："战战惶惶，汗出如浆。"复问会："卿何以不汗？"对曰："战战栗栗，汗不敢出。"

注释

①钟毓、钟会:是兄弟俩。钟毓,字稚叔,小时候就很机灵,十四岁任散骑侍郎,后升至车骑将军。令誉:美好的声誉。

②钟繇:字元常,任相国职。

译文

钟毓、钟会兄弟俩少年时就有好名声,钟毓十三岁时,魏文帝听说了他们俩,便对他们的父亲钟繇说:"可以叫两个孩子来见我!"于是下令召见。进见时钟毓脸上有汗,文帝问道:"你脸上为什么出汗?"钟毓回答说:"战战惶惶,汗出如浆。"文帝又问钟会:"你为什么不出汗?"钟会回答说:"战战栗栗,汗不敢出。"

原文

钟毓兄弟小时,值父昼寝,因共偷服药酒①。其父时觉,且托寐以观之②。毓拜而后饮,会饮而不拜。既而问毓何以拜,毓曰:"酒以成礼,不敢不拜。"又问会何以不拜,会曰:"偷本非礼,所以不拜。"

注释

①药酒:这里指散酒,即魏晋时人常服的五石散之类的药物酒。

②托寐:假装睡着了。

译文

钟毓兄弟俩小时候，一次正碰上父亲白天睡觉，于是一块去偷药酒喝。他父亲当时已经醒了，就暂且装睡来观察他们。钟毓行过礼才喝，钟会只顾喝酒，不行礼。过了一会，父亲起来问钟毓为什么行礼，钟毓说："酒是完成礼仪用的，我不敢不行礼。"又问钟会为什么不行礼，钟会说："偷酒喝本来就不合于礼，因此我不行礼。"

原文

魏明帝为外祖母筑馆于甄氏①。既成，自行视，谓左右曰："馆当以何为名?"侍中缪袭曰②："陛下圣思齐于哲王③，罔极过于曾、闵④。此馆之兴，情钟舅氏，宜以渭阳为名⑤。"

注释

①馆：华丽的房屋。甄氏：明帝的母亲姓甄，这里指甄家。

②缪袭：字熙伯，三国时魏国人。

③哲王：贤明的君主。

④曾：指曾子，名参。闵：指闵子骞。二人都是孔子的学生，是古时著名的孝子。

⑤渭阳：渭水北边。语出《诗经·秦风·渭阳》："我送舅氏，日至渭阳。"这首诗据说是春秋时秦康公为送别舅舅（晋文公重耳）而思念亡母时作的，后人以此说明舅甥之情。

译文

魏明帝在甄家给外祖母修建了一座华丽的住宅。落成以后，亲自前去察看，并问随从的人说："这所住宅应该起个什么名字呢？"侍中缪袭说："陛下的思虑和贤明的君主一样周到，报恩的孝心超过了曾参、闵子骞。这座府第的兴建，感情专注于舅家，应该以'渭阳'为名。"

原文

何平叔云[①]："服五石散，非唯治病，亦觉神明开朗。"

注释

①何平叔：何晏，字平叔，曹操的女婿，擅长清谈，是魏晋玄学的主要开创者。曹爽执政时任吏部尚书，后被司马懿所杀，五石散是何晏先开始吃的，后来士大夫们都跟着吃，形成一种风气。

译文

何平叔说："服食五石散，不只是可以治病，也觉得精神舒畅清爽。"

原文

嵇中散语赵景真[①]："卿瞳子白黑分明，有白起之风，恨量小狭[②]。"赵云："尺表能审玑衡之度，寸管能测往复之气[③]。何必在大，但问识如何耳。"

注释

①赵景真：赵至，字景真，有口才，曾任辽东郡从事，主持司法工作，以清谈见称。

②白起：战国时秦国的名将，封武安君。据说他瞳子白黑分明。恨：遗憾。

③表：用来观测天象的一种标杆。玑衡：古代测量天象的仪器，即浑天仪。

译文

中散大夫嵇康对赵景真说："你的眼睛黑白分明，有白起那样的风度，遗憾的是眼睛狭小些。"赵景真说："一尺长的表尺就能审定浑天仪的度数，一寸长的竹管就能测量出乐音的高低。何必在乎大不大呢？只问识见怎么样就是了。"

原文

司马景王东征，取上党李喜以为从事中郎[1]。因问喜曰："昔先公辟君，不就；今孤召君，何以来[2]？"喜对曰："先公以礼见待，故得以礼进退；明公以法见绳，喜畏法而至耳[3]。"

注释

①司马景王：司马师，三国时魏人，司马懿的儿子，封长平乡侯，曾任大将军，辅助齐王曹芳，后又废曹芳，立曹髦（máo）。毌（guàn）丘俭起兵反对他，被他打败。这里说的东征，就是指的这件事。晋国建立，追尊为景王。后来晋武帝司马炎上尊号为景帝。

②辟：征召。就：到。孤：侯王的谦称。

③绳：约束。

译文

司马景王东征的时候，选取上党的李喜来任从事中郎。李喜到任时他问李喜："从前先父召您任事，您不肯到任；现在我召您来，为什么肯来呢？"李喜回答说："当年令尊以礼相待，所以我能按礼节来决定进退；现在明公用法令来限制我，我只是害怕犯法才来的呀！"

原文

嵇中散既被诛，向子期举郡计入洛①，文王引进②，问曰："闻君有箕山之志③，何以在此？"对曰："巢、许狷介之士，不足多慕④。"王大咨嗟⑤。

注释

①向子期：向秀，字子期，和嵇康很友好，标榜清高。嵇康被杀后，他便改变初衷，出来做官。到京城后，去拜访大将军司马昭。这里记的就是他和司马昭的一段对话。郡计：计是计簿、账簿，列上郡内众事的文书。

②引进：推荐。

③箕山：山名，在今河南省登封市东南。尧时巢父、许由在箕山隐居。这里说箕山之志，就是指归隐之志。

④多慕：称赞、羡慕。

⑤咨嗟：赞叹。

译文

中散大夫嵇康被杀以后，向子期呈送郡国账簿到京都洛阳去，司马文王推荐了他，问他："听说您有意隐居不出，为什么到了京城？"向子期回答说："巢父、许由是孤高傲世的人，不值得称赞、羡慕。"文王听了，大为叹赏。

原文

晋武帝始登阼，探策得一[①]。王者世数，系此多少[②]。帝既不说，群臣失色，莫能有言者。侍中裴楷进曰："臣闻天得一以清，地得一以宁，侯王得一以为天下贞。"帝说，群臣叹服。

注释

①登阼(zuò)：登上帝位，阼，大堂前东边的台阶。帝王登上阼阶来主持祭祀，所以也用阼来指帝位。策：古代占卜用的蓍(shī)草。

②世数：指帝位传承多少世代的数目。

译文

晋武帝刚登位的时候，用蓍草占卜，得到一。要推断帝位能传多少代，就在于这个数目的多少。因为只得到一，武帝很不高兴，群臣也吓得脸色发白，没人敢出声。这时，侍中裴楷进言道："臣听说，天得到一就清明，地得到一就安宁，侯王得到一就能做天下的中心。"武帝一听，高兴了，群臣都赞叹而且佩服裴楷。

原文

诸葛靓在吴[①]，于朝堂大会[②]，孙皓问："卿字仲思，为何所思[③]？"对曰："在家思孝，事君思忠，朋友思信。如斯而已[④]！"

注释

①诸葛靓（jìng）：字仲思，他父亲诸葛诞反司马氏，被司马昭杀害。他入吴国，任右将军、大司马。吴亡，逃匿不出。

②朝堂：皇帝议政的地方。

③"卿字"句：仲思的思，字面义是思考，考虑，所以孙皓才这样问。

④如斯：如此；这样。

译文

诸葛靓在吴国的时候，一次在朝堂大会上，孙皓问他："你字仲思，是思什么？"诸葛靓回答说："在家思尽孝，侍奉君主思尽忠，和朋友交往思诚实。不过是这些罢了！"

原文

蔡洪赴洛[①]，洛中人问曰："幕府初开，群公辟命，求英奇于仄陋，采贤俊于岩穴[②]。君吴楚之士、亡国之馀，有何异才而应斯举[③]？"蔡答曰："夜光之珠，不必出于孟津之河[④]；盈握之璧，不必采于昆仑之山[⑤]。大禹生于东夷，文王生于西羌，圣贤所出，何必常处[⑥]！昔武王伐纣，迁顽民于洛邑，得无诸君是其苗裔乎[⑦]？"

注释

①蔡洪：字叔开，吴郡人，原在吴国做官，吴亡后入晋，被认为是才华出众的人，西晋初年太康年间，由本州举荐为秀才，到京都洛阳。

②群公：众公卿，指朝廷中的高级官员。辟命：征召。“求英”两句：这两句意思是差不多的，只是要造成对偶句，增强文采。仄陋，指出身贫贱的人。岩穴，山中洞穴，这里指隐居山中的隐士，也可以泛指山野村夫。

③亡国：灭亡了的国家，这里指三国时吴国，公元280年为西晋所灭。

④夜光之珠：即夜明珠，是春秋时代隋国国君的宝珠，又叫隋侯珠，或称隋珠，传说是一条大蛇从江中衔来的。

⑤璧：中间有孔的圆形玉器。昆仑：古代盛产美玉的山。

⑥大禹：夏代第一个君主，传说曾治平洪水。西羌：我国西部的一个民族。这里暗指大禹、文王都不是中原一带的人。

⑦“昔武王”句：周武王灭了殷纣以后，把殷的顽固人物迁到洛水边上，派周公修建洛邑安置他们。得无：莫非，表示揣测。

译文

蔡洪到洛阳后，洛阳的人问他：“官府设置不久，众公卿征召人才，要在平民百姓中寻求才华出众的人，在山林隐逸中寻访才德高深之士。先生是南方人士、亡国遗民，有什么特殊才能，敢来接受这一选拔？”蔡洪回答说：“夜明珠不一定都出在孟津一带的河中；能满手盈握的璧玉，不一定都从昆仑山开采来。大禹出生在东夷，周文王出生在西羌，圣贤的出生地，为什么非要在某个固定的地方呢！从前周武王打败了殷纣，把殷代的顽民迁移到洛邑，莫非诸位先生就是那些人的后代吗？”

原文

诸名士共至洛水戏，还，乐令问王夷甫曰："今日戏，乐乎？"① 王曰："裴仆射善谈名理，混混有雅致②；张茂先论《史》《汉》，靡靡可听③；我与王安丰说延陵、子房，亦超超玄著④。"

注释

①乐令：乐广，字彦辅，累迁河南尹、尚书右仆射，后任尚书令，故称乐令。

②名理：考核名实，辨别、分析事物是非，道理之学，是魏晋清谈的主要内容。雅致：高雅的情趣。

③张茂先：张华，字茂先，博览群书，晋武帝时任中书令，封广武侯。

④延陵：今江苏武进，这里以地代人。春秋时吴王寿梦的少子季札封在这里，称为延陵季子。有贤名，吴王欲立之，辞不受。子房：张良，字子房。本战国时韩国人，秦灭韩，张良以全部家产求刺客刺秦王。后帮助刘邦击败项羽，封为留侯。

译文

名士们一起到洛水边游玩，回来的时候，尚书令乐广问王夷甫："今天玩得高兴吗？"王夷甫说："裴仆射擅长谈名理，滔滔不绝，意趣高雅；张茂先谈《史记》《汉书》，娓娓动听；我和王安丰谈论延陵、子房，也极为奥妙、透彻，超尘拔俗。"

原文

王武子、孙子荆各言其土地、人物之美[①]。王云:"其地坦而平,其水淡而清,其人廉且贞。"孙云:"其山嶵巍以嵯峨[②],其水浃渫而扬波,其人磊砢而英多[③]。"

注释

①王武子:王济,字武子,太原晋阳人,历任中书郎、太仆。孙子荆:孙楚,字子荆,太原中都人,仕至冯诩太守。

②嵯峨(cuó é):形容山势高峻。

③磊砢(lěi luǒ):形容人才卓越众多。

译文

王武子和孙子荆各自谈论自己家乡的土地、人物的出色之处。王武子说:"我们那里的土地坦而平,那里的水淡而清,那里的人廉洁又公正。"孙子荆说:"我们那里的山险峻巍峨,那里的水浩荡扬波,那里的人才杰出而众多。"

原文

乐令女适大将军成都王颖[①]。王兄长沙王执权于洛,遂构兵相图。长沙王亲近小人、远外君子;凡在朝者,人怀危惧。乐令既允朝望,加有昏亲,群小谗于长沙[②]。长沙尝问乐令,乐令神色自若,徐答曰:"岂以五男易一女[③]?"由是释然,无复疑虑。

注释

①成都王颖：司马颖，晋武帝第十六子，封成都王，后进位大将军。在八王之乱中，武帝第六子长沙王司马乂(yì)于公元301年入京都，拜抚军大将军。

②朝望：在朝廷中有声望。

③“岂以”句：意指如果依附司马颖，五个儿子就会被杀。

译文

尚书令乐广的女儿嫁给大将军成都王司马颖。成都王的哥哥长沙王正在京都洛阳掌管朝政，成都王于是起兵图谋取代他。长沙王平素亲近小人、疏远君子；凡是在朝居官的，人人感到不安和疑惧。乐广在朝廷中既确有威望，又和成都王有姻亲关系，一些小人就在长沙王跟前说他的坏话。长沙王为这事曾经查问过乐广，乐广神色很自然，从容地回答说：“我难道会用五个儿子去换一个女儿？”长沙王从此一块石头落了地，不再怀疑和顾虑他。

原文

邓艾口吃[①]，语称“艾……艾”[②]。晋文王戏之曰[③]：“卿云‘艾……艾’，定是几艾？”对曰：“‘凤兮，凤兮’[④]，故是一凤。”

注释

①邓艾：字士载，原名范，三国义阳棘(今河南新野)人，曹魏名将。口吃：结巴。

②艾……艾：古人和别人说话，常常自称自己的名字，邓艾口吃，所以称自己名字时连说“艾……艾”。后来人们形容人口吃，常说“期期艾艾”。汉高祖刘邦想废太子而立戚姬之子如意，御史大夫周昌很生气，极力反对，然而他口

吃:“臣口不能言,然臣期期知其不可,陛下欲废太子,臣期期不奉诏。”期,是形容口吃说话时发出的音。

③晋文王:指司马昭,谥文王。

④凤兮:凤啊。兮,啊。《论语·微子》:楚狂接舆歌而过孔子,曰:“凤兮,凤兮,何德之衰?”邓艾引用这段话的意思是,接舆说“凤兮,凤兮”指的是一个“凤”,我说“艾……艾”,也指的是一个“艾”。

译文

邓艾口吃,和别人说话称自己名字时,老是说“艾……艾”。晋文王戏弄他说:“你说‘艾……艾’,究竟是几个艾呢?”邓艾回答说:“凤啊,凤啊,本来就是一个凤。”

原文

满奋畏风[1],在晋武帝坐[2],北窗作琉璃屏[3],实密似疏[4],奋有难色。帝笑之[5],奋答曰:“臣犹吴牛见月而喘[6]。”

注释

①满奋:字武秋,高平(郡治今山东巨野南)人,沉静平和,有眼光,官至尚书令,后被荀颉所害。

②晋武帝:即司马炎,司马昭之子。他称帝后,大封宗室,加强了门阀制度,培养了一个庞大的特权阶级,生活荒淫,政治黑暗。他死后,便发生“八王之乱”,使全国又重新陷入混乱局面。

③琉璃:一种有色半透明的石质材料。

④似疏:看起来稀松。

⑤笑之:对他这种窘状感到可笑。

⑥吴牛:吴地(今江浙一带)的水牛。吴牛怕热,看见月亮,怀疑看到了太阳,所以见月便喘,形成了条件反射。

译文

满奋怕风,在晋武帝身旁陪侍时,北边的窗户是用琉璃屏风遮挡的,屏风紧密无缝,可看起来却像是稀疏无遮挡似的。满奋的脸上有为难的样子,晋武帝对他的窘态感到好笑,满奋回答说:"我犹如吴牛,见到月亮便喘。"

原文

陆机诣王武子[①],武子前置数斛羊酪,指以示陆曰[②]:"卿江东何以敌此[③]?"陆云:"有千里莼羹[④],但未下盐豉耳[⑤]。"

注释

①陆机:字士衡,吴郡吴县华亭(今上海市松江)人。西晋文学家。官至平原内史,世称"陆平原"。诣:拜访。王武子:王济。

②指以示陆:将羊酪指给陆机看。示,给……看。

③何以敌此:用什么能够和它(羊酪)匹敌。

④千里莼羹:或省称"千里莼""莼羹"。杜甫《赠别贺兰铦》:"我恋岷下芋,君思千里莼。"千里,湖名,在今江苏溧阳市。莼羹,用莼菜制成的汤。莼,植物名,一名水葵,又名凫葵。

⑤盐豉:加了盐的豆豉。陆云的意思是,千里湖莼菜羹,味道鲜美,无须用盐豉调和;如用盐豉调和,你的羊酪就更无法相比了。

译文

陆机拜访王武子，王武子在案上摆了几斛羊酪，指给陆机看，说："您江东地区有什么比这更鲜美的食品？"陆机回答说："有千里莼菜羹，只是没放盐豉调和。"

原文

庾公造周伯仁[①]，伯仁曰："君何所欣说而忽肥[②]？"庾曰："君复何所忧惨而忽瘦？"伯仁曰："吾无所忧，直是清虚日来[③]，滓秽日去耳[④]。"

注释

①庾公：即庾亮。公，对他人的尊称。

②何所欣说：即"所欣说者何"的意思。说，通"悦"。

③直是：只是。日来：天天来。

④滓秽：滓渣污秽。日去：天天去掉。

译文

庾亮拜望周伯仁，周伯仁问："您有什么高兴的事而突然胖了起来？"庾亮反问道："您又有什么忧愁的事而突然瘦了？"周伯仁说："我没有什么忧愁的。只是清静虚无天天来，滓渣污秽日日离去罢了。"

原文

过江诸人，每至美日[①]，辄相邀新亭[②]，藉卉饮宴[③]。周侯中坐而叹曰[④]：“风景不殊，正自有山河之异[⑤]！”皆相视流泪[⑥]。唯王丞相愀然变色曰：“当共戮力王室[⑦]，克复神州[⑧]，何至作楚囚相对！”

注释

①美日：风和日丽的日子。

②新亭：亭名，故址在今南京市南。三国时吴建，后毁废，东晋时士大夫常在此游玩欢宴。

③藉卉：坐在草地上。藉，坐卧其上。

④周侯：即周颛，字伯仁，晋汝南安成（今河南平舆）人。侯，州牧的尊称。周颛曾任荆州、兖州刺史，所以叫周侯。中坐：饮宴中间。

⑤正自：只是。异：变化。

⑥相视：互相对看。

⑦戮力：勉力，合力。王室：朝廷。

⑧克复：收复。神州：中国。战国时邹衍称中国为赤县神州，这里指当时失陷的中原一带地方。

译文

渡过长江避难的士大夫，每逢风和日丽的日子，便相互邀请来到新亭，坐在草地上饮酒游玩。周颛在饮宴中，叹息说：“风景没有什么不同，只是山河有了变化！”在座的人你看看我，我看看你，都流下了眼泪。只有王丞相脸色一沉，厉色地说：“应当合力效忠朝廷，收复丢失的领土，为什么要像亡国的囚徒那样相对流泪！”

原文

卫洗马初欲渡江[1],形神惨顇[2],语左右云[3]:"见此芒芒不觉百端交集[4]。苟未免有情[5],亦复谁能遣此。"

注释

①卫洗马:即卫玠,字叔宝,东晋河东安邑(今山西夏县)人。
②惨顇:忧伤憔悴的样子。
③左右:周围的人。
④不觉:不由得,禁不住。百端:各种各样的心绪和感触。交集:交织。
⑤苟:如果,假设。魏晋时代"有情"与"忘情"常相对而论。

译文

太子洗马卫玠当初要渡江时,形神憔悴,对左右人说:"看到这茫茫的江水,不由得百感交集。如果不是超脱世俗仍不免要有感情,谁又能排遣得了这种忧伤。"

原文

顾司空未知名[1],诣王丞相[2]。丞相小极[3],对之疲睡。顾思所以叩会之,因谓同坐曰:"昔每闻元公道公协赞中宗[4],保全江表[5]。体小不安[6],令人喘息[7]。"丞相因觉,谓顾曰:"此子珪璋特达[8],机警有锋。"

注释

①顾司空：即顾和，字君孝，吴郡（郡治今江苏苏州）人，死后追赠司空。

②诣：到……去，此指拜访。

③小极：稍有困惫。

④元公：指顾荣，顾和同族的长辈，死后谥元公。道：称道。中宗：晋元帝庙号。

⑤江表：长江以南地区。中原地区是当时文化、政治和经济的中心，因此人们往往以中原地区作为观察事物的出发点。

⑥体小：身体有病。

⑦令人喘：让人心神不安，喘气不停。

⑧珪璋：美玉。特达：超众。

译文

顾和未成名时，拜会丞相王导。丞相略感到困乏，对着他疲倦地睡着了。顾和心想自己拜见的办法，便对同座人说："从前经常听元公称赞丞相协助中宗、保全江南的功绩。现在贵体稍有不适，让人非常不安。"丞相王导醒后，评价顾和说："这个人才能卓绝，机智过人。"

原文

会稽贺生[①]，体识清远，言行以礼。不徒东南之美，实为海内之秀[②]。

注释

①贺生：贺循，字彦先，会稽郡人，曾任吴国内史、太子太傅，死后追赠司空。

②"不徒"句：据《晋书·顾和传》载，这句是王导称赞顾和的话。不徒，不只。

译文

会稽郡贺循，见识高深，言行合乎礼仪。他不只是东南地区的杰出人物，也是国内的优秀人才。

原文

刘琨虽隔阂寇戎①，志存本朝。谓温峤曰②："班彪识刘氏之复兴③，马援知汉光之可辅。今晋阼虽衰④，天命未改。吾欲立功于河北，使卿延誉于江南，子其行乎？"温曰："峤虽不敏，才非昔人，明公以桓、文之姿⑤，建匡立之功，岂敢辞命！"

注释

①寇戎：入侵的外族。戎，我国西部少数民族。

②温峤：字太真，曾在刘琨手下任右司马。

③班彪：字叔皮，汉代人，开始时追随隗嚣，隗嚣想叛离汉光武帝刘秀，班彪曾反对。后追随窦融，融初依附淮阳王，班彪为他谋划归附汉光武。

④晋阼：晋王朝的国统。

⑤桓、文：齐桓公、晋文公，都是春秋时代诸侯国的霸主。

译文

刘琨虽然被入侵者阻隔在黄河以北，但心中仍然不忘朝廷。他对温峤说："班彪知道刘氏天下必能复兴，马援知道汉光武帝值得辅佐。现在晋室的国运虽然衰微，可是天命并没有改变。我想在黄河以北建功立业，让你去江南享有盛誉，你是否愿意去呢？"温峤说："我虽然不聪敏，才能也比不上前辈，可是您以齐桓、晋文那样的才智，建立匡正天下、扶立王室之功，我怎么敢不受命呢！"

原文

温峤初为刘琨使来过江。于时，江左营建始尔[①]，纲纪未举。温新至，深有诸虑。既诣王丞相，陈主上幽越、社稷焚灭、山陵夷毁之酷[②]，有《黍离》之痛[③]。温忠慨深烈，言与泗俱，丞相亦与之对泣。叙情既毕，便深自陈结，丞相亦厚相酬纳。既出，欢然言曰："江左自有管夷吾[④]，此复何忧！"

注释

①始尔：开始，"尔"是词缀。

②主上：皇帝，这时指晋愍帝司马邺。社稷：古代帝王、诸侯所祭的土神和谷神，后泛指国家。

③《黍离》：《诗经·王风》篇名，据说周王室迁到东都洛阳以后，有人到西部，看到原来的宗庙宫室已经毁为平地，种上了黍稷，哀怜周王室日渐衰微，心里忧伤，便作了这首诗。

④管夷吾：字仲，春秋时齐桓公的宰相，辅助齐桓公成为霸王。

译文

温峤作为刘琨的使节刚到江南来时，东晋政权才刚开始营建，法纪还没有制定。温峤初到，对这种情况很是担忧。接着便去拜访丞相王导，诉说晋愍帝被囚禁流放、社稷宗庙被焚烧、先帝陵墓被毁坏的酷烈情况，颇有《黍离》之悲痛。温峤忠贞愤慨，感情激烈，声泪俱下，王导也随着他一起流泪。温峤抒发完忧国思君之情以后，又真诚地表达了与之结交之意，王丞相也深情地接纳他的心愿。出来以后，他高兴地说："江南自有管夷吾那样的贤相，还担心什么呢！"

原文

王敦兄含为光禄勋[1]。敦既逆谋，屯据南州，含委职奔姑孰[2]。王丞相诣阙谢。司徒、丞相、扬州官僚问讯[3]，仓卒不知何辞。顾司空时为扬州别驾[4]，援翰曰："王光禄远避流言，明公蒙尘路次[5]。群下不宁，不审尊体起居何如？"

注释

①王敦：字处仲，小名阿黑。晋室东迁，与堂兄弟王导一起辅佐晋元帝，任大将军、荆州刺史，镇守武昌。

②委职：弃职，离开职位。姑孰：古城名，东晋时始筑，又名南洲，故址在今安徽省当涂县。

③"司徒"句：王敦叛变时，王导为司空、扬州刺史。晋明帝时调为司徒，晋成帝时任丞相，所以这里说有司徒、丞相府的官僚，疑误。

④别驾：官名，刺史的属官，职务是随刺史外出视察。

⑤蒙尘：蒙受风尘。指王导天天诣阙谢罪。

译文

王敦的哥哥王含任光禄勋。王敦谋反以后，领兵驻扎在南州，王含就弃职投奔姑孰。丞相王导为这事到朝廷谢罪。这时候，司徒、丞相、扬州府中的官员都来问候，匆忙间不知应该怎样措辞。司空顾和当时任扬州别驾，拿起笔来写道："王光禄远远地躲开了流言，明公每天在路上风尘仆仆。下属们心里都很不安，不知您贵体是否安康，饮食起居怎么样？"

原文

郗太尉拜司空[1]，语同坐曰："平生意不在多，值世故纷纭，遂至台鼎[2]。朱博翰音[3]。实愧于怀。"

注释

①司空：官名，主要掌管水土工程。

②台鼎：指三公或宰相。东汉时大尉、司徒、司空合称三公，是最高的官位。

③朱博：字子元，汉代人。出任丞相，据说临授职时，忽然有一种像钟声的声音响起。翰音：声音高飞，比喻徒有虚名。

译文

太尉郗鉴就任司空一职时，对同座的人说："我平生志向不高，遇上世事纷乱，才升到三公的地位。好像朱博一样徒有空名，内心实在有愧。"

原文

高坐道人不作汉语[1]。或问此意，简文曰："以简应对之烦。"

注释

①高坐道人：指西域和尚帛尸黎密，西晋永嘉年间到中国。据《高坐别传》载，他"性高简，不学晋语。诸公与之言，皆因传译"。

译文

高坐和尚不说汉语。有人问这是为什么，简文帝说："为了省去应酬答对的麻烦。"

原文

周仆射雍容好仪形①。诣王公，初下车，隐数人②，王公含笑看之。既坐，傲然啸咏③。王公曰："卿欲希嵇、阮邪④？"答曰："何敢近舍明公，远希嵇、阮！"

注释

①雍容：形容举止大方，温和从容。

②隐：依靠。贵族出入要人搀扶，这是当时的一种风气。

③啸咏：嘬口让气流通过舌端发出悠长而清越的声音。啸咏是当时文士一种习俗，更是傲世不羁的人表现其名士风流的一种姿态。

④希：企望，仰慕。嵇、阮：指嵇康、阮籍。

译文

尚书仆射周顗举止大方，温文尔雅，仪表堂堂。他去拜访王导，一下车，就有好几个人搀扶着，王导含笑看着他。坐下以后，周顗旁若无人地啸咏起来。王导说："你想学习嵇康、阮籍吗？"周顗回答说："怎么敢舍去眼前的明公，去学习前代的嵇康、阮籍呢！"

原文

庾公尝入佛图[①],见卧佛,曰:"此子疲于津梁[②]。"于时以为名言。

注释

①佛图:梵语译音,指佛寺。

②津梁:桥梁,引申为起桥梁作用的事物。佛教说要普度众生,登上彼岸(超脱生死的境界),这就好比过河一样。

译文

庾亮曾去过一佛寺,看见一尊卧佛,就说:"这位先生因普度众生而疲劳了。"当时人们把这句话当作了名言。

原文

挚瞻曾作四郡太守、大将军户曹参军[①],复出作内史,年始二十九。尝别王敦,敦谓瞻曰:"卿年未三十,已为万石[②],亦太蚤[③]。"瞻曰:"方于将军,少为太蚤;比之甘罗,已为太老。"

注释

①挚瞻:字景游。西晋末,曾在王敦的大将军幕府中任户曹参军,历任安丰、新蔡、西阳等郡太守,后与王敦言语不合,被贬为随国内史。

②万石：万石的俸禄，古时表示官职等级是由俸谷多少来定的，太守是二千石。

③蚤：通“早”。

译文

挚瞻曾经做过四个郡的太守和大将军的户曹参军，现在又将出任内史，年龄才二十九岁。他走前曾去向王敦告别，王敦对他说：“你还没到三十岁，已经做了二千石的官，也太早了吧。”挚瞻说：“同将军您相比，是稍微早了一些；但同甘罗相比，已经是太晚了。”

原文

梁国杨氏子九岁，甚聪惠①。孔君平诣其父②，父不在，乃呼儿出，为设果。果有杨梅，孔指以示儿曰：“此是君家果。”儿应声答曰：“未闻孔雀是夫子家禽③。”

注释

①惠：通“慧”。

②孔君平：孔坦，字君平，正直而有声望，累迁廷尉（掌管刑法），所以也称孔廷尉。

③夫子：对对方的尊称。这一则文字说明双方利用了杨梅和杨姓，孔雀和孔姓中的一个同音字。

译文

梁国有一家姓杨的，有个儿子才九岁，很聪明。一次孔君平去拜访他的父亲，他父亲不在，家里便叫儿子出来，给孔君平摆上果品。果品里头有杨梅，孔君平指着杨梅对他说："这是你家的果子。"孩子应声回答道："没听说过孔雀是您家的家禽。"

原文

孔廷尉以裘与从弟沈[1]，沈辞不受。廷尉曰："晏平仲之俭[2]，祠其先人，豚肩不掩豆[3]，犹狐裘数十年。卿复何辞此？"于是受而服之。

注释

①沈：孔沈，字德度，孔坦的堂弟。

②晏平仲：晏婴，字仲，谥平，春秋时代齐国大夫，以节俭著称。

③豚：小猪。豆：盛食物的器具，形似高脚盘。

译文

廷尉孔君平把一件皮衣送给堂弟孔沈，孔沈推辞不肯接收。孔君平说："晏平仲那么俭省，祭祀祖先的时候，所用的小猪小得张开两个猪肘也盖不满一豆，尚且穿了几十年的狐皮袍子。你又何必拒绝它呢！"孔沈这才接受并穿上了。

原文

佛图澄与诸石游[1]，林公曰[2]："澄以石虎为海鸥鸟[3]。"

注释

①诸石：指石勒、石虎等人，羯族人。东晋时石勒侵入中原，大肆杀戮，建立后赵政权。石勒死，堂弟石虎袭位。

②林公：支遁，字道林，世人尊称为林公，是晋时有名的高僧。

③海鸥鸟：据《列子·黄帝》说：海边有个人喜欢海鸥，天天到海上去跟海鸥玩，一天他父亲要他捉一只海鸥回来玩，结果他到海上，海鸥再也不飞下来了。这里引用这个故事，是说佛图澄清净无机巧之心，物我两忘。

译文

佛图澄同石氏诸人有交往，林支遁说："他把石虎当成海鸥鸟了。"

原文

谢仁祖年八岁，谢豫章将送客[①]。尔时语已神悟，自参上流[②]。诸人咸共叹之，曰："年少，一坐之颜回[③]。"仁祖曰："坐无尼父[④]，焉别颜回！"

注释

①谢豫章：谢鲲，曾任豫章太守。

②自参上流：自处于上等名流之中。

③颜回：春秋时鲁国人，对孔子的学说深有体会，孔子很赏识他。

④尼父：孔子，字仲尼，世人尊称为尼父。

译文

谢仁祖八岁时,他父亲豫章太守谢鲲领着他去送客人。这时他对言谈已经有了极高的参悟能力,可算自居于名流之中。大家都很赞许他,说:"年纪虽小,却是座中的颜回。"谢仁祖说:"座中如果没有孔子,怎么能识别颜回!"

原文

陶公疾笃①,都无献替之言,朝士以为恨。仁祖闻之,曰:"时无竖刁,故不贻陶公话言②。"时贤以为德音。

注释

①陶公:陶侃,字士行。历任江夏、武昌太守,湘、广、荆州刺史,晋成帝时,封长沙郡公,为太尉,赠大司马,名望很高。

②竖刁:春秋时齐桓公所宠信的宦官。管仲病重时,齐桓公问管仲,竖刁可否代他做宰相,管仲认为此人不能用。后来果然发动叛乱。话言:善言,这里指遗言。

译文

陶侃病势沉重,可是有关朝廷兴利除弊、官吏进退等大事,没有一句遗言,朝中官员都认为是憾事。谢仁祖听到这事,说道:"现在没有竖刁那样的小人,所以陶公无须留下遗训。"当时的贤士认为这是有德者的言辞。

原文

竺法深在简文坐[1]，刘尹问[2]："道人何以游朱门[3]？"答曰："君自见其朱门，贫道如游蓬户。"或云卞令[4]。

注释

①简文：即简文帝司马昱，据记载简文帝当时还没有登帝位，只是封为会稽王。

②刘尹：即刘惔。

③朱门：红漆的大门，指达官贵人之家。

④卞令：卞壶，字望之，曾任尚书令。

译文

竺法深是简文帝的座上客，刘尹问："和尚怎么同官宦人家交往呢？"竺法深回答道："您看他是官宦人家，我却如同出入贫苦人家一样。"有人说，发问的不是刘尹，而是卞壶。

原文

桓玄诣殷荆州，殷在妾房昼眠，左右辞不之通。桓后言及此事，殷云："初不眠，纵有此，岂不以贤贤易色也[1]？"

注释

①贤贤易色：语出《论语·学而》。对“色”字的解释不一，这里权作女色解。殷引此句意思是，他不会恋妾而不见桓玄。

译文

桓玄拜访殷仲堪，殷仲堪在妾房里睡午觉，他手下的人不给通报。桓玄后来说到这件事，殷仲堪说：“当初并没有睡觉，即便睡觉，不也得为亲近贤人而放弃美色么？”

原文

桓玄问羊孚：何以共重吴声[1]？羊曰：当以其妖而浮。

注释

①吴声：吴，约今江苏一带。吴声即吴地的音乐。

译文

桓玄问羊孚：“为什么人们都喜欢吴声？”羊孚说：“想必是因为吴声抒情而轻松。”

原文

桓玄既篡位，后御床微陷，群臣失色[①]。侍中殷仲文进曰："当由圣德渊重，厚地所以不能载。"时人善之。

注释

①桓玄：元兴二年（公元403年），桓玄称帝。床：坐榻。皇座象征皇权。陷入地中，视为不吉利。

译文

桓玄篡位，后来所坐御床微陷地中，群臣大惊失色。侍中殷仲文说："想必是因为皇上恩德深重，大地承载不住所致。"当时人认为这话说得很好。

原文

桓玄既篡位，将改置直馆，问左右："虎贲中郎省，应在何处[①]？"有人答曰："无省。"当时殊忤旨。问："何以知无？"答曰："潘岳《秋兴赋叙》曰：余兼虎贲中郎将，寓直散骑之省[②]"。玄咨嗟称善。

注释

①虎贲中郎将：官名，掌宿卫事。省：机构所设地方。

②散骑：即散骑常侍，汉时在皇帝左右规劝过失，以备顾问。晋以后往往预

闻要政。

译文

桓玄篡位后，要改设值班的地方，问左右的人："虎贲中郎省应该设在哪儿？"有人回答："没它的地方。"当时这是严重违旨的话。桓玄问："你怎么知道没它的地方？"那人回答："潘岳在《秋兴赋叙》中说：我兼任虎贲中郎将，值班于散骑常侍之省。"桓玄听了赞叹不已。

原文

谢灵运好戴曲柄笠①，孔隐士谓曰："卿欲希心高远，何不能遗曲盖之貌②？"谢答曰："将不畏影者未能忘怀③。"

注释

①曲柄笠：笠为古时农夫、隐士等用之物。曲柄笠即笠上有柄，弯曲后垂，极像曲盖。

②曲盖：古时官府仪仗用的曲柄伞。

③谢意隐居的实质在心而不在貌，讥孔心中有所想故有所见。

译文

谢灵运好戴曲柄笠，孔淳之对他说："你向往远离俗世，为什么不能放弃官员的仪态？"谢灵运回答："莫不是你就像害怕自己影子的人而不能忘掉影子吧。"

政事第三

原文

成帝在石头[①],任让在帝前戮侍中钟雅、右卫将军刘超[②]。帝泣曰:"还我侍中!"让不奉诏,遂斩超、雅。事平之后,陶公与让有旧,欲宥之。许柳儿思妣者至佳[③],诸公欲全之。若全思妣,则不得不为陶全让,于是欲并宥之。事奏,帝曰:"让是杀我侍中者,不可宥!"诸公以少主不可违[④],并斩二人。

注释

①成帝:指晋成帝司马衍。

②任让:曾任苏峻参军。苏峻败死后,其弟苏逸立为王。咸和四年正月,侍卫着成帝的钟雅、刘超二人密谋把成帝救出,被发觉,苏逸便派部将任让领兵入宫杀了钟、刘。二月苏逸败死。

③思妣:许永,字思妣,许柳的儿子。

④少主:指晋成帝司马衍。成帝即位时,年仅四岁,到这时也只七八岁。

译文

晋成帝被迁到石头城,叛军任让在成帝面前要杀侍中钟雅和右卫将军刘超。成帝哭着说:"把侍中还给我!"任让不听命令,终于斩了刘超和钟雅。等到叛乱平定以后,陶侃因为和任让有旧交,就想宽恕他。另外叛军许柳有个儿子叫思妣,很有才德,大臣们也想保全他。可是要想保全思妣,就不得不替陶侃保全任让，于是就想两个人一起宽恕。事情启奏后，成帝说："任让是杀我侍中的人，不能宽恕！"大臣们认为不能违抗成帝命令，就把两人都杀了。

原文

陆太尉诣王丞相咨事[①]，过后辄翻异。王公怪其如此。后以问陆，陆曰："公长民短[②]，临时不知所言，既后觉其不可耳。"

注释

①陆太尉：陆玩，字士瑶，吴郡人，曾任尚书左仆射、司空，死后追赠太尉。在他任尚书左仆射时，王导为司徒、录尚书事，总揽朝政，所以他遇事要去请示王导。

②公长民短：您地位尊贵我地位卑微。

译文

太尉陆玩到丞相王导那里去请示公事，商量好了的事情，过后总是幡然改变，未遵循王导的意见。王导奇怪他为什么这样。后来问陆玩，陆玩回答说："您名高位尊，我地位卑微，一时间不知该说什么，过后觉得那样做不行罢了。"

原文

丞相尝夏月至石头看庾公[①]。庾公正料事，丞相云："暑，可小简之[②]。"庾公曰："公之遗事[③]，天下亦未以为允！"

注释

①庾公:即庾亮。公元322年晋明帝嗣位,王导参辅朝政。公元325年晋成帝立,王导和庾亮参辅朝政。

②小:稍微。

③遗事:指不理政事。

译文

一年夏天,丞相王导到石头城去探望庾亮。庾亮正在料理政务,王导说:"天气热,可以稍为简省一些。"庾亮说:"您简省宽容的理政方针,天下人也未必认为妥当!"

原文

丞相末年,略不复省事,正封箓诺之[①]。自叹曰:"人言我愦愦[②],后人当思此愦愦。"

注释

①封箓:文书,指奏章、公文、簿籍等。

②愦愦:糊涂,昏乱。晋室南渡,北方士族大规模随之渡江。王导辅佐东晋元、明、成三世,深知江淮地区政治经济实力操纵于地方豪族之手,为稳固东晋政权,执行了笼络吴地士族的政策,施政宽纵。顾和所谓"网漏吞舟",即指此而言。江左立国上百年之久,与此绥靖政策不无关系。王导自言"后人当思此愦愦",实蕴涵深意。

译文

王导到了晚年，几乎不再处理政事，只是在文件上签字同意。自己感叹说："人家说我老糊涂，后人当会想念这种糊涂。"

原文

陶公性检厉，勤于事。作荆州时，敕船官悉录锯木屑①，不限多少，咸不解此意。后正会②，值积雪始晴，听事前除雪后犹湿③，于是悉用木屑覆之，都无所妨。官用竹，皆令录厚头④，积之如山。后桓宣武伐蜀，装船，悉以作钉。又云，尝发所在竹篙，有一官长连根取之，仍当足⑤，乃超两阶用之。

注释

①录：收集，收藏。

②正会：正月初一皇帝朝会群臣，接受朝贺的礼仪。封疆大臣也在此时会见僚属。

③听事：厅堂，指处理政事的大堂。

④厚头：靠近根部的竹头。

⑤当足：当作竹篙的铁足。撑船用的竹篙，头部包上铁制的部件，就是铁足。这个官长用竹根代替铁足，既善于取材，又节省了铁足。

译文

陶侃生性检束、认真，工作勤恳。担任荆州刺史时，命令负责建造船只的官员把木屑全都收藏起来，不限多少，大家都不明白他的用意。后来到正月初一朝会时，正碰上连日下雪刚刚转晴，正堂前的台阶雪后仍然很湿，他叫人全用木屑覆盖上，就一点也不妨碍出入了。官府用的竹子，他下令把竹头一律收集起来，堆积如山。后来桓温讨伐后蜀，要组装战船，这些竹头就都用来做了钉子。又有人说陶侃曾经征调过当地的竹篙，有一个主管官员把竹子连根取下，用竹根代替铁足，陶侃就把此人连升两级来任用。

原文

何骠骑作会稽①，虞存弟謇作郡主簿②，以何见客劳损，欲白断常客，使家人节量择可通者③。作白事成④，以见存。存时为何上佐⑤，正与謇共食，语云："白事甚好，待我食毕作教。"食竟，取笔题白事后云："若得门庭长如郭林宗者⑥，当如所白。汝何处得此人！"謇于是止。

注释

①何骠骑：何充，字次道，曾任会稽内史、骠骑将军，死后追赠司空。

②虞存：字道长，历任卫军长史、尚书吏部郎。

③节量：适量，限量。据《品藻》篇载，"何次道为宰相，人有讥其信任不得其人"，可知何充和什么人都交往，所以虞謇希望断常客。

④白事：陈述意见的呈文、报告。

⑤上佐：高级佐官的通称，如别驾、治中、司马等。

⑥郭林宗：郭泰，字林宗，品评人物很准确。

译文

骠骑将军何充任会稽内史时，虞存的弟弟虞謇任郡主簿，因为何充见客太多，身体劳累亏损，虞謇想请示何充谢绝那些一般的客人，让手下人节制斟酌，选择可以交往的才通报。他拟好一份呈文，便拿来给虞存看。虞存这时担任何充的高级幕僚，正在和虞謇一起吃饭，就告诉他说："这个呈文很好，等我吃完饭再作批示。"吃过了饭，拿起笔在呈文后面写道："如果能找到一个像郭林宗那样的人做门亭长，就按你的意见办。可是你又到哪里去找这样的人呢？"虞謇于是作罢。

原文

桓公在荆州，全欲以德被江、汉①，耻以威刑肃物②。令史受杖③，正从朱衣上过。桓式年少，从外来，云："向从阁下过④，见令史受杖，上捎云根，下拂地足⑤。"意讥不著。桓公云："我犹患其重。"

注释

①被：覆盖。
②肃物：儆戒人。
③令史：官名，职责是掌管文书。
④阁：官署。
⑤云根、地足：云根喻其高，地足喻其低。

译文

桓温兼任荆州刺史的时候，想用德政来对待江、汉地区的百姓，耻于用威势严刑来威慑百姓。有一次，一位令史受杖刑，木棒只从令史的官服上擦过。桓温年纪尚小的儿子桓式从外面进来，对桓温说："我刚才从官署门前走过，看见令史受杖刑，木棒子举起来高拂云脚，落下时低擦地面。"意思是讥讽没有打到令史身上。桓温说："我还担心责罚太重呢。"

原文

简文为相，事动经年[1]，然后得过。桓公甚患其迟，常加劝勉。太宗曰："一日万机，那得速[2]！"

注释

①动：动辄，动不动。

②太宗：晋简文帝的庙号。简文帝在公元371年登位，在这以前，从公元366年起就任丞相。

译文

简文帝担任丞相的时候，政务动不动就要经过一年才能批复下来。桓温很担心这太慢了，经常加以劝说勉励。简文帝说："一天有成千上万件事，哪里快得了呢！"

原文

山遐[1]去东阳，王长史就简文索东阳，云："承藉猛政[2]，故可以和静致治。"

注释

①山遐：字彦林，任东阳郡太守，处事严厉，多用刑罚。

②承藉：继承凭借。

译文

山遐离开东阳太守职位后，左长史王濛向简文帝要求出任东阳太守，说道：“凭借前任严厉的措施，我自然可以用宽和的、清静无为的办法使得社会安定。”

原文

殷浩始作扬州[①]，刘尹行，日小欲晚[②]，便使左右取襆[③]。人问其故，答曰：“刺史严，不敢夜行。”

注释

①殷浩：字渊源，在永和二年（公元346年）出任扬州刺史。因父死，去职。除服后，再任扬州刺史。当时刘惔还没有就任丹阳尹。

②小欲：将要。

③襆：包袱，行李。

译文

殷浩初次任扬州刺史的时候，一天丹阳尹刘惔出行，太阳刚刚下山，便叫随从拿出行李，准备住下。有人问他什么原因，他回答说：“刺史严厉，我不敢夜间赶路。”

原文

王丞相拜扬州[1],宾客数百人并加沾接[2],人人有说色[3]。唯有临海一客姓任[4],及数胡人为未洽[5]。公因便还到过任边云[6]:"君出,临海便无复人[7]。"任大喜说;因过胡人前弹指云[8]:"兰阇,兰阇。"群胡同笑,四坐并欢[9]。

注释

①拜:任命。公元315年王导领扬州刺史。此即指这次任命。

②并加沾接:普遍都受到(王导)的殷切接待。并,合,一起。

③说色:高兴的样子。说,通"悦"。

④临海:郡名,郡治在今浙江省临海东南。任:任颙。

⑤胡人:胡僧,北方少数民族的僧侣。未洽:未受到款待。洽,指受款待。

⑥因:因而。还到:回到,转到。

⑦君出:您离开,您出来。

⑧弹指:弹击手指。佛家的规矩,以手作拳,屈食指,用大拇指捻弹作声,表示许诺、愤怒、赞叹或告诫等意。

⑨欢:高兴。

译文

王导到扬州上任,对前去做客的数百名客人全都热情款待,人人显出高兴的样子。只有临海郡姓任的一位客人,和几个胡僧未被款待周到。王导便寻机到了姓任的身边,说:"您出来了,临海郡再没有人才了。"姓任的客人十分高兴;王导又乘便经过胡僧面前,弹着手指说道:"兰阇,兰阇。"几个胡僧都笑了,在座的人都欢呼起来。

原文

王、刘与林公共看何骠骑[1]，骠骑看文书不顾之[2]。王谓何曰："我今故与林公来相看[3]，望卿摆拨常务[4]，应对玄言[5]，那得方低头看此邪[6]?"何曰："我不看此，卿等何以得存[7]?"诸人以为佳。

注释

①王、刘：王濛、刘惔。他们二人都是当时有名的清谈家。林公：指道林和尚。
②不顾之：不搭理他们。
③故：特地。
④常务：日常事务。
⑤应对：回应，对答。玄言：玄谈或清谈。
⑥方：还。邪：语尾助词。
⑦得存：能够存活。

译文

王濛、刘惔与支道林三人一起去看望何充，何充只管看文书，没有理睬他们。王濛对何充说："我们今天特地与林公来看望您，希望您摆脱日常事务，回应对答玄言，怎么只管低头看这东西呢?"何充说："我不看这些，你们怎么能够保存性命?"大家都认为他回答得很妙。

原文

王大为吏部郎[1]，尝作选草[2]，临当奏，王僧弥来[3]，聊出示之。僧弥得，便以己意改易所选者近半，王大甚以为佳，更写即奏。

注释

①王大：王忱，小名佛大。吏部郎：官名，主管选拔官吏。

②选草：拟举荐授官人员的名单初稿。

③王僧弥：王珉，小名僧弥，曾任散骑郎、黄门侍郎。

译文

王大任吏部郎时，曾经起草过一份举荐人员的名单，临到要上奏的时候，王僧弥来了，王大就随手拿出来给他看。王僧弥拿到手，就按自己的意见改换了将近半数的候选名字，王大认为改得非常恰当，就另外抄写一份，立即上奏。

原文

王东亭与张冠军善①。王既作吴郡，人问小令曰："东亭作郡，风政何似②？"答曰："不知治化何如③，唯与张祖希情好日隆耳。"

注释

①张冠军：张玄，字祖希，有才学，名望很高，仅次于谢玄，当时称两人为南北二玄。

②小令：王珉，是王珣的弟弟。先前王献之任中书令，后来王珉接任中书令，当时称大小王令。

③化：教化，感化。

译文

东亭侯王珣和冠军将军张玄两人很友好。王殉担任吴郡太守以后，有人问中书令王珉说："东亭任郡太守，民风和政绩怎么样？"王珉回答说："不了解政绩教化怎么样，只是看到他和张祖希的感情日益深厚罢了。"

文学第四

原文

郑玄欲注《春秋传》[①]，尚未成时，行与服子慎遇宿客舍。先未相识，服在外车上与人说己注《传》意。玄听之良久，多与己同。玄就车与语曰："吾久欲注，尚未了。听君向言，多与吾同。今当尽以所注与君。"遂为服氏注。

注释

①《春秋传》：即《春秋左氏传》，儒家经典之一。相传为春秋时左丘明所撰。

译文

郑玄拟注释《春秋传》，还没有完成时，出门在客舍住宿，碰上了服虔。开始两人不认识，服虔在外面车上和别人说打算注释《春秋传》。郑玄听他讲了好久，发现他的见解大多与自己相同。郑玄便到车旁和他说："我早就想注释《春秋传》，还没有完成。听你刚才所说，大多与我相同。现在我把已注释的部分全部给你。"于是就有了服氏《春秋注》。

原文

服虔既善《春秋》①，将为注，欲参考同异。闻崔烈集门生讲传②，遂匿姓名，为烈门人赁作食。每当至讲时，辄窃听户壁间。既知不能逾己，稍共诸生叙其短长。烈闻，不测何人，然素闻虔名，意疑之。明蚤往，及未寤，便呼：子慎！子慎！虔不觉惊应，遂相与友善。

注释

①《春秋》：《春秋》是鲁国一部编年体史书，这里指《春秋左氏传》。

①门生：弟子，学生。

译文

服虔对《春秋》极有研究，将为之作注，想参考一下不同的见解。他听说崔烈召集门生们讲解《春秋》，便隐姓埋名为崔烈的门生雇佣做饭。每到讲课时，服虔便在窗外偷听。他得知崔烈的研究超不过自己，便渐渐地和崔烈的门生们谈论起崔烈所讲的长短来。崔烈听说后，不知服虔的真实身份，但他一向听说过服虔的大名，便怀疑此人便是服虔。第二天，崔烈一早便去服虔的住处，服虔还没醒，崔烈便叫："子慎！子慎！"服虔惊醒不觉答应了，于是两人成了朋友。

原文

何晏为吏部尚书，有位望，时谈客盈坐。王弼未弱冠，往见之。晏闻弼名，因条向者胜理语弼曰：“此理仆以为极，可得复难不？”弼便作难，一坐人便以为屈。于是弼自为客主数番，皆一坐所不及[①]。

注释

①晋时清谈，方式如今之辩论，驳对方的漏洞，树己之观点。

译文

何晏任吏部尚书，有名望，常常清谈的客人满座。王弼当时不到二十岁，前往拜见。何晏听说王弼清谈著名，便举出以前谁也驳不倒的论题问王弼：“这个论题，我认为已到头了，你还能否反驳它？”王弼便予以驳难，于是满座人都认为这个论题站不住了。接着王弼就这个论题，一人担当正反两方的角色，来回论辩了几个会合，所谈内容都是座中人所未谈到的。

原文

何平叔注《老子》，始成，诣王辅嗣[①]。见王注精奇[②]，乃神伏曰：“若斯人，可与论天人之际矣[③]。”因以所注为《道德二论》。

注释

①王辅嗣：王弼。

②精奇：精微独到。

③天人之际：指天和人的关系。天人关系是中国传统哲学的核心问题。

译文

何晏注释《老子》刚刚完成，去拜访王弼。他见王弼注释的《老子》见解精奇，便十分佩服地说："像这样的人，方可一起讨论天道人事的相互关系呵！"他因此而把自己的注释改名为《道德二论》。

原文

王辅嗣弱冠诣裴徽，徽问曰：夫无者，诚万物之所资，圣人莫肯致言，而老子申之无已，何邪[1]？弼曰：圣人体无，无又不可以训，故言必及有[2]。老、庄未免于有，恒训其所不足。

注释

①无：老子哲学中的名词。与"有"相对，认为一切事物起决定作用的是"无"。

②圣人：儒家经典中多以指尧、舜、禹、汤、文、武、周公、孔子等人。言必及有：有、无相对，谈"无"免不了谈"有"。

译文

王弼不到二十岁时，去见裴徽。裴徽问："'无'，确实是万物存在的依据，圣人不肯谈这个概念，而老子却说个没完，为什么？"王弼说："圣人体察'无'，

‘无’这个概念不能解释,所以谈‘无’必谈‘有’。老子、庄子也免不了谈到‘有’,常常解释论述不够之处。”

原文

傅嘏善言虚胜,荀粲谈尚玄远[1]。每至共语,有争而不相喻。裴冀州释二家之义,通彼我之怀,常使两情皆得,彼此俱畅。

注释

①虚胜:指虚无的精微境界。虚即虚无,道家用来指道德本体。玄远:指道的玄妙幽远。

译文

傅嘏擅长清谈,荀粲的清谈崇尚高深宏远。两人在一起清谈,彼此争论互不相通。裴徽阐述两人的观点,沟通彼此的论述要点,常使两人心情愉悦,高高兴兴。

原文

郑玄在马融门下,三年不得相见,高足弟子传授而已[1]。尝算浑天不合,诸弟子莫能解[2]。或言玄能者,融召令算,一转便决,众咸骇服。及玄业成辞归,既而融有礼乐皆东之叹,恐玄擅名而心忌焉。玄亦疑有追,乃坐桥下,在水上据展。融果转式逐之[3],告左右曰:“玄在土下水上而据木,此必死矣。”遂罢追。玄竟以得免。

注释

①郑玄：字康成，东汉末高密（今山东省高密市）人，著名经学家，遍注群经，精通历算。马融：字季长，东汉大经学家。

②浑天：古代的一种天体学说和大体算法。古代的天体论中有浑天说，以为天像鸡蛋，地像蛋黄，日月星辰绕南、北两极旋转。人们就用这种观点去推算日月星辰位置。

③转式：旋转式盘推演吉凶，是一种占卜的方法。式，通“栻”，占卜之具，类似星盘。

按：这一则记载马融想追杀郑玄，不一定实有其事。所用方法，亦属迷信。

译文

郑玄在马融门下求学，过了三年也没见着马融，只是由高才弟子为他讲授罢了。马融曾用浑天算法演算，结果不相符，弟子们也没有谁能理解。有人说郑玄能演算，马融便叫他来，要他演算，郑玄一算就解决了，大家都很惊奇，佩服。等到郑玄学业完成，辞别回家，马融随即慨叹礼和乐的中心都将要转移到东方去了，担心郑玄会独享盛名，心里很嫉恨他。郑玄也猜测马融会来追赶，便走到桥底下，在水里垫着木板坐着。马融果然用旋转式盘占卜郑玄踪迹，然后告诉身边的人说：“郑玄在土下、水上，靠着木头，这表明一定是死了。”便决定不去追赶。郑玄终于因此得免一死。

原文

郑玄家奴婢皆读书。尝使一婢，不称旨，将挞之。方自陈说，玄怒，使人曳著泥中。须臾，复有一婢来，问曰：“胡为乎泥中[①]？”答曰：“薄言往诉，逢彼之怒[②]。”

注释

①"胡为"句:引自《诗经·邶风·式微》,意为:为什么会在泥水中。

②"薄言"句:引自《诗经·邶风·柏舟》,意为:我去诉说,反而惹得他发火。

译文

郑玄家里的奴婢都读书。一次曾使唤一个婢女,事情干得不称心,郑玄要打她。她刚要争辩,郑玄生气了,叫人把她拉到泥里。一会儿,又有一个婢女走来,问她:"为什么会在泥水中?"她回答说:"我要争辩,反而惹他发火。"

原文

何晏注《老子》未毕,见王弼自说注《老子》旨,何意多所短,不复得作声,但应诺诺①。遂不复注,因作《道德论》。

注释

①诺诺:连声答应,表示同意。

按:这一则同前面第7则所记基本相同,可能是因出处不同而小异。

译文

何晏注释《老子》还没完成时,一次听王弼谈起自己注释《老子》的意旨,对比之下,何晏的见解很多地方有欠缺,何晏不敢再开口,只是连声答应"是是"。于是他不再注释下去,便另写《道德论》。

原文

中朝时，有怀道之流，有诣王夷甫咨疑者[1]，值王昨已语多，小极，不复相酬答，乃谓客曰："身今少恶，裴逸民亦近在此，君可往问[2]。"

注释

①怀道之流：指倾慕道家学说的一类人。

②裴逸民：即裴頠，擅谈名理。

译文

西晋时，有一班倾慕道家学说的人，其中有人登门向王夷甫请教疑难，正碰上王夷甫前一天已经谈论了很久，有点疲乏，不想再和客人应对，便对客人说："我现在有点不舒服，裴逸民也在我附近住，您可以去问他。"

原文

裴成公作《崇有论》，时人攻难之，莫能折[1]。唯王夷甫来，如小屈[2]。时人即以王理难裴，理还复申。

注释

①裴成公：裴逸民，死后的谥号是成，所以称裴成公。裴逸民抨击了当时的"贵无"思想，反对以我为本体，写出《崇有论》，承认世界的根本是"有"，而不是

虚无。折:折服。

②如小屈:才理亏一点。

译文

裴逸民作《崇有论》,当时的人责难他,可是没有谁能驳倒他。只有王夷甫来和他辩论,他才有点理亏。当时的人就用王夷甫的理论来驳他,可是这时他的理论又显得头头是道了。

原文

诸葛厷年少不肯学问,始与王夷甫谈,便已超诣①。王叹曰:"卿天才卓出,若复小加研寻,一无所愧。"厷后看《庄》《老》,更与王语,便足相抗衡②。

注释

①诸葛厷:字茂远,才能出众,仕至司空主薄。学问:学习、求教;做学问。超诣:造诣高深。

②抗衡:对当;不相上下。

译文

诸葛厷少年时不肯学习求教,可是一开始和王夷甫清谈,便已经显示出他的造诣很深。王夷甫感叹他说:"你的聪明才智很出众,如果再稍加研讨,就丝毫也不会比当代名流差了。"诸葛厷后来阅读了《庄子》《老子》,再和王夷甫清谈,便完全可以和他旗鼓相当了。

原文

庾子嵩读《庄子》,开卷一尺许便放去①,曰:"了不异人意②。"

注释

①庾子嵩:庾敳(ái),字子嵩,西晋名士、清谈家,自称是老、庄之徒。他未读《庄子》时,以为书里谈的都是最高的真理,读了以后才知道和自己的心意暗合。

②了:全。

译文

庾子嵩读《庄子》,打开书读了一尺左右的篇幅就放下了,说道:"和我的想法完全相同。"

原文

客问乐令"旨不至"者①,乐亦不复剖析文句,直以麈尾柄确几曰②:"至不?"客曰:"至。"乐因又举麈尾曰:"若至者,那得去?"于是客乃悟服。乐辞约而旨达,皆此类。

注释

①旨不至:这句话出自《庄子·天下篇》,原文为"旨不至,至不绝",旨同"指"。对这句话,各有不同的理解,姑且解为:指向一个物体并不能达到它的实质,就算达到了也不能穷尽它。在这一则里,乐广以麈尾敲几一事,是先至然后

去，说明所谓至，并没有达到事物的本体。

②确几(jī)：敲着小桌子。

译文

有位客人问尚书令乐广，“旨不至”这句话是什么意思，乐广也不再分析这句话的词句，径直用拂尘柄敲着小桌子说：“达到了没有？”客人回答说：“达到了。”乐广于是又举起拂尘说：“如果达到了，怎么能离开呢？”这时客人才醒悟过来，表示信服。乐广解释问题时言辞简明扼要，可是意思很透彻，都是像上面这个例子一样。

原文

阮宣子有令闻[①]，太尉王夷甫见而问曰：“老、庄与圣教同异[②]？”对曰：“将无同[③]。”太尉善其言，辟之为掾[④]。世谓“三语掾”。卫玠嘲之曰：“一言可辟，何假于三！”宣子曰：“苟是天下人望，亦可无言而辟，复何假一！”遂相与为友。

注释

①阮宣子：阮修，字宣子，喜欢《老子》《周易》，能谈玄理。

②圣教：圣人的教化；儒学。

③将无同：恐怕没有什么两样吧。

④辟：征召；调用。掾：属官。下文的“三语掾”，即三个字属官。

译文

阮宣子很有名望，太尉王夷甫见到他时问道：“老子、庄子和儒家有什么异同？”阮宣子回答说：“将无同。”太尉很赞赏他的回答，调他来做下属。世人称他为“三语掾”。卫玠嘲讽他说：“只说一个字就可以调用，何必要借助三个字！”宣子说：“如果是天下所仰望的人，也可以不说话就能调用，又何必要借助一个字呢！”于是两人就结为朋友。

原文

裴散骑娶王太尉女[①]。婚后三日，诸婿大会，当时名士，王、裴子弟悉集。郭子玄在坐，挑与裴谈[②]。子玄才甚丰赡[③]，始数交。未快。郭陈张甚盛，裴徐理前语，理致甚微，四坐咨嗟称快[④]。王亦以为奇，谓诸人曰：“君辈勿为尔，将受困寡人女婿[⑤]。”

注释

①裴散骑：裴遐，字叔道，曾任散骑郎。他擅谈名理，且谈吐风雅。徐嘉锡《世说新语笺疏》说：“晋、宋人清谈，不惟善言名理，其音响轻重疾徐，皆自有一种风韵。”裴遐就是这样。

②挑：挑头，领头。

③丰赡：富足，这里指才识渊博。

④理致：义理情致。

⑤寡人：王侯的谦称。王夷甫居宰辅之位，也自称寡人。

译文

散骑郎裴遐娶太尉王夷甫的女儿为妻。婚后三天，王家邀请诸女婿聚会，当时的名士和王、裴两家子弟全都来了。郭子玄也在座，他挑头和裴遐谈名理。子玄才识渊博，刚交锋几个回合，还觉得不痛快。郭子玄把玄理铺陈展开，论述充实雄辩，裴遐却慢条斯理地梳理前面的议论，义理情趣都很精微，满座赞叹称快。王夷甫也觉得新奇罕见，于是对大家说：“诸位不要再谈了，不然就要被我女婿困住了。”

原文

卫瑜始度江，见王大将军[①]。因夜坐，大将军命谢幼舆[②]。玠见谢，甚说之，都不复顾王，遂达旦微言[③]，王永夕不得豫[④]。玠体素羸[⑤]，恒为母所禁，尔夕忽极，于此病笃，遂不起。

注释

①王大将军：王敦，字处仲，擅谈名理，历任侍中、大将军、扬州牧。

②谢幼舆：谢鲲，字幼舆，在王敦手下任长史，后出任豫章太守，好玄学，擅长音乐。

③微言：精微之言，即玄谈。

④永夕：长夜，整夜。

⑤羸：瘦弱。

译文

卫玠最初渡江南下时，去拜见大将军王敦。由于夜坐清谈，大将军便邀来谢幼舆。卫玠见到谢幼舆，非常喜欢他，全然不再理会王敦，两人便一直谈到第二天早晨，王敦整夜也插不上嘴。卫玠向来体质虚弱，常常被他母亲管束，不让他多谈论，这一夜突然感到疲乏，从此病情加重，竟至卧床不起。

原文

旧云，王丞相过江左。止道声无哀乐、养生、言尽意三理而已[①]。然宛转关生[②]，无所不入。

注释

①养生：嵇康著有《养生论》，论养生之道，进一步发挥了庄子的思想，要求修身养性，顺应自然，自足于怀，不逆天性。言尽意：晋代欧阳建著有《言尽意论》，反对玄学所主张的"言不尽意"的不可知论。认为思想依靠语言来表达，语言能表达人们对客观事物及其规律的认识，能交流思想感情。"声无哀乐""养生""言尽意"三理，是清谈家们探讨的重要问题。

②宛转：辗转曲折。关生：关联推衍。

译文

过去有人说，丞相王导到江南以后，只是谈论声无哀乐、养生和言尽意这三方面的道理而已。但是据此辗转推衍，没有渗透不到的地方。

原文

殷中军为庾公长史[①]，下都，王丞相为之集[②]。桓公、王长史、王蓝田、谢镇西并在[③]。丞相自起解帐带麈尾。语殷曰："身今日当与君共谈析理。"既共清言，遂达三更。丞相与殷共相往反[④]，其馀诸贤略无所关。既彼我相尽，丞相乃叹曰："向来语，乃竟未知理源所归。至于辞喻不相负，正始之音[⑤]，正当尔耳！"明旦，桓宣武语人曰："昨夜听殷、王清言，甚佳。仁祖亦不寂寞，我亦时复造心[⑥]，顾看两王掾，辄翣如生母狗馨[⑦]。"

注释

①殷中军：即殷浩。

②下都：到京都去。庾亮曾领江、荆、豫三州刺史，镇守武昌，地处长江上

游,殷浩从武昌赴京,所以叫下都。

③王蓝田:王述,字怀祖,袭蓝田侯。谢镇西:谢尚,字仁祖,精通音律,擅谈名理。

④共相往反:指来回辩难。

⑤正始之音:正始年间谈玄的风尚。也就是糅合儒家经义,高谈老、庄,辨名析理,故作狂放。正始,是三国时魏齐王曹芳的年号,其时名士风流,盛于国都,王弼、何晏等人,开始迷醉玄理。

⑥造心:进到心里,指心有所得。

⑦馨:一样,似的。

译文

中军将军殷浩任庾亮的长史时,有一次来到京都,丞相王导为他集会。桓温、左长史王濛、蓝田侯王述、镇西将军谢尚都在座。王导离座亲自去解下挂在帐带上的拂尘,对殷浩说:"我今天要和你一起谈论、辨析玄理。"清谈结束时,已到三更时分。王导和殷浩来回辩难,其他贤达完全没有参与进去。彼此辩论尽情尽兴以后,王导便叹道:"刚才谈论玄理,竟然不知道玄理的本源在哪里。至于言辞和比喻不能互相违背,正始年间的风尚,正是这样的呀!"第二天早上,桓温告诉别人说:"昨夜听殷、王两人清谈,非常美妙。仁祖也不感到寂寞,我也不时有会心之处,回头看那两位王属官,就像陪衬在一旁的活母狗一样。"

原文

殷中军见佛经,云:"理亦应阿堵上①。"

注释

①理亦应阿堵上:东晋以后,玄学和佛学趋于合流。佛教般若学借助玄学在社会上的影响,迎合、适应玄学的需要,发展了自己。

译文

中军将军殷浩看了佛经，说："玄理也应当在这里面。"

原文

谢安年少时，请阮光禄道《白马论》[1]，为论以示谢。于时谢不即解阮语，重相咨尽[2]。阮乃叹曰："非但能言人不可得，正索解人亦不可得！"

注释

①阮光禄：阮裕，字思旷，阮籍族弟。阮裕很擅长论证疑难的问题。《白马论》：战国时公孙龙著《白马论》，提出"白马非马"这一著名命题，论证了"白马"与"马"在所指内容和范围上的同一和差别，同时还揭示了种名和属名不能等同或混淆的正名思想。

②重相咨尽：一再询问，以求尽晓其意。

译文

谢安年轻的时候，请光禄大夫阮裕讲解《白马论》，阮裕写了一篇论说文给谢安看。当时谢安不能马上理解阮裕的意思，就反复请教以求尽晓其意。阮裕于是赞叹道："不但能谈《白马论》的人难得，就是力求理解的人也不可多得！"

原文

刘真长与殷渊源谈，刘理如小屈，殷曰："恶[①]！卿不欲作将善云梯仰攻[②]？"

注释

①恶：叹词，表示感慨。

②云梯：古代攻城的工具。把席间清谈比作战场对垒，主客双方比作攻守城池，是当时风尚。

译文

刘真长和殷渊源谈论玄理，刘真长似乎有点理亏，殷渊源便说："哎！你不想造一架好云梯来攻城吗？"

原文

殷中军云："康伯未得我牙后慧[①]。"

注释

①牙后慧：指言外的义理情趣。殷浩擅清谈，这里是说康伯还不擅谈玄。

译文

中军将军殷浩说："康伯还未能拾得我的绪言余论。"

原文

谢镇西少时，闻殷浩能清言，故往造之。殷未过有所通①，为谢标榜诸义②，作数百语，既有佳致③，兼辞条丰蔚，甚足以动心骇听。谢注神倾意，不觉流汗交面④。殷徐语左右："取手巾与谢郎拭面。"

注释

①过：过分。通：陈述，阐发。

②标榜：提示。

③佳致：风致，指谈吐举止风雅。

④交面：在脸上交织。因为殷浩只比谢尚大三岁，便成名士，且谈玄能把人引入胜境，所以谢尚不觉流汗。

译文

镇西将军谢尚年轻时，听说殷浩擅长清谈，特意去拜访他。殷浩没有做过多的阐发，只是给谢尚提示好些道理，说了几百句话，不但谈吐举止有风致，而且辞藻丰富华美，很能动人心弦，使人震惊。谢尚全神贯注，专心倾意，汗流满面，竟未察觉。殷浩从容地吩咐手下人说："拿手巾来给谢郎擦擦脸。"

原文

宣武集诸名胜讲《易》①,日说一卦。简文欲听,闻此便还,曰:"义自当有难易,其以一卦为限邪!"

注释

①名胜:名流。《易》:即《周易》,大概是殷周时逐渐成书的,包括六十四卦的卦辞和对它的注述。本是占卜书,后来被儒家及道家奉为经典,所以又称《易经》。

译文

桓温聚集许多名流讲解《周易》,每天讲一卦。简文帝本想去听,一听说一天只讲一卦就回来了,说:"卦的内容自然是有难有易,怎么能以一卦为限呢!"

原文

钟会撰《四本论》始毕①,甚欲使嵇公一见②。置怀中,既定③,畏其难④,怀不敢出,于户外遥掷⑤,便回急走⑥。

注释

①撰:撰写。《四本论》:哲学论文。即关于才性同、才性异、才性离、才性合的四种理论。

②嵇公:嵇康。

③既定：有人疑是“既诣宅”之误。意思是已经到了嵇康住宅。一本“定”作“见”。

④难：问难。

⑤掷：投掷。

⑥走：小跑。影宋本“回”作“面”。

译文

钟会撰写《四本论》完毕，想请嵇康审读一遍，把文稿揣在怀里。已经走到嵇康住宅前，又怕他质疑问难，揣在怀中不敢拿出，最后在门外远远地扔了进去，转身就跑。

原文

卫玠总角时[①]，问乐令梦，乐云：“是想。”卫曰：“形神所不接而梦[②]，岂是想邪？”乐云：“因也[③]。未尝梦乘车入鼠穴，捣齑啖铁杵[④]，皆无想无因故也。”卫思因，经日不得，遂成病。乐闻，故命驾为剖析之[⑤]。卫即小差[⑥]，乐叹曰：“此儿胸中当必无膏肓之疾[⑦]！”

注释

①卫玠：字叔宝，晋朝清谈名士、玄理学家。总角：古代未成年男子把头发扎成髻，叫总角。

②神：精神。

③因：凭借，根据。

④捣齑(jī)：把辛辣之物，如葱、姜、蒜捣碎腌卤菜。铁杵：铁棍。

⑤命驾：派车，这里指前往。

⑥差：同“瘥”，病愈。

⑦膏肓：心尖脂肪叫膏，心脏和隔膜之间叫肓。古人认为这是药力达不到

的地方，病入膏肓就无药可冶了。乐广是说，卫玠一有疑难就一定要弄个明白才心安，这就不会积忧成病。

译文

卫玠少年时，问乐令做梦是怎么回事，乐令说："由于人有所思。"卫玠又问："身体和精神根本不相关的事也会梦见，这也是因为有所思吗？"乐令说："是有原因的。不曾梦见坐车跑进老鼠洞里，或捣齑吃下了铁棍，都是因为没有想这些，没有依据而已。"卫玠整日考虑梦和思念间的因果关系，想不出结果，最后生了病。乐令听说后，特意坐车到他家替他解释。卫玠病立刻稍有好转，乐令感叹说："这孩子胸中今后一定不会患无法医治之病。"

原文

初，注《庄子》者数十家[1]，莫能究其旨要[2]。向秀于旧注外为解义，妙析奇致[3]，大畅玄风[4]。唯《秋水》《至乐》二篇未竟，而秀卒。秀子幼，义遂零落[5]，然犹有别本[6]。郭象者，为人薄行有俊才[7]。见秀义不传于世，遂窃以为己注[8]，乃自注《秋水》《至乐》二篇[9]，又易《马蹄》一篇，其余众篇或定点文句而已。后秀义别本出，故今有向、郭二《庄》，其义一也[10]。

注释

①《庄子》：道家学派主要经典之一。全书具有较高的文学价值和哲学价值，对后世影响很大，历来注此书的较多。

②旨：主旨。

③妙析奇致：精辟的分析达到了神奇的地步。

④大畅玄风：使玄学风气畅兴。

⑤义遂零落：（向秀的）解说便散落了。

⑥别本：另外的本子。

⑦薄行：缺少好的品德。

⑧窃：剽窃。现在一般认为郭注是在向注基础上扩展了的。

⑨乃：便。自注：自己注解。

⑩其义一也：它们的思想是一致的。

译文

当初，注释《庄子》的有几十家，但没有一家能够探索到庄子学说的宗旨。向秀在旧有注释之外又作新解，分析得相当奇妙，并使玄学之风畅兴起来。只是《秋水》《至乐》两篇未完成，向秀就死了。向秀的儿子年幼，向秀所作“解义”于是零落，然而还有别的本子流传。郭象这个人，为人缺少端正品行，但是有俊才。他看见向秀的“解义”没有在社会上流传，于是剽窃成为自己的，又自注了《秋水》《至乐》两篇，又改注了《马蹄》一篇，其余篇章只是标定一下文句罢了。后来向秀“解义”别本出现，所以现在有向秀、郭象两个《庄子》注本，而其中体现出的观点却是相同的。

原文

褚季野语孙安国①，云：“北人学问渊综广博②。”孙答曰：“南人学问清通简要③。”支道林闻之曰：“圣贤固所忘言④。自中人以还⑤，北人看书，如显处视月⑥；南人学问，如牖中窥日⑦。”

注释

①褚季野：褚裒，字季野。

②渊综广博：广泛渊博，融会贯通。

③南人：黄河以南地区的人。清通简要：清白通达，简明精要。

④圣贤：道德学问达到最完善境界的人。固：本来。忘言：即“得意忘言”之

略。《庄子·外物》:"言者所以在意,得意而忘言。"与"得意忘筌"一说同。指心领神会,不必再用语言来表达。

⑤中人:才智中等的人。以还:以下。

⑥显处:明显地方。这句意思是看得开阔,然而不细密。

⑦窥:从小缝隙处看。这句意思是看得细密,然而不开阔。

译文

褚季野对孙安国说:"北方人做学问广泛渊博,融会贯通。"孙安国回答说:"南方人做学问清白通达,简明扼要。"支道林听后说:"圣贤本来是默喻其意,无须用语言说明。自中等材质以下的人来看,北方人读书,像在明显的地方看月亮;南方人读书,像在窗户里看太阳。"

原文

庾子嵩作《意赋》成①,从子文康见②,问曰:"若有意邪,非赋之所尽③;若无意邪,复何所赋?"答曰:"正在有意无意之间。"

注释

①庾子嵩:庾敳,字子嵩,颍川(今河南许昌)人,西晋名士、清谈家,自称是老、庄之徒,官至豫州长史,后被石勒所害。他见晋王朝多难,而自己也要连累受害,于是作《意赋》,寄托己意。

②从子:侄子。文康:庾亮。亮死后谥文康。

③若:如果。非:不是。所尽:全说出来。

译文

庾子嵩写完《意赋》,侄子庾亮看了,问道:"如果是'有意',不是一篇赋能表达尽的;如果是'无意',又写这篇赋干什么?"庾子嵩回答道:"正在'有意'和

'无意'之间呢。"

原文

庾仲初作《扬都赋》成[①],以呈庾亮[②]。亮以亲族之怀[③],大为其名价云[④]:"可三《二京》、四《三都》。"于此人人竞写[⑤],都下纸为之贵[⑥]。谢太傅云:"不得尔[⑦]。此是屋下架屋耳,事事拟学而不免俭狭[⑧]。"

注释

①庾仲初:庾阐,字仲初,颍川鄢陵(今属河南)人。东晋时官散骑侍郎,领大著作。

②呈:呈送。

③亮以亲族之怀:庾亮因和庾阐同宗,便关照他。

④大为其名价:大力替他宣传,抬高他的身价。

⑤于此:在这时。竞写:争着抄写《扬都赋》。

⑥都:都城,指建业(今南京市)。为:由于。之:代词,指"人人竞写"一事。

⑦不得尔:不能这样。

⑧拟学:模拟。

译文

庾仲初写好了《扬都赋》,送给庾亮看。庾亮因为和庾仲初有着同宗情分,便大力替他宣传,抬高此赋的身价,说:"《扬都赋》可以和《二京赋》相提并论,并列为三;可以和《三都赋》相提并论,并列为四。"一时间人人争着抄写《扬都赋》,都城的纸张都因此而贵了起来。谢太傅说:"不能这样啊。这文章不过是屋子下面再架屋子,处处模仿别人,就不免贫乏和狭隘。"

原文

孙兴公云①:"潘文烂若披锦②,无处不善③。陆文若排沙简金④,往往见宝。"

注释

①孙兴公:孙绰,东晋著名玄言诗人。

②烂若披锦:华丽得像覆盖了一张锦被。锦,缎锦。潘岳以擅写哀诔文字著称,所作诗赋辞藻华丽,长于抒情。

③无处:没有一处。

④陆文:陆机的文章。若排沙简金:如同滤掉泥沙拣到了金子。简,拣取。陆机在吴亡后与弟陆云同到洛阳,受到张华的赏识,称他文章篇篇皆善。

译文

孙兴公称道:"潘岳文章华丽得像覆盖了一件锦被,没有一处写得不精妙;陆机的文章像排沙拣金,往往见到宝贝。"

原文

孙兴公作《天台赋》成,以示范荣期云①:"卿试掷地②,要作金石声③。"范曰:"恐子之金石,非宫商中声。"然每至佳句④,辄云⑤:"应是我辈语。"

注释

①示：让……看。范荣期：范启，字荣期，慎阳（今属河南）人，官至黄门郎。

②卿：您。掷：扔。

③要：应当，定会。作：发出。金：金属器皿，古代一般泛指铜、铁器。石：石器。金石，此处指金石声音。

④佳句：好的词句。

⑤辄：便，就。

译文

孙兴公写完《天台赋》，拿给范荣期看，并说："您试着把它扔在地上，定会发出金石般的声音。"范荣期说："恐怕你的金石声音，不合音乐中的声音。"然而每当读到佳句时，就说："这确是我辈的语言。"

原文

袁虎少贫[①]，尝为人佣载运租[②]。谢镇西经船行[③]，其夜清风朗月[④]，闻江渚间估客船上有咏诗声[⑤]，甚有情致[⑥]，所诵五言，又其所未尝闻[⑧]。叹美不能已[⑨]，即遣委曲讯问[⑩]，乃是袁自咏其所作《咏史》诗。因此相要，大相赏得。

注释

①袁虎：袁宏，字彦伯，小字虎，东晋人。年轻时便有文名，曾为谢奉司马、桓温记室。写有《咏史》等。

②佣载：雇来装载。运租：运输谷租。

③经：尝。船行：乘船行。

④清风朗月：清风习习，明月皎皎。

⑤渚：水中小块陆地。咏：吟咏，口中吟诵。

⑥情致：情趣和风致。

⑧未尝：不曾。

⑨已：终止。

⑩委曲：辗转之意。讯问：打问。

译文

袁虎年轻时家里贫穷，曾经被人雇佣，载运租谷。谢尚乘船出行，那天晚上，清风习习，明月皎皎，听江中小洲之间商人的船上，有吟唱诗歌的声音，很有情趣韵致；而所吟唱的五言诗，又是他从来没有听过的。他赞美不绝，立刻派人辗转打问，原来是袁虎在吟唱自己所作的《咏史》诗。因此谢尚邀请袁虎相见，对他大为赏识，彼此十分投合。

方正第五

原文

陈太丘与友期行，期日中，过中不至，太丘舍去，去后乃至[①]。元方时年七岁，门外戏。客问元方："尊君在不?"答曰："待君久不至，已去。"友人便怒，曰："非人哉！与人期行，相委而去[②]！"元方曰："君与家君期日中。日中不至，则是无信；对子骂父，则是无礼。"友人惭，下车引之[③]。元方入门不顾。

注释

①期：约定时间。

②委：抛弃。

③引：招引；拉。

译文

太丘长陈寔和朋友约好一同外出，约定中午出发，过了中午，朋友还没有来，陈寔不管他，自己走了，走了以后，那位朋友才到。当时陈寔儿子元方才七岁，正在门外玩耍。来客问元方："令尊在家吗?"元方回答说："家父等了您很久，见您不来,已经走了。”那位朋友便生起气来,说道:“真不是人呀! 和别人约好一起走,却扔下别人不管,自己走了!”元方说:“您是跟家父约定中午走的。到了中午还不来,这就是不守信用;对着人家的儿子骂人家的父亲,这是不讲礼貌。”那位朋友听了很惭愧,就下车来招呼他。元方掉头回家去,再也不回看一眼。

原文

南阳宗世林,魏武同时,而甚薄其为人,不与之交[①]。及魏武作司空,总朝政,从容问宗曰:“可以交未?”答曰:“松柏之志犹存。”世林既以忤旨见疏,位不配德[②]。文帝兄弟每造其门,皆独拜床下[③]。其见礼如此。

注释

①宗世林:宗承,字世林,以德行为世所重。

②见疏:被疏远。曹操后来只是在礼节上厚待宗世林,但是压低他的官职。

③造:前往;到。床下:坐床前。

译文

南阳郡人宗世林,是和魏武帝曹操同时代的人,他很瞧不起曹操的为人,不肯和曹操结交。曹操到做了司空,总揽朝廷大权的时候,曾经安闲地问宗世林:“现在可不可以结交呢?”宗世林回答说:“我的松柏一样的意志还没有变。”宗世林因为不合曹操心意被疏远以后,官职很低,和他的德行不相配。但是曹丕兄弟每次登门拜访,都是以晚辈的身份,特别在他的坐床前行拜见礼。他就是这样地受到尊敬。

原文

魏文帝受禅，陈群有戚容[1]。帝问曰："朕应天受命，卿何以不乐？"群曰："臣与华歆服膺先朝，今虽欣圣化，犹义形于色[2]。"

注释

①受禅(shàn)：接受禅让帝位，指曹丕登位称帝。公元220年农历正月，曹操死，其子曹丕继位为汉丞相，十月，曹丕废汉献帝为山阳公，自称皇帝。陈群：字长文，东汉末，曹操召他为司空西曹掾属，后迁御少中丞，曹丕即帝位后，迁尚书令。戚容：忧伤的神色。

②服膺先朝：指不忘汉朝。两人都当过汉朝的臣子，要表示不忘汉室之恩。服膺，谨记在心中。圣化：圣人的教化，这里指盛世。

译文

魏文帝称帝，陈群面带愁容。文帝问他："朕顺应天命即帝位，你为什么不高兴？"陈群回答说："臣和华歆铭记先朝，现在虽然欣逢盛世，但是怀念故主恩义的心情，还是不免要流露出来。"

原文

郭淮作关中都督，甚得民情，亦屡有战庸[①]。淮妻，太尉王凌之妹，坐凌事，当并诛[②]。使者征摄甚急，淮使戒装，克日当发[③]。州府文武及百姓劝淮举兵，淮不许。至期遣妻，百姓号泣追呼者数万人。行数十里，淮乃命左右追夫人还，于是文武奔驰，如徇身首之急[④]。既至，淮与宣帝书曰："五子哀恋，思念其母。其母既亡，则无五子。五子若殒，亦复无淮。"宣帝乃表特原淮妻。

注释

①都督：官名，地方军政长官，战庸：战功。庸即功劳。
②坐凌事：因王凌事获罪。
③征摄：收捕。克日：定期。
④身首：这里指性命。

译文

郭淮出任关中都督期间，很得民心，也多次建立过战功。郭淮的妻子，是太尉王凌的妹妹，因为王凌犯罪事受株连，应当一起处死。派来逮捕她的官吏要人要得很急，郭淮让妻子准备好行装，限定日子就要上路。州和都督府的文武官员和百姓都劝说郭淮起兵反抗，郭淮不同意。到期打发妻子上路，百姓号啕痛哭、一路跟着呼唤不舍的有几万人。走了几十里路后，郭淮到底还是叫手下的人去把夫人追回来，于是文武官员飞跑传命，好像救自家性命那么急。夫人追回来以后，郭淮写了封信给宣帝司马懿说："五个孩子哀痛欲绝，恋恋不舍，思念他们的母亲。如果他们的母亲死了，我就会失去五个孩子。五个孩子如果死了，也就不再有我郭淮了。"司马懿于是上表魏帝，特准赦免了郭淮的妻子。

原文

诸葛亮之次渭滨，关中震动。魏明帝深惧晋宣王战，乃遣辛毗为军司马[①]。宣王既与亮对渭而陈，亮设诱谲万方，宣王果大忿，将欲应之以重兵[②]。亮遣间谍觇之[③]，还曰："有一老夫，毅然仗黄钺，当军门立，军不得出[④]。"亮曰："此必辛佐治也。"

注释

①晋宣王：司马懿。魏咸熙元年晋国初建，追尊他为宣王；他的孙子司马炎建立晋朝，又追尊他为宣帝。辛毗（pí）：字佐治，任行军司马，平时总理事务，作战时负参谋之责。

②陈：通。"阵"，排列成阵。诱谲（jué）：诱惑欺诈。据说诸葛亮送他妇女戴的头巾，欲激怒他出战，他只好故意向朝廷请战以张声势，魏明帝懂得他的用意，也怕战败，就派辛毗持君命来阻止，其中也有为司马懿遮羞之意。

③觇（chān）：侦察。

④黄钺（yuè）：用黄金装饰的斧，是帝王赐给主管征伐的重臣的。这里表明辛毗奉命监军。

译文

诸葛亮屯兵在渭水南岸的时候，关中地区人心震动。魏明帝非常害怕晋宣王司马懿出战，便派辛毗去担任军司马。司马懿和诸葛亮隔着渭水列成阵势以后，诸葛亮千方百计地设法诱骗他出战，他果然非常愤怒，就打算用重兵来对付诸葛亮。诸葛亮派间谍去侦察他的行动，回报说："有一个老人拿着金斧，坚定地面对军营门口站着，军队都出不来。"诸葛亮说："这一定是辛佐治呀。"

原文

夏侯玄既被桎梏，时钟毓为廷尉，钟会先不与玄相知，因便狎之①。玄曰："虽复刑馀之人，未敢闻命②。"考掠初无一言，临刑东市，颜色不异③。

注释

①廷尉：官名，九卿之一，掌管诉讼刑狱之事。钟会：是钟毓的弟弟。钟会因夏侯玄为名士，曾经想结交他，被夏侯玄拒绝了。狎(xiá)：亲近而不庄重。

②闻命：听从命令。这里说未敢闻命，意即不愿与之交往。

③东市：行刑的地方；法场。汉代在长安东面的市场行刑，故后代通称法场为东市。

译文

夏侯玄被逮捕了，当时钟毓任廷尉，他弟弟钟会先前和夏侯玄不相交好，这时趁机对夏侯玄表示狎昵。夏侯玄说："我虽然是罪人，也还不敢遵命。"经受刑讯拷打，始终不出一声，临到解赴法场行刑，也依然面不改色。

原文

夏侯泰初与广陵陈本善①。本与玄在本母前宴饮，本弟骞行还，径入，至堂户。泰初因起曰："可得同，不可得而杂②。"

注释

①陈本:字休元,曾任郡守、廷尉,迁镇北将军。弟弟陈骞,字休渊,当时还年轻,任中领军(掌管卫兵)。

②"可得"句:夏侯玄因为和陈本友好去拜见其母,当时陈骞的年龄、德位都不如夏侯玄,他想和夏侯玄交往,就应该先登门拜访。

译文

夏侯泰初和广陵郡人陈本是好朋友。当陈本和夏侯玄在陈本母亲面前宴饮时,陈本的弟弟陈骞从外面回来,一直进入堂屋门口。于是泰初站起来说:"相同的事可以一齐办,不同的事不能混杂在一起办。"

原文

高贵乡公薨,内外喧哗[①]。司马文王问侍中陈泰曰:"何以静之?"泰云:"唯杀贾充以谢天下。"文王曰:"可复下此不?"对曰:"但见其上,未见其下。"

注释

①高贵乡公:指曹髦(máo),是魏文帝曹丕的孙子。未登位时封为郯县高贵乡公。大将军司马师废魏齐王曹芳后,立他为帝。他在位时,司马昭继承哥哥司马师的职位,专国政,自为相国,曹髦想除掉他,反被司马师的党羽贾充率兵杀死。

译文

高贵乡公被杀，朝廷内外群情激愤，议论纷纷。文王司马昭问侍中陈泰："怎样才能使舆论平静下来呢？"陈泰说："只有杀掉贾充来向天下人谢罪。"司马昭说："可以不可以再考虑一个比这轻一些的处理办法呢？"陈泰回答说："我只知道有比这更重的，不知比这更轻的。"

原文

和峤为武帝所亲重①，语峤曰："东宫顷似更成进，卿试往看②。"还，问何如，答云："皇太子圣质如初③。"

注释

①和峤：字长舆，任侍中，迁中书令。多次向晋武帝司马炎谈起担心太子不能继承国家大业，武帝不以为然。

②东宫：太子居住的宫室，这里用来称太子。

③圣质：资质。"圣"字是敬辞。

译文

和峤是晋武帝所亲近、器重的人，有一次武帝对和峤说："太子近来似乎更加成熟、长进了，你试去看看。"和峤去了回来，武帝问他怎么样，和峤回答说："皇太子资质同以前一样。"

原文

诸葛靓后入晋,除大司马,召不起①。以与晋室有仇,常背洛水而坐。与武帝有旧,帝欲见之而无由,乃请诸葛妃呼靓。既来,帝就太妃间相见。礼毕,酒酣,帝曰:"卿故复忆竹马之好不?"②靓曰:"臣不能吞炭漆身,今日复睹圣颜③。"因涕泗百行。帝于是惭悔而出。

注释

①诸葛靓(jìng):三国时在吴国做官,吴亡后,到晋国首都洛阳。除:授官;任命。起:出任。

②竹马之好:比喻儿童时代的交情。竹马,儿童用来当马骑的竹竿。

③吞炭漆身:比喻为父报仇,据《史记·刺客列传》载:春秋末年,晋国的大夫赵襄子灭了智伯,智伯的家臣豫让便要杀赵襄子来给智伯报仇。他用漆涂身,使身上长癞疮,以改变形貌;吞炭弄坏嗓子,使声音沙哑。毁容变音,使人不识,再去报仇。

译文

诸葛靓后来才到晋朝首都洛阳,被任命为大司马,他不肯应召赴任。因为和晋室有仇,常常背对洛河的方向坐着。他和晋武帝有旧交情,武帝很想见他,却又找不到理由,就请婶母诸葛太妃招呼诸葛靓来。来后,武帝到太妃那里和他见面。行礼后就喝酒,喝到痛快的时候,武帝问:"你还记得我们小时候的交情吗?"诸葛靓说:"臣不能吞炭漆身,今天又看到了圣上。"说完便涕泪交流。武帝于是既惭愧又懊悔地退了出去。

雅量第六

原文

祖士少好财，阮遥集好屐[①]，并恒自经营[②]。同是一累，而未判其得失。人有诣祖，见料视财物[③]，客至，屏当未尽[④]，馀两小簏著背后[⑤]，倾身障之，意未能平[⑥]。或有诣阮，见自吹火蜡屐[⑦]，因叹曰："未知一生当著几量屐[⑧]。"神色闲畅。于是胜负始分。

注释

①阮遥集：阮孚，字遥集，陈留（今河南开封）人，阮咸的第二个儿子，历任侍中、吏部尚书、广州刺史。屐：木屐，木头拖鞋。

②经营：料理。

③料视：料理，查点。

④屏当：收拾。

⑤簏：竹箱。著：放。

⑥意未能平：神情有点不放心。

⑦见：正在。蜡屐：给木屐上蜡。

⑧量：通"緉"，犹"双"，与"两"相通。

译文

祖士少贪爱钱财，阮遥集喜爱木屐，并且常常亲自经营。同样是一种嗜好、负担，然而由此人们还不能判断他们谁高谁低。有人到祖士少家去，看见他正在整理钱财，客人一到，没来得及收拾，剩下两个小竹箱放在背后，斜着身子挡住它们，神情有点不放心。有人到阮遥集家中，看见他正在吹火给木屐上蜡，因而感叹说："不知一辈子会穿几双木屐。"说时神态悠闲平静。于是二人风度的高下才见分晓。

原文

褚公于章安令迁太尉记室参军，名字已显而位微[①]，人未多识。公东出，乘估客船，送故吏数人[②]，投钱唐亭住。尔时，吴兴沈充为县令[③]，当送客过浙江，客出，亭吏驱公移牛屋下[④]。潮水至，沈令起彷徨，问："牛屋下是何物人[⑤]？"吏云："昨有一伧父来寄亭中[⑥]，有尊贵客，权移之[⑦]。"令有酒色，因遥问："伧父欲食饼不？姓何等？可共语。"褚因举手答曰："河南褚季野。"远近久承公名。令于是大遽[⑧]，不敢移公，便于牛屋下修刺诣公，更宰杀为馔具，于公前鞭挞亭吏，欲以谢惭[⑨]。公与之酌宴，言色无异，状如不觉。令送公至界[⑩]。

注释

①名字：名声。位微：地位低下。

②送故：送别原任长官。长官去职，属吏远送，自汉至魏晋都有这种风气。

③沈充：不详何人。

④驱：驱赶。移：搬。牛屋：牛棚。

⑤何物人：什么样的人。

⑥伧父：鄙贱的人。魏晋时代，吴人讥讽中州人的话。褚季野是河南人，所以被骂为"伧父"。中州人讥讽吴人为"楚"。

⑦权移之：姑且让他搬动一下。

⑧大遽：十分惊慌。

⑨谢惭:赔礼,表示惭意。

⑩至界:到县界。

译文

褚季野从章安令升任太尉记室参军,名声显重,可是地位不高,许多人不认识。褚季野到建康去,乘行商船,和几位相送的属吏到钱唐亭投宿。这时,吴兴人沈充为县令,正要送客人经过浙江,客人来后,亭吏驱赶褚季野搬到牛棚里去住。潮水来了,沈充起身散步,问:"牛屋下住的是什么人?"亭吏说:"昨天有个伧父来亭中寄宿,有尊客来,暂时让他搬到那里。"沈充有几分酒意,因而远远地打问:"伧父想吃饼吗?姓什么?可不可以一起谈谈。"褚季野于是举手回答说:"我是河南褚季野。"这里远近都听说过褚季野的名声。沈充因此十分惊慌,又不敢再移动他,便到牛屋下将名片呈送过去,重新宰鸡杀鹅,替他备办了宴饮,并在他面前鞭打了亭吏,想以此表示歉意。褚季野和沈充一起喝酒,脸色和平常一般,那样子如同没感觉到什么似的。沈令亲自送褚季野到县界。

原文

郗太傅在京口,遣门生与王丞相书[①],求女婿。丞相语郗信[②]:"君往东厢[③],任意选之。"门生归白郗曰[④]:"王家诸郎亦皆可嘉,闻来觅婿,咸自矜持[⑤],唯有一郎在东床上坦腹卧[⑥],如不闻。"郗公云:"正此好!"访之[⑦],乃是逸少[⑧],因嫁女与焉。

注释

①遣:派遣。门生:投靠世族的门客。书:信。

②信:使者,送书信的人。

③东厢:东厢房。

④白:禀告。

⑤矜持：庄重拘谨的样子。

⑥东床：东厢房之床。“东床”“东床之选”“东床袒腹”诸典皆由此出，喻指“佳婿”。坦腹：露着肚子。

⑦访之：打听此人是谁。

⑧逸少：王羲之的字。

译文

郗太傅在京口时，派门生送给王导一封信，要在王家挑选一名女婿。王导对使者说：“您到东厢房去，任意挑选。”门生回来禀告郗太傅说：“王家几位公子都值得赞美，听说来选女婿，个个庄重拘束，只有一位公子在东床上露着肚子躺着，好像没听说这件事似的。”郗太傅说：“正是这个好！”打听一下，原来是逸少，于是把女儿嫁给他了。

原文

顾和始为扬州从事①，月旦当朝，未入，顷停车州门外②。周侯诣丞相，历和车边，和觅虱③，夷然不动④。周既过，反还，指顾心曰：“此中何所有⑤？”顾搏虱如故⑥，徐应曰：“此中最是难测地。”周侯既入⑦，语丞相曰：“卿州吏中有一令仆才。”

注释

①为：担任。从事：官名。凡是辅助州刺史的官，如别驾、主簿、功曹等，都称为“从事”。

②顷停：停一会儿。州门：州府衙门。

③觅：寻找。

④夷然：十分平静的样子。

⑤何所有：有什么。

⑥搏虱：捉虱子。如故：照常。魏晋文人，放浪形骸，不拘礼俗，反映了他们特定的精神状态。

⑦既入：已经进来。

译文

顾和初任扬州从事时，在本月初一应参加朝会，还没有进去，车在州府衙门外刚停了一会儿；这时周顗去拜见王导，经过顾和车旁，顾和正在找虱子，泰然自若，动也不动。周顗走过去，又折回来，指着顾和心窝问："这里边有什么？"顾和照旧捉虱子，慢慢回答说："这里是最难猜测的地方。"周侯进入后，告诉丞相王导说："您州郡官员中有一个可做宰相的人才。"

原文

谢太傅盘桓东山时①，与孙兴公诸人泛海戏。风起浪涌，孙、王诸人色并遽②，便唱使还③。太傅神情方王④，吟啸不言⑤。舟人以公貌闲意说⑥，犹去不止⑦。既风转急，浪猛，诸人皆喧动不坐⑧。公徐云："如此将无归⑨。"众人即承响而回⑩。于是审其量，足以镇安朝野。

注释

①盘桓：逗留。东山：地名，在今浙江省上虞西南。

②王：王羲之。并遽：一起惊慌。

③唱使还：高声喊着要回去。唱，高喊。

④方：正。王：通"旺"，此处指兴致正高。

⑤吟啸：吟唱，歌啸。是魏晋文人常有的一种行为。

⑥貌闲：神态自得的样子。说：通"悦"，高兴。

⑦去：船照旧前进。

⑧喧:喧哗。

⑨将无:大概。

⑩承响:应声。响,说话声。

译文

谢安在东山隐居时,与孙兴公等人到海上游玩。有一次风起浪涌,孙兴公、王羲之等人脸色十分惶恐,便嚷着要回去。谢安兴致正高,吟咏、啸唱,不说一句话。船夫们因为谢安神态悠闲、高兴,还照样划船前进。过了一会儿,风更急了,浪也猛了,大家都吵嚷、乱动起来,坐不住了。谢安慢慢地说:"像这样,莫非大家不想回去?"大家听到他这么说立即返回座位。由此审视谢安的气量,完全能够镇抚、安定国家。

原文

豫章太守顾劭,是雍之子[①]。劭在郡卒,雍盛集僚属,自围棋。外启信至,而无儿书。虽神气不变,而心了其故;以爪掐掌,血流沾褥。宾客既散,方叹曰:"已无延陵之高,岂可有丧明之责[②]!"于是豁情散哀,颜色自若。

注释

①雍:顾雍,字元叹,累迁尚书令,位至丞相。

②延陵:地名,这里指延陵季子。春秋时代,吴国的季札受封于此,称延陵季子,他最熟悉礼制,他儿子死后,葬丧都合乎礼。并且说:"骨肉归复于土,命也。若魂气,则无不之也。"丧明:《礼记·檀弓上》载,孔子弟子子夏死了儿子就哭瞎了眼睛。孔子的另一弟子曾子为此责备他,认为这是子夏的罪过之一。

译文

豫章太守顾劭,是顾雍的儿子。顾劭死在任内,当时顾雍正大聚下属饮酒作乐,他亲自下围棋。外面禀报说豫章有送信人到,却没有他儿子的书信。顾雍虽然神态不变,可是心里已明白其中的缘故;他悲痛得用指甲紧掐手掌,血流出来沾湿了座褥。直到宾客散去以后,才叹气说:"已经不可能有延陵季子那么高尚,难道可以哭瞎眼睛而受人责备吗!"于是就放开胸怀,驱散哀痛之情,神色自若。

原文

嵇中散临刑东市,神气不变,索琴弹之,奏《广陵散》[①]。曲终,曰:"袁孝尼尝请学此散,吾靳固不与,《广陵散》于今绝矣!"太学生三千人上书,请以为师,不许。文王亦寻悔焉。

注释

①《广陵散》:古琴曲。

译文

中散大夫嵇康在法场处决时,神态不变,要求给他琴弹,弹奏《广陵散》曲。弹完后说:"袁孝尼曾经请求学这支曲子,我吝惜固执,不肯传给他,《广陵散》从今以后要失传了!"当时,三千名太学生曾上书,请求拜他为师,朝廷不准许。嵇康被杀后,文王司马昭随即也后悔了。

原文

夏侯太初尝倚柱作书，时大雨，霹雳破所倚柱[1]，衣服焦然[2]，神色无变，书亦如故。宾客左右皆跌荡不得往。

注释

①霹雳(pī lì)：响声很大的雷。

②焦然：形容烧焦了。

译文

夏侯太初有一次靠着柱子写字，当时下着大雨，雷电击坏了他靠着的柱子，衣服烧焦了，他神色不变，照样写字。宾客和随从都跌跌撞撞，站立不稳。

原文

王戎七岁，尝与诸小儿游，看道边李树多子折枝，诸儿竞走取之，唯戎不动[1]。人问之，答曰："树在道边而多子，此必苦李。"取之，信然[2]。

注释

①折枝：使树枝弯曲。

②信然：确实这样。

译文

王戎七岁的时候，有一次和一些小孩儿出去游玩，看见路边的李树挂了很多果，压弯了树枝，小孩儿们争先恐后跑去摘李子，只有王戎站着不动。别人问他，他回答说："树长在路边，还有这么多李子，这一定是苦的李子。"拿李子来一尝，果真是苦的。

原文

魏明帝于宣武场上断虎爪牙，纵百姓观之①。王戎七岁，亦往看。虎承间攀栏而吼，其声震地，观者无不辟易颠仆②。戎湛然不动，了无恐色③。

注释

①宣武场：场地名，在洛阳城北。断：隔绝。纵：听凭。
②承间：同"乘间"，趁着空子。
③湛然：形容镇静。

译文

魏明帝在宣武场上包着老虎的爪牙，举行人、虎搏斗表演，任凭百姓观看。王戎当时七岁，也去看。老虎乘隙攀住栅栏大吼，吼声震天动地，围观的人全都吓得退避不迭，跌倒在地。王戎却平平静静，一动不动，一点也不害怕。

原文

王戎为侍中，南郡太守刘肇遗筒中笺布五端，戎虽不受，厚报其书[1]。

注释

①筒中笺布：一种细布，卷作筒形。端：二丈为一端。

译文

王戎任侍中的时候，南郡太守刘肇送给他十丈筒中细布，王戎虽然没有受礼，还是深情地给他写了一封回信。

原文

裴叔则被收[1]，神气无变，举止自若。求纸笔作书，书成，救者多，乃得免。后位仪同三司[2]。

注释

①裴叔则：裴楷，字叔则，曾任屯骑校尉、太子少师。

②仪同三司：仪仗同于太尉、司徒、司空。这三个官职号称三公，又称三司，三公以下有“位从公”之名，仪同三司的都是位从公，即非三公却给以和三公同等的待遇。

译文

裴叔则被逮捕时，神态不变，举动如常。要来纸笔写信给亲朋故旧，信发出后，营救他的人很多，才得以免罪。后来位至仪同三司。

原文

王夷甫尝属族人事，经时未行[①]。遇于一处饮燕[②]，因语之曰："近属尊事，那得不行？"族人大怒，便举樏掷其面[③]。夷甫都无言，盥洗毕，牵王丞相臂，与共载去。在车中照镜，语丞相曰："汝看我眼光，乃出牛背上。"

注释

①王夷甫：王衍，字夷甫，官至太尉。

②饮燕：同"饮宴"。

③樏（lěi）：食盒。

译文

王夷甫曾经托族人办事，过了一段时间还没办。后来两人碰到一起吃喝，王夷甫便问那位族人："原先托您办的事，怎么还不去办呢？"族人非常生气，就举起食盒扔到他脸上。王夷甫一言不发，洗干净后，挽着丞相王导的手，和他一起坐牛车走了。在车里照着镜子，对王导说："你看我的眼光，竟然超出牛背之上。"

原文

裴遐在周馥所，馥设主人①。遐与人围棋，馥司马行酒②。遐正戏，不时为饮，司马恚，因曳遐坠地。遐还坐，举止如常，颜色不变，复戏如故。王夷甫问遐："当时何得颜色不异？"答曰："直是暗当故耳！"

注释

①设主人：以主人身份备办酒食。

②行酒：在宴会上主持行酒令、斟酒劝饮等事。

译文

裴遐在周馥家，周馥以主人身份宴请大家。裴遐和人下围棋，周馥的司马负责劝酒。裴遐正在下棋，时时要酒喝，司马很生气，便把他拽倒在地上。裴遐爬起来回到座位上，举动如常，脸色不变，照样下棋。后来王夷甫问他："当时怎么能做到面不改色呢？"他回答说："只不过是暗地忍受着罢了！"

原文

刘庆孙在太傅府，于时人士多为所构，唯庾子嵩纵心书外，无迹可间①。后以其性俭家富，说太傅令换千万，冀其有吝，于此可乘②。太傅于众坐中问庾，庾时颓然已醉，帻堕几上，以头就穿取③，徐答云："下官家故可有两娑千万，随公所取。"于是乃服。后有人向庾道此，庾曰："可谓以小人之虑，度君子之心。"

注释

①刘庆孙:刘舆,字庆孙,在太傅司马越的官府中任长史。纵心:放开心思,不关心事情。间(jiàn):插在中间;乘间。

②俭:吝啬。换:借。

③帻(zé):头巾。几:坐时靠着或放物品的小桌子。

译文

刘庆孙在太傅府任职,在这期间,名人多被他构陷,只有庾子嵩不把心思放在世事上,使他没有空子可钻。后来就抓住庾子嵩生性吝啬而家境富裕这点,怂恿太傅向庾子嵩借千万钱,希望他表现得吝啬不肯借,然后在这里找到可乘之机。于是太傅就在大庭广众中向庾子嵩借钱,这时庾子嵩已经醉醺醺的了,头巾颠落在小桌上,他把头伸进头巾里戴上,慢吞吞地回答说:"下官家原来大约有两三千万,随您取多少。"刘庆孙这才佩服了。后来有人向庾子嵩谈起这件事,庾子嵩说:"这可以说是以小人之心,度君子之腹。"

原文

王夷甫与裴景声志好不同,景声恶欲取之,卒不能回[①]。乃故诣王,肆言极骂,要王答己,欲以分谤[②]。王不为动色,徐曰:"白眼儿遂作。"

注释

①裴景声:裴邈,字景声。历太傅从事中郎、左司马,监东海王军事。恶:讨厌。

②肆言:肆无忌惮地说。要:要挟,强迫。

译文

王夷甫和裴景声两人志趣、爱好不同，景声讨厌王夷甫想任用自己，可是始终没法改变王夷甫的主意。于是就故意到王夷甫那里，肆意攻击，痛骂一番，迫使王夷甫回骂自己，想用这种办法使王夷甫分担别人的指责。王夷甫却始终不动声色，从容地说："白眼儿终于发作了。"

原文

杜预之荆州，顿七里桥，朝士悉祖[①]。预少贱，好豪侠，不为物所许。杨济既名氏雄俊，不堪，不坐而去[②]。须臾，和长舆来，问："杨右卫何在？"客曰："向来，不坐而去。"长舆曰："必大夏门下盘马。"往大夏门，果大阅骑。长舆抱内车，共载归，坐如初[③]。

注释

①杜预：字元凯，累迁河南尹，为镇南将军，都督荆州诸军事，镇守襄阳。杜预出身名家，其父与司马懿不和，被弹劾下狱，并免为庶人。杜预后娶司马昭妹妹为妻，才出任尚书郎。顿：停留。七里桥：在洛阳城东。京都士人，送往迎来，常在此处。祖：饯行的一种隆重仪式，祭路神后，在路上设宴送行。

②杨济：字文通，累迁太子太傅、右卫将军。杨济是晋武帝司马炎的妻子武悼皇后的叔父，与杜预都是晋室的外戚。虽然杜预功名比他高，他却认为杜预是罪人之子，不愿与之同坐。

③抱内：抱持放入。内，通"纳"。

译文

杜预到荆州去任职，出到七里桥，朝廷的官员全都来到这里给他饯行。杜预年轻时家境贫贱，却喜欢当豪侠之士，得不到大家的赞许。杨济既是名门中的杰出人物，忍受不了这种场面，不落座就走了。一会儿，和长舆来了，问："杨右卫在哪里？"有位客人说："刚才来了，没坐一坐就走了。"和长舆说："一定是到大夏门下骑马游乐去了。"便到大夏门去，果然是在那里观看大规模的兵马操练。长舆便搂住他拉到车上，一起坐车回到七里桥，好像刚来那样入座。

原文

杜预拜镇南将军，朝士悉至，皆在连榻坐①。时亦有裴叔则。羊稚舒后至②，曰："杜元凯乃复连榻坐客！"不坐便去。杜请裴追之，羊去数里住马，既而俱还杜许。

注释

①连榻：榻分独榻和连榻，坐独榻为尊，坐连榻则否。

②羊稚舒：羊琇子稚舒，也是晋室的外戚。同上一则所说的杨济一样，都是恃贵而骄之辈。

译文

杜预被任命为镇南将军，朝廷的官员都来庆贺，大家都坐在连榻上。当时在座的也有裴叔则。羊稚舒后来才到，说："杜元凯竟然用连榻待客！"不落座就走了。杜预请裴叔则去追他回来，羊稚舒骑马走了几里地就停下了，接着就和裴叔则一起回到杜预家。

原文

晋武帝时，荀勖为中书监，和峤为令①。故事：监、令由来共车②。峤性雅正，常疾勖谄谀③。后公车来，峤便登，正向前坐，不复容勖。勖方更觅车，然后得去。监、令各给车，自此始。

注释

①中书监、令：晋代设中书监和中书令，是中书省的长官，掌管机要。
②故事：前代的制度；成例。
③疾：厌恶；憎恨。谄谀：谄媚阿谀；巴结奉承。

译文

晋武帝时，荀勖任中书监，和峤任中书令。按照旧例，监和令向来同坐一辆车上朝。和峤本性正直，一向憎恶荀勖那种阿谀逢迎的作风。后来每逢官车来接他们上朝，和峤便上车，只往前坐，不再给荀勖留出位子。荀勖还要另外找一辆车，然后才能走。以后监和令分别派车，就是从这时开始的。

原文

山公大儿著短帢，车中倚①。武帝欲见之，山公不敢辞，问儿，儿不肯行。时论乃云胜山公。

注释

①短帢(qià):一种轻便小帽。戴帢帽见客,是一种不讲究礼节的做法。

译文

山涛的大儿子戴着一顶便帽,靠在车上。晋武帝想召见他,山涛不敢替他推辞,就出来问儿子的意见,他儿子不肯去。当时的舆论就说这个儿子胜过山涛。

原文

向雄为河内主簿,有公事不及雄,而太守刘淮横怒,遂与杖遣之①。雄后为黄门郎,刘为侍中,初不交言②。武帝闻之,敕雄复君臣之好。雄不得已,诣刘,再拜曰:"向受诏而来,而君臣之义绝,何如?"于是即去。武帝闻尚不和,乃怒问雄曰:"我令卿复君臣之好,何以犹绝?"雄曰:"古之君子,进人以礼,退人以礼;今之君子,进人若将加诸膝,退人若将坠诸渊③。

臣于刘河内不为戎首,亦已幸甚,安复为君臣之好④!"武帝从之。

注释

①河内主簿:河内郡的主簿。河内郡在今河南省黄河以北一带。

②黄门郎:官名,也称黄门侍郎,职责为侍从皇帝,传达诏命。与侍中同为宫内近侍官,不过侍中是加官,无定员。侍中和黄门郎俱管门下省众事。

③"古之"两句:摘自《礼记·檀弓下》。君子指达官贵人。进是推荐,提

拔。退是撤职,降职。

④戎首:指挑起争端的人。

译文

向雄任河内郡的主簿,有件公事本来和他没关系,可是郡太守刘淮为这事大为震怒,便对他动了杖刑,并且打发他走了。向雄后来调任黄门郎,刘淮任侍中,两人虽在同一衙门,却从来不交谈。晋武帝听说这件事,便命令向雄要恢复两人原有的上下级和睦关系。向雄不得已,就到刘淮那里,行再拜礼后说:"刚才奉皇上的命令而来,可是我们之间的上下级恩义已经断绝了,怎么办?"说完,马上就走了。武帝后来听说两人还是不和,就生气地问向雄:"我命令你恢复旧时的和睦关系,为什么还要绝交?"向雄说:"古时候的君子,按礼法举荐官员,也按礼法贬黜官员;现在的君子,举荐人家时就像要抱到膝上那么亲,贬黜人家时就像要推下深渊那样狠。臣下对刘河

内如果不去挑起争端,那也就幸运得很了,怎么还能修复旧有的上下级关系呢!"晋武帝听后,就不再勉强他了。

原文

有往来者云:"庾公有东下意[1]。"或谓王公:"可潜稍严,以备不虞[2]。"王公曰:"我与元规虽俱王臣,本怀布衣之好。若其欲来,吾角巾径还乌衣,何所稍严[3]!"

注释

①庾公:庾亮,字元规。

②潜:暗中;秘密地。严:戒备。虞:预料。

③角巾:有棱角的头巾,是隐士所常戴的。这里指家居时的服饰。乌衣:建康城内的乌衣巷。东晋时王导、谢安这些贵族都住在这里。

译文

有往来首都的人说:“庾公有起兵东下的意图。”有人对王导说:“应该暗中略作戒备,以防备不测事件。”王导说:“我和元规虽然都是国家大臣,但是本来就怀有布衣之交的情谊。如果他想来朝廷,我就径直回家当老百姓,略作戒备做什么!”

原文

王丞相主簿欲检校帐下①,公语主簿:“欲与主簿周旋,无为知人几案间事②。”

注释

①检校:检查核对。帐下:幕府中,这里指幕僚。

②几案间事:指案牍,即官府文牍案卷之事。

译文

丞相王导的主簿想去查核部下,王导对他说:“我想和主簿交谈一下,不用去了解人家文牍案卷上的事。”

原文

许侍中、顾司空俱作丞相从事,尔时已被遇,游宴集聚,略无不同[①]。尝夜至丞相许戏,二人欢极。丞相便命使入己帐眠。顾至晓回转,不得快熟[②];许上床便咍台大鼾[③]。丞相顾诸客曰:"此中亦难得眠处。"

注释

①顾司空:顾和,字君孝,官至尚书令,死后追赠司空。从事:官名,是三公和州郡长官的属官。

②熟:指习惯。

③咍(hái)台:打呼噜的声音。

译文

侍中许璪和司空顾和一起在丞相王导手下任从事,那时两人都已经得到赏识,凡是游乐、宴饮、聚会,两人都参加,没有丝毫不同。有一次两人晚上到王导家玩,玩得高兴极了。王导便叫他们到自己的床上睡。顾和辗转反侧直到天亮,不能很快习惯;许璪一上床就鼾声如雷。王导回头对客人们说:"这里也难得到个睡觉的地方。"

原文

庾太尉风仪伟长，不轻举止，时人皆以为假[1]。亮有大儿数岁，雅重之质，便自如此，人知是天性[2]。温太真尝隐幔怛之，此儿神色恬然[3]，乃徐跪曰："君侯何以为此[4]？"论者谓不减亮。苏峻时遇害。或云："见阿恭，知元规非假。"

注释

①庾太尉：庾亮，字元规，位至司空，死后追赠太尉。《晋书·庾亮传》说他美姿容，作风严整，动由礼节。

②雅重之质：高雅稳重的气质。

③幔（màn）：帷帐。恬然：安静、无动于衷的样子。

④君侯：对列侯和地方高级官吏的尊称。

译文

太尉庾亮风度仪容，奇伟出众，举止稳重，当时人们都认为这是一种假象。庾亮有个大儿子，只有几岁，那种高雅、稳重的气质，从小就是那样，人们才知道这是本性。温太真曾经藏在帷帐后面吓唬他，这孩子神色安详，只是慢慢地跪下问道："君侯为什么做这样的事？"舆论界认为他的气质不亚于庾亮。他在苏峻叛乱时被杀害了。有人说："看见阿恭的样子，就知道元规不是装假。"

原文

过江初，拜官，舆饰供馔[①]。羊曼拜丹阳尹，客来蚤者，并得佳设[②]。日晏渐罄，不复及精，随客早晚，不同贵贱。羊固拜临海，竟日皆美供[③]。虽晚至，亦获盛馔。时论以固之丰华，不如曼之真率。

注释

①舆饰：都整治。舆，都，皆。

②佳设：盛宴，美味佳肴。

③美供：精美的酒宴。

译文

晋室南渡的初期，新官接受任命时，都要备办酒宴招待前来祝贺的人。羊曼出任丹阳尹时，客人来得早的，都能吃到丰盛的酒食。来晚了，备办的东西逐渐吃完了，就不能再吃上精美的酒食了，只是随客人来得早晚而不同，不管官位高低。羊固出任临海太守时，从早到晚都有精美的酒宴。虽然到得很晚的，也能吃上丰盛的酒食。当时的舆论认为羊固的酒宴虽然丰盛、精美，但是比不上羊曼的本性真诚直率。

识鉴第七

原文

曹公少时见乔玄，玄谓曰："天下方乱，群雄虎争，拨而理之，非君乎！然君实乱世之英雄，治世之奸贼[①]。恨吾老矣，不见君富贵，当以子孙相累[②]。"

注释

①治世：太平盛世。奸贼：狡诈凶残的人。

②累：牵累。这里指把子孙托付给他照顾。

译文

曹操年轻时去见乔玄，乔玄对他说："天下正动乱不定，各路豪强如虎相争，能拨乱反正的，难道不是您吗！可是您其实是乱世中的英雄，盛世中的奸贼。遗憾的是我老了，看不到您富贵那一天，我要把子孙拜托给您照顾。"

原文

曹公问裴潜曰[①]："卿昔与刘备共在荆州，卿以备才如何？"潜曰："使居中国，能乱人，不能为治[②]；若乘边守险，足为一方之主[③]。"

注释

①裴潜：字文行，曾避乱荆州，投奔刘表，刘备也曾依附刘表，曹操指的就是这事。

②居中国：占有中国，指处在京都的统治地位上。

③乘边：驾御边境，即指防守边境。

译文

曹操问裴潜道："你过去和刘备一起在荆州，你认为刘备的才干怎么样？"裴潜说："如果让他治理国家，会扰乱百姓，不能得到太平；如果保卫边境，防守险要地区，就完全能够成为一个地区的首脑。"

原文

何晏、邓飏、夏侯玄并求傅嘏交，而嘏终不许[①]。诸人乃因荀粲说合之。谓嘏曰："夏侯太初，一时之杰士，虚心于子，而卿意怀不可；交合则好成，不合则致隙。二贤若穆，则国之休。此蔺相如所以下廉颇也[②]。"傅曰："夏侯太初，志大心劳，能合虚誉，诚所谓利口覆国之人[③]。何晏、邓飏，有为而躁，博而寡要，外好利而内无关籥，贵同恶异，多言而妒前[④]。多言多衅，妒前无亲。以吾观之，此三贤者，皆败德之人耳，远之犹恐罹祸，况可亲之邪！"后皆如其言。

注释

①"何晏"句:何晏等三人是三国时魏人,在当时名位都很高,后来都先后被司马氏杀害。傅嘏那时名位未显,看来三人不一定会追求和傅嘏结交,这里所述之事不大可靠。夏侯玄,字太初。

②"此蔺"句:蔺相如是战国时赵国人,因为完璧归赵之功拜为上卿,地位在大将廉颇之上。廉颇不服,就想羞辱他。他以国家利益为重,不愿做两虎相争之事,总是回避廉颇。廉颇听说后,负荆请罪。下,在下,这里指退让。

③利口覆国:用能言善辩来倾覆国家。《论语·阳货》说:"恶利口之覆邦家者。"利口,言辞锋利。

④有为:有作为。关籥(yuè):门闩,这里指检点约束。妒前:嫉妒超过自己的人。

译文

何晏、邓飏、夏侯玄都希望和傅嘏结交,可是傅嘏始终没有答应。他们便托荀粲去说合。荀粲对傅嘏说:"夏侯太初是一代的俊杰,对您很虚心,而您心里却认为不行。如果能交好,就有了情谊;如果不行、就会产生裂痕。两位贤人如果能和睦相处、国家就吉祥。这就是蔺相如对廉颇退让的原因。"傅嘏说:"夏侯太初,志向很大,用尽心思去达到目的,很能迎合虚名的需要,确实是所说的要嘴皮子亡国的人。何晏和邓飏,有作为却很急躁,知识广博却不得要领,对外喜欢得到好处,对自己却不加检点约束,重视和自己意见相同的人,讨厌意见不同的人,好发表意见,却忌妒超过自己的人。发表意见多,破绽也就多,忌妒别人胜过自己,就会不讲情谊。依我看来,这三位贤人,都不过是败坏道德的人罢了,离他们远远的还怕遭祸,何况是去亲近他们呢!"后来的情况都像他所说的那样。

原文

晋武帝讲武于宣武场，帝欲偃武修文，亲自临幸，悉召群臣[①]。山公谓不宜尔，因与诸尚书言孙、吴用兵本意，遂究论，举坐无不咨嗟[②]。皆曰："山少傅乃天下名言。"后诸王骄汰，轻遘祸难，于是寇盗处处蚁合，郡国多以无备不能制服，遂渐炽盛，皆如公言[③]。时人以谓山涛不学孙、吴，而暗与之理会[④]。王夷甫亦叹云："公暗与道合。"

注释

①偃（yǎn）武修文：停止武备，提倡教化。

②孙、吴：孙武、吴起。孙武是春秋时代齐国人，著名军事家，著有《孙子兵法》。吴起，是战国时代魏国人，著名将领。后世谈到擅长兵法的人，都是孙、吴并称。

③骄汰：放纵、奢侈。轻遘祸难：指八王之乱。西晋初大封宗室，诸王拥兵自重。晋武帝死后，诸王互相攻杀，内讧达十六年，史称八王之乱。

④理会：理合；事理上相同。

译文

晋武帝命令军队在宣武场练武，他想停止武备，提倡文教，所以亲自到场，并且把群臣都召集来了。山涛认为不宜这样做，便和诸位尚书谈论孙武、吴起用兵的本意，于是详尽地探讨下去，满座的人听了没有不赞叹的。大家都说："山少傅所论才是天下的名言。"后来诸王放纵、奢侈，轻率地造成灾难，于是兵匪到处像蚂蚁一样聚合起来，郡、国多数因为没有武备不能制服他们，终于逐渐猖獗、蔓延，正像山涛所说的那样。当时人们认为山涛虽然不学孙、吴兵法，可是和他们的见解自然而然地相同。王夷甫也慨叹道："山公所说的和常理暗合。”

原文

王夷甫父乂，为平北将军，有公事，使行人论，不得①。时夷甫在京师，命驾见仆射羊祜、尚书山涛。夷甫时总角，姿才秀异，叙致既快、事加有理，涛甚奇之②。既退，看之不辍，乃叹曰：“生儿不当如王夷甫邪？羊祜曰：“乱天下者，必此子也。”

注释

①行人：指使者，奉命执行任务的人。论：陈述，这里指向上陈述。

②总角：指未成年时。《晋书·王衍传》载当时王衍（字夷甫）是十四岁。

译文

王夷甫的父亲王乂，担任平北将军，曾经有件公事，派人去上报，没办成。当时王夷甫在京都，就坐车去谒见尚书左仆射羊祜和尚书山涛。王夷甫当时还是少年，风姿才华与众不同，不但陈述意见痛快淋漓，加以事实本身又理由充分，所以山涛认为他很不寻常。他告辞后，山涛一直目不转睛地看着他，终于叹息说：“生儿子难道不该像王夷甫吗？”羊祜却说：“扰乱天下的一定是这个人。”

原文

潘阳仲见王敦小时，谓曰：“君蜂目已露，但豺声未振耳①。必能食人，亦当为人所食②”。

注释

①“君蜂”句：古人认为蜂目而豺声的人是残忍的人。蜂目，指像胡蜂样的眼睛。振，扬起。

②“必能”句：指会杀害别人，也会被人杀掉。

译文

潘阳仲看见王敦少年时候的样子，就对他说：“您已经露出了胡蜂一样的眼神，只是还没有嗥出豺狼般的声音罢了。你一定能吃人，也会给别人吃掉。”

原文

石勒不知书，使人读《汉书》①。闻郦食其劝立六国后，刻印将授之②，大惊曰：“此法当失，云何得遂有天下！”至留侯谏，乃曰：“赖有此耳！”

注释

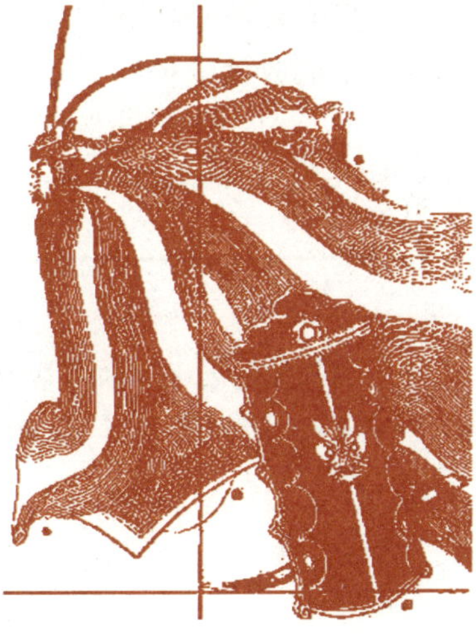

①石勒：东晋时代后赵的君主，羯族人，起兵反晋室，公元 319 年自称赵王。后来攻占了晋朝淮水以北大片土地。到公元 330 年又自称大赵天王，行皇帝事。

②郦食其（lì yì jī）：是汉高祖刘邦的谋士。

译文

石勒不识字，叫别人读《汉书》给他听。他听到郦食其劝刘邦把六国的后代立为王侯，刘邦马上刻印，将要授予爵位，就大惊道："这种做法会失去天下，怎能最终得到天下呢！"当听到留侯张良劝阻刘邦时，便说："幸亏有这个人呀！"

原文

卫玠年五岁，神衿可爱。祖太保曰："此儿有异，顾吾老，不见其大耳[①]！"

注释

①神衿：胸襟。祖太保：指卫玠的祖父卫瓘，晋武帝时官至太保。

译文

卫玠五岁时，襟怀可爱。祖父卫瓘说："这孩子与众不同，只是我老了，看不到他将来的成就了！"

原文

刘越石云："华彦夏识能不足，强果有馀[①]。"

注释

①华彦夏：华轶，字彦夏，任江州刺史，甚得士人欢心，心忧天下，只因不从晋元帝命令，被害。

译文

刘越石说："华彦夏见识、才能不足，倔强、果敢则有余。"

原文

张季鹰辟齐王东曹掾在洛[1]，见秋风起，因思吴中菰菜羹、鲈鱼脍[2]，曰："人生贵得适意尔，何能羁宦数千里以要名爵！"遂命驾便归。俄而齐王败，时人皆谓为见机[3]。

注释

①张季鹰：张翰，字季鹰，吴郡吴人。他在洛阳当官，看到当时战乱不断，就借想吃家乡名菜为由，弃官归家。齐王：司马冏(jiǒng)，封为齐王。晋惠帝时任大司马，辅政，日益骄奢。公元302年，在诸王的讨伐中被杀。东曹：官名。主管二千石长史的调动等事。

②菰菜羹：《晋书·张翰传》作"莼菜、薄羹"，与鲈鱼脍并为吴中名菜。

③见机：洞察事情的苗头。

译文

张季鹰调任齐王的东曹属官，在首都洛阳，他看见秋风起了，便想吃老家吴中的菰菜羹和鲈鱼脍，说道："人生可贵的是能够顺心罢了，怎么能远离家乡到几千里外做官,来追求名声和爵位呢!”于是坐上车就南归了。不久齐王败死,当时人们都认为他能见微知著。

原文

诸葛道明初过江左,自名道明,名亚王、庾之下①。先为临沂令,丞相谓曰:“明府当为黑头公②。”

注释

①诸葛道明:诸葛恢,字道明。所以叫道明,就是志在使道昌明。初任临沂令,后避难渡江,累迁会稽太守、中书令。

②明府:汉代称太守为明府,晋以后也称县令为明府,王导是临沂人,所以称曾任临沂令的诸葛恢为明府。

译文

诸葛道明初到江南时,自己起名叫道明,名望仅次于王导、庾亮。先前任临沂县令,王导曾对他说:“明府将会任黑头三公。”

原文

王平子素不知眉子①,曰:“志大其量,终当死坞壁间②。”

注释

①王平子:王澄,字平子,曾任荆州刺史。不知:不相知;没有情谊。

②坞(wù)壁:构筑在村落外围的小型城堡,防寇盗用的建筑物。

译文

王平子向来对眉子没有好感,他评论王眉子说:"志向大过他的气量,终究会死在小城堡里。"

原文

王大将军始下[①],杨朗苦谏,不从,遂为王致力。乘中鸣云露车径前[②],曰:"听下官鼓音,一进而捷。"王先把其手曰:"事克,当相用为荆州。"既而忘之,以为南郡。王败后,明帝收朗,欲杀之;帝寻崩,得免。后兼三公,署数十人为官属[③]。此诸人当时并无名,后皆被知遇。于时称其知人。

注释

①"王大"句:指晋明帝时王敦起兵反,东下京都一事。

②中鸣云露车:一种车子,或说即云车,亦名楼车,车上有望楼以窥敌进退。中鸣,指云车中设置鼓锣,指挥军队进退。

③三公:指三公尚书。据《晋书·职官志》载,西晋尚书省分吏部、三公等六曹,设六曹尚书。到东晋撤销三公曹只设五尚书。杨朗是东晋人,似不可能任三公尚书。

译文

大将军王敦刚要进军京都的时候,杨朗极力劝阻他,他不听,杨朗终于为他尽力。在进攻时,杨朗坐着中鸣云露车一直到王敦面前,说:"听我的鼓音,一旦进攻就能获胜。"王敦握住他的手预先告诉他说:"战事胜利了,要用你来掌管荆州。”过后忘了这话，把他派到南郡做太守。王敦失败后，晋明帝下令逮捕了杨朗，想杀掉他；不久明帝死了，才得到赦免。后来兼任三公尚书，安排了几十人做属官。这些人在当时都没有什么名气，后来又都受到他的赏识重用。当时人们称赞他能识别人才。

原文

周伯仁母冬至举酒赐三子曰[①]：“吾本谓度江托足无所，尔家有相，尔等并罗列吾前，复何忧[②]！”周嵩起，长跪而泣曰[③]：“不如阿母言。伯仁为人志大而才短，名重而识暗，好乘人之弊，此非自全之道。嵩性狼抗，亦不容于世。唯阿奴碌碌，当在阿母目下耳。”

注释

①冬至：节气名。古人重视冬至节，这一天要祭祖、家宴、庆贺往来，像过年一样。

②有相：有吉相；有福相。

③长跪：古人坐时臀部放在脚后跟上，跪时伸直腰和大腿，挺直上身跪着，叫长跪，表示尊敬。

译文

周伯仁的母亲在冬至那天的家宴上赐酒给三个儿子，对他们说：“我本来以为避难过江以后没有个立脚的地方，好在你们家有福气，你们几个都在我眼前，我还担心什么呢！”这时周嵩离座，恭敬地跪在母亲面前，流着泪说：“并不像母亲说的那样。伯仁的为人志向很大而才能不足，名气很大而见识肤浅，喜欢利用别人的毛病来达到自己的目的，这不是保全自己的做法。我本性乖戾，也不会受到世人的宽容。只有小弟弟平平常常，将会在母亲的眼前罢了。”

原文

王大将军既亡，王应欲投世儒，世儒为江州；王含欲投王舒，舒为荆州[①]。含语应曰："大将军平素与江州云何，而汝欲归之！"应曰："此乃所以宜往也。江州当人强盛时，能抗同异，此非常人所行[②]；及睹衰危，必兴愍恻[③]。荆州守文，岂能作意表行事！"含不从，遂共投舒，舒果沉含父子于江。彬闻应当来，密具船以待之；竟不得来，深以为恨。

注释

①"王应"句：王应是王敦的哥哥王含的儿子，过继给王敦，王敦派他任武卫将军，做自己的副手。王敦病重时，派王含为元帅，起兵再反，兵败后，王含便和王应逃奔王舒，王舒派人把他们沉到长江里。王舒和王彬（字世儒）是王敦的堂弟，王敦分调他们做荆州刺史和江州刺史。

②"江州"句：公元322年，王敦起兵攻下石头城时，杀了侍中周伯仁。王彬和周伯仁是故交，便前去哭尸，并责骂王敦犯上和杀害忠良。

③愍恻（mǐn cè）：怜悯；同情。

译文

大将军王敦死后，王应想去投奔王世儒，世儒当时任江州刺史；王含想去投奔王舒，王舒当时任荆州刺史。王含对王应说："大将军平时和世儒的关系怎么样，而你却想去投靠他！"王应说："这才是应该去的原因。江州刺史在人家强大的时候，能够坚持不同意见，这不是普通人所能做到的；到了看见人家衰败、危急时，就一定会表示同情。荆州刺史守法，怎么能按意料之外的做法办事！"王含不听他的意见，于是两人便一起投奔王舒，王舒果然把王含父子沉入长江。王彬听说王应会来，暗地里准备好了船来等候他们；他们竟然没能来，王彬深感遗憾。

原文

武昌孟嘉作庾太尉州从事,已知名[①]。褚太傅有知人鉴,罢豫章还,过武昌,问庾曰:"闻孟从事佳,今在此不?"庾云:"试自求之。"褚眄睐良久[②],指嘉曰:"此君小异,得无是乎?"庾大笑曰:"然。"于时既叹褚之默识,又欣嘉之见赏[③]。"

注释

①孟嘉:字万年,江夏人,家住武昌,所以称武昌孟嘉。太尉庾亮兼任江州刺史时,召为从事,也称州从事,是州府的属官。江州的首府在武昌。

②眄睐(miǎn lái):观察;打量。斜着眼看是眄,向旁边看是睐。

③默识:在不言中识别人物。

译文

武昌郡孟嘉任太尉庾亮手下的州从事时,已经很有名气了。太傅褚裒有识别人物的观察力,他免去豫章太守回家时,路过武昌,去见庾亮,问庾亮道:"听说孟从事很有才学,现在在这里吗?"庾亮说:"在座,你试着自己找找看。"褚裒观察了很久,指着孟嘉说:"这一位稍有不同,恐怕是他吧?"庾亮大笑道:"对。"当时庾亮既赞赏褚裒这种在不言中识别人物的才能,又高兴孟嘉受到了赏识。

原文

戴安道年十馀岁,在瓦官寺画。王长史见之,曰:"此童非徒能画,亦终当致名[①]。恨吾老,不见其盛时耳[②]!"

注释

①致名：得到名望。

②盛时：指盛年，青壮年，即指富贵显达之时。

译文

戴安道十几岁时，在京都瓦官寺画画。司徒左长史王濛看见他，说："这孩子不只能画画，将来也会很有名望。遗憾的是我年纪大了，见不到他富贵的时候了！"

原文

王仲祖、谢仁祖、刘真长俱至丹阳墓所省殷扬州，殊有确然之志[①]。既反[②]，王、谢相谓曰："渊源不起，当如苍生何！"深为忧叹。刘曰："卿诸人真忧渊源不起邪？"

注释

①殷扬州：殷浩，字渊源，年轻时名声就很大，可是长期在祖先的墓地里结庐隐居。王、谢等人以为他的出处关系到东晋的兴亡，所以去看望他。后来出任建武将军、扬州刺史。确然：形容坚决、坚定。

②反：通"返"。

译文

王仲祖、谢仁祖、刘真长三人一起到丹阳郡殷氏墓地去探望扬州刺史殷渊源，谈话中知道他退隐的志向坚定不移。回来以后，王、谢互相议论说："渊源不出仕,对老百姓该怎么办呢!"非常忧虑、叹惜。刘真长说:"你们这些人真的担心渊源不出仕吗?"

原文

小庾临终,自表以子园客为代①。朝廷虑其不从命,未知所遣,乃共议用桓温。刘尹曰:"使伊去,必能克定西楚,然恐不可复制②。"

注释

①"小庾"句:小庾指庾翼,是庾亮的弟弟,在庾亮死后,任安西将军、荆州刺史。后来病重,上奏章推荐二儿子庾爰之代理荆州刺史一职。园客就是庾爰之的小名。

②西楚:一个区域,各时代所指具体地区不一致,这里指晋国西部地区。

译文

庾翼临死时,亲自上奏章推荐自己的儿子园客代理职务。朝廷担心他不肯服从命令,不知该派谁去好,于是一同商议用桓温为荆州刺史。丹阳尹刘真长说:"派他去,一定能克服并安定西部地区,可是恐怕以后就再也控制不了他了。"

原文

桓公将伐蜀,在事诸贤,咸以李势在蜀既久,承藉累叶,且形据上流,三峡未易可克①。唯刘尹云:"伊必能克蜀。观其蒲博,不必得,则不为②。"

注释

①累叶：累世；好几代。
②蒲博：蒲指樗蒲，是一种赌博游戏。

译文

桓温将要讨伐蜀地，当时居官的贤明人士都认为李势在蜀地已经很久，继承了好几代的基业，而且地理形势又居上游，长江三峡不是轻易能够攻克的。只有丹阳尹刘真长说："他一定能攻克蜀地。从他赌博可以看出，没有必胜的把握，他是不会干的。"

原文

褚期生少时，谢公甚知之，恒云："褚期生若不佳者，仆不复相士[①]！"

注释

①州士：观察士人的命相以鉴别人才。

译文

褚期生年轻时，谢安很赏识他，经常说："褚期生如果还不优秀，我就不再鉴别人才了！"

原文

郗超与傅瑗周旋。瑗见其二子，并总发[①]，超观之良久，谓瑗曰："小者才名皆胜，然保卿家，终当在兄。"即傅亮兄弟也[②]。

注释

①总发：即总角，指幼年、未成年时。

②傅亮：晋宋时人，曾任尚书令、左光禄大夫，后因罪被杀，他哥哥傅迪，位至五兵部尚书。

译文

郗超和傅瑗有交往。傅瑗叫他两个儿子出来见郗超，两人都还是小孩子，郗超对他们观察了很久，对傅瑗说："小的将来才学名望都超过他哥哥，可是保全你们一家的，终究是哥哥。"所说的就是傅亮兄弟。

原文

王恭随父在会稽，王大自都来拜墓，恭暂往墓下看之。二人素善，遂十馀日方还。父问恭何故多日，对曰："与阿大语，蝉连不得归[①]。"因语之曰："恐阿大非尔之友。"终乖爱好，果如其言。

注释

①蝉连：连续不断。

译文

王恭随他父亲住在会稽郡，王大从京都来会稽扫墓，王恭到墓地去看望他一下。两人一向很要好，索性住了十多天才回家。他父亲问他为什么住了许多天，王恭回答说："和阿大谈话，谈起来没完，没法回来。"他父亲就告诉他说："恐怕阿大不是你的朋友。"后来两人的爱好终于相反，果然和他父亲的话一样。

原文

车胤父作南平郡功曹，太守王胡之避司马无忌之难，置郡于酆阴[1]。是时胤十馀岁，胡之每出，尝于篱中见而异焉。谓胤父曰："此儿当致高名。"后游集，恒命之。胤长，又为桓宣武所知[2]，清通于多士之世，官至选曹尚书[3]。

注释

①司马无忌之难：南郡、河东二郡太守司马无忌的父亲司马承原为湘州刺史，在王敦起兵叛乱时被俘，押送途中，王敦派王廙在半道上把他杀害了。王廙的儿子就是王胡之，怕司马无忌为父报仇，就想避开无忌。

②"又为"句：桓温任安西将军、荆州刺史时，召车胤为从事，渐升为主簿、别驾、征西长史，终于名显于朝廷。

③多士：人才众多。选曹尚书：吏部尚书。吏部在东汉时代称为吏部曹，末期改称选部曹，魏晋以后又称吏部，掌管用人之权。

译文

车胤的父亲任南平郡的功曹，郡太守王胡之因为要避开司马无忌的报复，就把郡的首府设在酆阴。这时车胤才十多岁，王胡之每次外出，都曾隔着篱笆看见他,对他感到惊奇。王胡之对车胤父亲说:“这孩子将会得到很高的名望。”后来遇有游玩、聚会等事,经常把他叫来。车胤长大后,又受到桓温的赏识,在那人才济济的时代里,以清廉通达知名,官做到吏部尚书。

原文

谢公在东山畜妓[1],简文曰:“安石必出,既与人同乐,亦不得不与人同忧。”

注释

①谢公:即谢安。东山:地名,在今浙江上虞市西南。畜:畜养。谢安出仕前,长期隐居东山,狎妓作乐,过着士大夫的优裕生活。

译文

谢安在东山养歌妓,简文帝说:“谢安石一定会出来做官,既然与他人一起共享快乐,也不能不与他人共患忧虑。”

原文

郗超与谢玄不善。苻坚将问晋鼎[1],既已狼噬梁、岐[2],又虎视淮阴矣。于时朝议遣玄北讨,人间颇有异同之论[3]。唯超曰:“是必济事[4]。吾昔尝与共在桓宣武府,见使才皆尽[5],虽履屐之间,亦得其任[6]。以此推之,容必能立勋[7]。”元功既举[8],时人咸叹超之先觉[9],又重其不以爱憎匿善[10]。

注释

①苻坚:字永固,一名文玉,氐族,略阳临谓(今甘肃秦安东南)人,十六国时期前秦皇帝。公元383年,他调集九十万大军进攻东晋,败于淝水,后被姚苌所杀。问晋鼎:图谋消灭东晋。鼎,从周朝以来,被视做国家的象征,后人便把"问鼎"二字当作夺取他人天下的意思。语出《左传·宣公三年》。

②狼噬:像狼一样吞吃。梁:古代九州之一,相当于今陕西的西部和四川全省。岐:岐山,在陕西的岐山县。

③异同之论:不同的说法。异同,偏义复词,这里偏指"异"。

④济事:成事。

⑤见使才皆尽:任用人才,都能发挥其作用。

⑥履屐:比喻小事。履,鞋子。屐,木拖鞋。亦:也。任:责任。

⑦容:或,或许。表示推测口气。立勋:建立功勋。

⑧元功:大功,指北伐的胜利。

⑨咸:都。先觉:先知,有预见。

⑩重:敬重。以:因为。匿:隐瞒,埋没。善:他人的长处。

译文

郗超和谢玄关系不好。苻坚将要夺取晋国,已经狼吞了梁州、岐山,又虎视眈眈地要夺取淮南了。当时朝中商议派遣谢玄北上讨伐,人们对此颇有不同看法。只有郗超说:"这样做一定能成功。我曾经和他一起在桓温府中,发现他任用人才,都能尽量发挥他们的本领,即使是小事,也能让各人尽到自己的责任。从这些推断,一定能立功勋。"果然大功告成。当时人们都赞叹郗超有预见之明,又敬重他不因个人喜厌,而埋没别人的长处。

原文

韩康伯与谢玄亦无深好①，玄北征后②，巷议疑其不振③。康伯曰："此人好名④，必能战。"玄闻之甚忿，常于众中厉色曰⑤："丈夫提千兵入死地⑥，以事君亲故发⑦，不得复云为名⑧。"

注释

①深好：较深的交情。

②北征：到北方征讨，指谢玄率军抵抗苻坚。

③巷议：在里巷中议论。振：奋起。此指部队获得胜利。

④好名：喜好名声。

⑤常：通"尝"，曾经。众中：众人中间。厉色：严厉的样子。

⑥提：率领。千兵：言其多，不是确指。死地：战场或危险之地。

⑦君亲：国君。发：奋发。

⑧复云：再说。为名：追求名声。

译文

韩康伯和谢玄本没有深厚的交情，谢玄北上征讨苻坚后，街谈巷议都怀疑他不能胜利。康伯说："这个人喜好名声，一定会打胜。"谢听到这话很是气愤，曾在众人中神色严厉地说："大丈夫率领千军万马出入生死之地，以此效忠国君，所以才奋勇出战，不得再说是为了名声。"

赏誉第八

原文

人问王夷甫：山巨源义理何如？是谁辈[1]？王曰：此人初不肯以谈自居，然不读《老》《庄》，时闻其咏，往往与其旨合[2]。

注释

①辈：同类。

②往往：处处。

译文

有人问王夷甫："山巨源的义理水平怎样？是和谁一个档次？"夷甫说："这人当初不肯以清谈者自居。但是他不读《老子》《庄子》，时常听他谈论，却往往与《老子》《庄子》的大旨相吻合。"

原文

洛中雅雅有三嘏：刘粹字纯嘏，宏字终嘏，漠字冲嘏。是亲兄弟，王安丰甥[1]，并是王安丰女婿。宏，真长祖也[2]。洛中铮铮冯惠卿[3]，名荪，是播子。荪与邢乔俱司徒李胤外孙[4]，及胤子顺并知名。时称：冯才清，李才明，纯粹邢。

注释

①王安丰：王戎。
②真长：刘惔。
③铮铮：指有声名。
④李胤：据《晋书·李胤传》，李字宣伯，辽东襄平人。

译文

洛阳雅雅有三嘏：刘粹字纯嘏，刘宏字终嘏，刘漠字冲嘏。他们是亲兄弟，王戎的外甥，又都是王戎的女婿。刘宏是刘惔的祖父。洛阳铮铮冯惠卿，名叫荪，是冯播的儿子。冯荪和邢乔都是司徒李胤的外孙，并和李胤的儿子李顺同时知名于世。当时的人说："冯荪清廉，李顺明正，邢乔纯朴。"

原文

卫伯玉为尚书令，见乐广与中朝名士谈议，奇之曰："自昔诸人没已来①，常恐微言将绝，今乃复闻斯言于君矣。"命子弟造之曰："此人，人之水镜也②，见之若披云雾睹青天。"

注释

①诸人：指何宴、邓飏等清谈家。
②水镜：指镜子，比喻能明察秋毫。这里指对道理能了解得很清楚。

译文

卫瓘任尚书令，听见乐广和西晋的名士清谈，惊奇地说："自从何晏、王弼等人去世以来，时常担心清谈将绝迹了，今天我又从你这儿听到这种清谈了。"于是叫自己的子侄们去拜见乐广，并说："这人是人的水镜，见了他就像拨开云雾见蓝天。"

原文

王太尉曰[①]："见裴令公精明朗然[②]，笼盖人上，非凡识也。若死而可作，当与之同归。"或云王戎语。

注释

①王太尉：王衍。

②裴令公：裴楷。时装任中书令。故王称之为令公。

译文

王衍说："见裴令公精明清朗，超出于其他人之上，识见非凡。如果死后再生，我将和他在一起。"有人说这是王戎的话。

原文

王夷甫自叹：我与乐令谈[①]，未尝不觉我言为烦。

注释

①乐令:乐广。乐广善于清谈,当时颇有盛名。

译文

王衍自己叹息说:“我和乐令清谈,未曾不觉得我的言语啰唆。”

原文

郭子玄有俊才[1],能言老、庄。庾敳尝称之,每曰:郭子玄何必减庾子嵩?

注释

①郭子玄:郭象,字子玄,西晋时玄学家,曾注解《庄子》。

译文

郭象有才华,能清谈《老子》《庄子》。庾敳常称赞他,每每说:,“郭子玄怎么会次于我庾子嵩呢?”

原文

王平子目太尉[1]:阿兄形似道,而神锋太俊。太尉答曰:诚不如卿落落穆穆[2]。

注释

①王平子：王澄。太尉：王衍。衍为澄之兄。
②落落穆穆：蔬淡端庄的样子。

译文

王澄品评王衍道："阿哥外形像道人，但神情太俊逸。"王衍回答："实在不如你的落落穆穆。"

原文

太傅有三才：刘庆孙长才[①]，潘阳仲大才[②]，裴景声清才[③]。

注释

①太傅：司马越。长才：高才。
②大才：堪大用之材。
③裴景声：裴邈。清才：高洁有操守的人。

译文

太傅司马越手下有三才：刘庆孙是长才，潘阳仲是大才，裴景声是清才。

原文

林下诸贤[1]，各有俊才子。籍子浑[2]，器量弘旷。康子绍[3]，清远雅正。涛子简[4]，疏通高素。咸子瞻，虚夷有远志。瞻弟孚，爽朗多所遗。秀子纯、悌，并令淑有清流。戎子万子，有大成之风，苗而不秀[5]。唯伶子无闻。凡此诸子，唯瞻为冠，绍、简亦见重当世。

注释

①指魏晋间的嵇康、阮籍、山涛、向秀、阮咸、王戎、刘伶。《魏氏春秋》说此七人"相与友善，游于竹林，号为七贤"。

②籍：阮籍。

③康：嵇康。绍：嵇绍。

④涛：山涛。

⑤苗而不秀：《论语·子罕》："苗而不秀者，有矣夫！秀而不实者，有矣夫！"为孔子痛惜颜回早死的话。后用以喻早夭。

译文

竹林七贤，都有才华杰出的儿子。阮籍的儿子阮浑，器量弘远旷达。嵇康的儿子嵇绍，清明广远，文雅正直。山涛的儿子山简，通达高洁。阮成的儿子阮瞻，谦虚而有大志。阮瞻的弟弟阮孚，爽朗而不问世务。向秀的儿子向纯、向悌，都善良美好有名望。王戎的儿子王万子，具有成大器的风骨，不幸早逝。唯有刘伶的儿子默默无闻。这些人中，阮瞻名声为最，嵇绍、山简也为当时所推重。

原文

王夷甫语乐令[1]:名士无多人,故当容平子知[2]。

注释

①乐令:乐广。

②"名士"二句:王夷甫很看重他弟弟王平子,凡名士一经王平子评过,王夷甫便不再置评。

译文

王衍对乐广说:"名士没有多少人,因此应该让王平子了解他们。"

原文

王太尉云[1]:"郭子玄语议如悬河写水[2],注而不竭[3]。"

注释

①王太尉:即王衍。

②悬河:瀑布。写:同"泻"。"悬河写水"形容能言善辩,滔滔不绝。

③注:贯注,流入。竭:尽。

译文

王太尉说："郭子玄言语谈论如同高悬的瀑布倾泻而下，滔滔不绝。"

原文

蔡司徒在洛[①]，见陆机兄弟住参佐廨中[②]，三间瓦屋，士龙住东头[③]，士衡住西头[④]。士龙为人文弱可爱[⑤]，士衡长七尺馀[⑥]，声作钟声，言多慷慨[⑦]。

注释

①蔡司徒：即蔡谟。字道明，陈留考城（今河南陈留）人，泰康时官司徒。
②廨：官署。
③士龙：陆云的字。
④士衡：陆机的字。
⑤文弱：举止文雅而身体柔弱。
⑥长：身高。
⑦慷慨：意气激昂。

译文

蔡司徒在洛阳，看见陆机兄弟住在僚属官署中。三间瓦房，陆云住在东头，陆机住在西头。陆云为人文雅，纤弱可爱。陆机身高七尺多，声音如钟声般洪亮，说话多有慷慨之气。

原文

王丞相招祖约夜语[①]，至晓不眠。明旦有客[②]，公头鬓未理[③]，亦小倦[④]，客曰："公昨如是[⑤]，似失眠。"公曰："昨与士少语，遂使人忘疲[⑥]。"

注释

①王丞相：即王导。夜语：夜间交谈。

②明旦：第二天早晨。

③头鬓未理：头发及两鬓未加修整。

④小倦：有些疲劳。

⑤如是：这样。

⑥疲：疲倦。

译文

王丞相招呼祖约在夜间交谈，到天亮还没睡。第二天早晨客人来访，王丞相头发来不及修整，也有点疲倦，客人问："您昨天这个样子，像是失眠似的。"王丞相说："昨夜与祖约交谈，竟然让人忘记了疲倦。"

原文

王蓝田为人晚成[①]，时人乃谓之"痴"[②]。王丞相以其东海子[③]，辟为掾[④]。常集聚，王公每发言，众人竞赞之[⑤]；述于末坐曰[⑥]："主非尧、舜[⑦]，何得事事皆是[⑧]。"丞相甚相叹赏。

注释

①王蓝田：即王述。晚成：晚年才出名，或事业上有成就。

②乃：就。痴：痴呆。

③东海子：王东海的儿子。王东海，即王承，王蓝田的父亲。

④掾：古代对属官的通称。

⑤竞：互相争着。

⑥末坐：下席。

⑦尧、舜：古代传说中的两个贤明帝王。

⑧皆是：都对。

译文

王蓝田这个人成名较晚，当时人就认为他痴呆。王丞相因为他是东海内史王承的儿子，就征召他做属官。大家经常聚集一起，王丞相每次发言，许多人就争着赞美；王述坐在下席，说："主君不是尧、舜，怎么能每件事都对！"王丞相对他的话非常赞赏。

原文

王仲祖称殷渊源："非以长胜人①，处长亦胜人②。"

注释

①长：长处。胜：超过。

②处长：对待自己的长处。

译文

王仲祖称赞殷渊源说："他非但以自己的长处超过别人，而在对待自己的长处方面也胜过别人。"

原文

谢公道豫章[1]："若遇七贤，必自把臂入林[2]。"

注释

①道：品评。豫章：即谢鲲，曾任豫章太守。

②把臂：拉着胳膊。

译文

谢安评论豫章太守谢鲲说："如果碰上七位贤士，一定亲自挽着他们的胳膊入林同游。"

原文

许掾尝诣简文[1]，尔夜风恬月朗[2]，乃共作曲室中语[3]。襟情之咏[4]，偏是许之所长[5]，辞寄清婉[6]，有逾平日[7]。简文虽契素[8]，此遇尤相咨嗟[9]，不觉造膝[10]，共叉手语[11]，达于将旦[12]。既而曰"玄度才情[13]，故未易多有许[14]。"

注释

①许掾:即许询,征召司徒掾,不就,东晋名士。简文:简文帝。
②尔夜:那天夜里。朗:明朗。
③曲室:深邃的密室。
④咏:吟咏,此处当抒发讲。
⑤所长:擅长。
⑥寄:寄托。清婉:清丽婉约。
⑦逾:超过。
⑧契素:平素投合。
⑨尤相:尤其,格外。
⑩造膝:走到膝前。犹促膝,表示亲近。
⑪叉手:双手相拱。
⑫达于将旦:快到天亮。
⑬才情:才思,才华。
⑭故:确实。

译文

许询曾经去拜望简文帝,这天夜里风平月明,两人在曲室中清谈。而抒发情怀,恰是许询的特长,言辞的清丽婉约,更超过平日。简文帝虽然平时和许询很交好,这次相遇尤其使他感叹,不由得移到许询膝前,两人高兴得互相拱手而谈,一直谈到天将亮。后来,简文帝说:“许玄度的才华,确实不易多得。”

品藻第九

原文

时人共论晋武帝出齐王之与立惠帝[1]，其失孰多。多谓立惠帝为重。桓温曰：不然，使子继父业，弟承家祀[2]，有何不可？

注释

①惠帝：司马衷，武帝子，公元290-306年在位，以痴呆著称。
②齐王为武王之弟。

译文

当时人们讨论晋武帝让齐王回封地和立晋惠帝，哪一举措错误更大。多数人认为立晋惠帝错误大。桓温说："不对。让儿子继承父业，弟弟继承家祀，有什么不可以的？"

原文

人问殷渊源[1]："当世王公以卿比裴叔道[2]，云何？"殷曰："故当以识通暗处。"

注释

①殷渊源：殷浩。

②裴叔道：裴遇。

译文

有人问殷浩："当代王公们以你比裴叔道，你看怎样？"殷浩道："还当以识见沟通彼此不通处。"

原文

抚军问殷浩[1]："卿定何如裴逸民？"良久答曰："故当胜耳。"

注释

①抚军：司马昱。

译文

司马昱问殷浩："你自认为比裴逸民怎样？"殷浩过了好一会儿才回答："我自然胜过他。"

原文

桓公少与殷侯齐名[1]，常有竞心。桓问殷："卿何如我？"殷云："我与我周旋久，宁作我[2]。"

注释

①桓公:桓温。殷侯:殷浩。

②殷此句意为,不论别人如何评论,他自己了解自己,还是胜过桓。

译文

桓温年轻时与殷浩齐名,常有竞争心。桓温问殷浩:"你比我怎样?"殷浩说:"我和自己打了很久的交道,还是我更好。"

原文

抚军问孙兴公[①]:"刘真长何如[②]?"曰:"清蔚简。""王仲祖何如[③]?"曰:"温润恬和。""桓温何如?"曰:"高爽迈出。""谢仁祖何如[④]?"曰:"清易令达。""阮思旷何如[⑤]?"曰:"弘润通长。""袁羊何如?"曰:"洮洮清便。""殷洪远何如[⑥]?"曰:"远有致思。""卿自谓何如?"曰:"下官才能所经,悉不如诸贤。至于斟酌时宜,笼罩当世,亦多所不及。然以不才,时复托怀玄胜,远咏《老》《庄》,萧条高寄,不与时务经怀,自谓此心无所与让也。"

注释

①抚军:司马昱。孙兴公:孙绰。

②刘真长:刘贞。

③王仲祖:王濛。

④谢仁祖:谢尚。

⑤阮思旷:阮裕。

⑥殷洪远：殷融。

译文

司马昱问孙绰："刘真长怎样？"孙答："清淡简要。""王仲祖怎样？"孙答："恬静温和。""桓温怎样？"孙答："豪爽出众。""谢仁祖怎样？"孙答："清简通达。""阮思旷怎样？"孙答："气度宏大而通达。""袁羊怎样？"孙答："如流水般清新通畅。""殷洪远怎样？"孙答："思虑深远。""你自认为怎样？"孙答："我的才能、经历，都不如上述几位贤士。至于筹划有益时局的大计，以左右当代，也有许多不如他们的地方。不过，我这个无才的人，时常寄托于玄理之中，诵读《老子》《庄子》，闲逸潇洒地置身世俗之外，而不让公务烦心，自认为这种心境不次于他人。"

原文

桓大司马下都，问真长曰：闻会稽王语奇进，尔邪[①]？刘曰：极进，然故是第二流中人耳。桓曰：第一流复谁？刘曰：正是我辈耳。

注释

①真长：刘惔。会稽王：司马昱。

译文

桓温来到都城，问刘惔："听说会稽王的清谈进步迅速，是吗？"刘惔说："进步很大，但仍是二流中的人。"桓温说："第一流又是谁？"刘惔说："正是我这种人。"

原文

殷侯既废,桓公语诸人曰[1]:少时与渊源共骑竹马,我弃去,己辄取之,故当出我下。

注释

①殷侯:殷浩。桓公:桓温。

译文

殷浩被废之后,桓温对人们说:"小时我和殷渊源一块儿骑竹马,我扔了的竹马,他却捡来骑,所以他当然不如我。"

原文

人问抚军[1]:殷浩谈竟何如?答曰:不能胜人,差可献酬群心[2]。

注释

①抚军:司马昱。

②差:大致,大体而言。献酬:应酬,应付。

译文

有人问司马昱："殷浩的清谈究竟怎样？"司马昱答："不能胜过别人，不过还能使大家满意。"

原文

简文云[1]："谢安南清令不如其弟[2]，学义不及孔岩，居然自胜。"

注释

①简文：晋简文帝司马昱。

②谢安南：谢奉。

译文

简文帝说："谢安南高洁美好不如他弟弟，学习义理不如孔岩，但他自我感觉很好。"

原文

未废海西公时[1]，王元琳问桓元子[2]："箕子、比干，迹异心同。不审明公孰是孰非？"曰："仁称不异，宁为管仲[3]。"

注释

①海西公：司马奕。

②王元琳：王殉。桓元子：桓温。

③箕子：商代纣王时任太师。曾谏纣王，纣王不听，将他监禁。周武王灭商后获释。比干：商代纣王时任少师。因屡进谏，被纣王杀死。管仲：春秋初政治家。初辅佐公子纠，纠被齐桓公杀死后，他任桓公相，使齐国称霸。桓温此话，表明不赞成箕子、比干的愚忠，且露出废司马奕的预兆。

译文

司马奕没被废时，王殉问桓温："箕子、比干的遭遇虽然不同，但用心是相同的。不知您认为谁是谁非？"桓温说："他们都可以称作是'仁'，但我宁可做管仲。"

原文

刘丹阳、王长史在瓦官寺集，桓护军亦在坐，共商略西朝及江左人物①。或问："杜弘治何如卫虎②？"桓答曰："弘治肤清，卫虎奕奕神令。"王、刘善其言。

注释

①刘丹阳：刘惔。王长史：王濛。桓护军：桓伊。

②杜弘治：杜乂。卫虎：卫玠。

译文

刘惔、王濛等在瓦宫寺集会,桓伊也在座,一起议论西晋及江东的人士。有人问:"杜弘治比卫虎怎样?"桓伊回答:"杜弘治仪表清爽,卫虎神采奕奕。"王濛、刘惔都认为他评得很好。

原文

刘尹抚王长史背曰①:"阿奴比丞相②,但有都长。"

注释

①刘尹:刘惔。王长史:王濛。
②丞相:王导。

译文

刘惔拍着王濛的背说:"阿奴比丞相,仪态更美好。"

原文

刘尹、王长史同坐①,长史酒酣起舞。刘尹曰:啊奴今日不复减向子期②。

注释

①刘尹：刘惔。王长史：王濛。

②向子期：向秀。

译文

刘惔、王濛同坐，王濛喝酒喝到高潮，起身舞将起来。刘惔说："阿奴今天不次于向子期了。"

原文

桓公问孔西阳[1]："安石何如仲文[2]？"孔思未对，反问公曰："何如？"答曰："安石居然不可陵践，其处故乃胜也。"

注释

①桓公：桓温。孔西阳：孔岩。

②安石：谢安。仲文：殷仲文。殷为桓温婿。

译文

桓温问孔岩："谢安比殷仲文怎样？"孔岩思考未作回答，反问桓温："你认为怎样？"桓温答："谢安立身安然不可侵犯，由此看还是他胜过殷仲文。"

原文

谢公与时贤共赏说，遏、胡儿并在坐[①]。公闻李弘度曰："卿家平阳，何如乐令[②]？"于是李潸然流涕曰："赵王篡逆，乐令亲授玺绶[③]。亡伯雅正，耻处乱朝，遂至仰药。恐难以相比。此自显于事实，非私亲之言。"谢公语胡儿曰："有识者果不异人意。"

注释

①谢公：谢安。遏：谢玄。胡儿：谢朗。

②李弘度：李充。

③赵王：司马伦。公元300年，司马伦与梁王司马肜、齐王司马同带兵入宫，杀了贾后及其党羽，并于第二年一月夺了皇位。

译文

谢安和贤达们在一起评析论说，谢玄、谢朗都在座。谢安问李充："你家的平阳，比乐令怎样？"李充听了流泪道："赵王篡夺皇位时，乐令亲自送上了玉玺。我已故的伯父文雅正直，以身处乱朝为耻，以至于服药自杀，恐怕两人难以相比。事实都一清二楚，绝不是我袒护亲人。"谢安对谢朗说："有识见的人，看法果然和人们一样。"

原文

汝南陈仲举、颍川李元礼二人，共论其功德，不能定先后。蔡伯喈评之曰："陈仲举强于犯上，李元礼严于摄下①。犯上难，摄下易。"仲举遂在三君之下，元礼居八俊之上②。

注释

①摄：整饬。

②"仲举"句：陈仲举和李元礼都是东汉人，是知名大官，地位影响不相上下，就用某一标准决其高下。当时一些人士互相标榜，给予各种称号，上等的有三人，叫三君，即窦武、刘淑、陈蕃三个为当时所崇敬的人，次一等的有八人，叫八俊，即李膺、王畅等八个才能出众的人。

译文

汝南郡陈仲举、颍川郡李元礼两人，人们一起谈论他们的成就和德行，决定不了谁先谁后。蔡伯喈评论他们说："陈仲举敢于冒犯上司，李元礼严于整饬下属。冒犯上司难，整饬下属容易。"于是陈仲举的名次就排在三君之后，李元礼排在八俊之前。

原文

庞士元至吴，吴人并友之①。见陆绩、顾劭、全琮而为之目曰："陆子所谓驽马有逸足之用，顾子所谓驽牛可以负重致远②。"或问："如所目，陆为胜邪?"曰："驽马虽精速，能致一人耳；驽牛一日行百里，所致岂一人哉?"吴人无以难。"全子好声名，似汝南樊子昭③。"

注释

①庞士元：庞统，字士元，辅佐蜀汉刘备。当吴国将领周瑜帮助刘备取荆州并兼任南郡太守时，庞统任功曹，名声很大。

②逸足：疾足；捷足。指代步。

③樊子昭：刘晔评论他是"退能守静，进不苟竞"的人，指闲居时能安于清静、保持节操，做官时不随便争夺。

译文

庞士元到了吴地，吴人都和他交朋友。他见到陆绩、顾劭、全琮三人，就给他们三人下评语说："陆君可以说是能够用来代步的驽马，顾君可以说是能够驾车载重物走远路的驽牛。"有人问道："真像你的评语那样，是陆君胜过顾君吗?"庞士元说："驽马就算跑得很快，也只能载一个人罢了；驽牛一天走一百里，可是所运载的难道只一个人吗?"吴人没话反驳他。"全君有很好的名声，像汝南郡樊子昭。"

原文

顾劭尝与庞士元宿语,问曰:"闻子名知人,吾与足下孰愈?"曰:"陶冶世俗,与时浮沉,吾不如子①;论王霸之馀策,览倚仗之要害,吾似有一日之长②。"劭亦安其言。

注释

①与时浮沉:跟着时代、世俗走,能顺应潮流。按:《三国志·蜀志·庞统传》注,这句作"陶冶世俗,甄综人物,吾不及卿。"

②王霸:王道和霸道,指用仁义治天下和用武力治天下的策略。馀策:遗策,前代留下的策略。倚仗:一本作"倚伏",《庞统传》注也作"倚伏",这是对的。倚伏,互相依存、制约。《老子》五十八章说:"祸兮福之所倚,福兮祸之所伏。"有一日之长:比你年纪大一天,这里指擅长些。

译文

顾劭曾经和庞士元作过一次夜谈,他问庞士元说:"听说您因善于鉴识人才而闻名,我和您两人谁更好些?"庞士元说:"移风易俗,顺应潮流,这点我比不上您;至于谈论历代帝王统治的策略,掌握事物因果变化的要害,这方面我似乎比你稍强一些。"顾劭也认为他的话妥当。

原文

诸葛瑾弟亮及从弟诞,并有盛名,各在一国①。于时以为蜀得其龙,吴得其虎,魏得其狗②。诞在魏,与夏侯玄齐名;瑾在吴,吴朝服其弘量。

注释

①"诸葛"句:三国时,诸葛瑾在吴国,任大将军兼豫州牧;诸葛亮在蜀国,任丞相;诸葛诞在魏国,任征东大将军,并被召为司空。三人名望都很大。

②"于时"句:龙、虎、狗,只是表明才智品德等级的不同,虎低于龙,狗低于虎。《尔雅·释兽》:"熊虎丑,其子狗",狗是熊虎幼子。

译文

诸葛瑾和弟弟诸葛亮以及堂弟诸葛诞都有很大的名望,各在一个国家任职。当时,人们认为蜀国得到了其中的龙,吴国得到了其中的虎,魏国得到了其中的狗。诸葛诞在魏国,和夏侯玄齐名;诸葛瑾在吴国,吴国朝廷官员佩服他的宽宏大量。

原文

司马文王问武陔:"陈玄伯何如其父司空[①]?"陔曰:"通雅博畅,能以天下声教为己任者,不如也[②];明练简至,立功立事,过之[③]。"

注释

①"陈玄伯"句:陈泰,字玄伯,其父陈群,任司空。

②声教:声威和教化。

③明练简至:明察精练,简约扼要。

译文

晋文王司马昭问武陔："陈玄伯和他父亲相比，该怎样评价？"武陔说："说到通雅博畅，能负责在全国树立君主的声威和推行教化这方面，比不上他父亲；至于明练简至，建功立业这方面，就超过他父亲。"

原文

冀州刺史杨淮二子乔与髦，俱总角为成器[①]。淮与裴、乐广友善，遣见之。裴性弘方，爱乔之有高韵[②]，谓淮曰："乔当及卿，髦小减也。"广性清淳，爱髦之有神检[③]，谓淮曰："乔自及卿，然髦尤精出。"淮笑曰："我二儿之优劣，乃裴、乐之优劣。"论者评之，以为乔虽高韵，而检不匝，乐言为得[④]。然并为后出之俊。

注释

①成器：有成就的人才。

②高韵：高雅的风度。

③神检：高贵的品德修养。

④而检不匝：《晋书·乐广传》作"而神检不足"，检就是神检。匝（zà），绕一圈，这里指普遍、满。

译文

冀州刺史杨淮的两个儿子杨乔和杨髦，都是幼年时就成名的。杨淮和裴、乐广两人很友好，就打发两个儿子去见他们。裴禀性宽宏正直，所以喜欢杨乔那种高雅的风度，他对杨淮说："杨乔将会赶上你，杨髦稍差一点。"乐广禀性清廉淳厚，所以喜欢杨髦那种高贵的品德，他对杨淮说：“杨乔自然能赶上你，可是杨髦更会高出一头。”杨淮笑道：“我两个儿子的长处和短处，就是裴、乐广的长处和短处。”评论家评论这两人的看法，认为杨乔虽然风度高雅，可是品德修养还不够完美，还是乐广的话说对了。不过两个孩子都是后起之秀。

原文

刘令言始入洛，见诸名士而叹曰：“王夷甫太解明，乐彦辅我所敬，张茂先我所不解，周弘武巧于用短，杜方叔拙于用长[①]。”

注释

①解明：精明。《晋书·刘讷传》此句作“王夷甫太鲜明”（鲜明，义同精明）。《晋书·王衍传》说王衍（字夷甫）“有盛才美貌，明悟若神”，这大概就是鲜明的内容。

译文

刘令言始到洛阳，见到诸多名士，就感慨地说：“王夷甫过于精明，乐彦辅是我所崇敬的人，张茂先是我所不理解的人，周弘武能巧妙地使用自己的短处，杜方叔则不善于发挥自己的长处。”

原文

王夷甫云：“阎丘冲优于满奋、郝隆[①]；此三人并是高才，冲最先达[②]。”

注释

①郝隆:《晋书·郗隆传》作郗隆。

②先达:优秀显贵。

译文

王夷甫说:“阎丘冲胜过满奋和郝隆;这三个人同是优秀的人才,阎丘冲是其中最优秀显贵的。”

原文

王夷甫以王东海比乐令,故王中郎作碑云[1]:“当时标榜为乐广之俪[2]。”

注释

①王中郎:王坦之,曾任北中郎将,王承的孙子。

②标榜:赞扬;宣扬。

译文

王夷甫拿东海太守王承来和尚书令乐广并列,所以北中郎将王坦之给王承写的碑文上说:“当时称扬他和乐广齐名。”

规箴第十

原文

陈元方遭父丧，哭泣哀恸，躯体骨立。其母愍之，窃以锦被蒙上。郭林宗吊而见之，谓曰："卿海内之俊才，四方是则，如何当丧，锦被蒙上①？孔子曰：'衣夫锦也，食夫稻也，于汝安乎②？'吾不取也。"奋衣而去③。自后宾客绝百所日④。

注释

①是则：则是，指效法你。

②"衣夫"句：出自《论语·阳货》，原文作"食夫稻，衣夫锦，于汝安乎？"孔子的弟子宰我认为，为父母守孝三年，时间太长，孔子以为不到三年期满，吃大米饭，穿绸缎，心里不安。夫(fú)，那个。

③奋衣：振衣，等于拂袖，甩手。

④所：约数词。

译文

陈元方遭遇到丧父的不幸，哭泣悲恸，身体骨瘦如柴。他母亲心疼他，在他睡觉的时候，偷偷地用条锦缎被子给他盖上。郭林宗去吊丧，看见他盖着锦缎被子，就对他说："你是国内的杰出人物，各地的人都学习你，怎么能在服丧期间盖锦缎被子？孔子说：'穿着那花缎子衣服，吃着那大米白饭，你心里踏实吗？'我不认为这种做法是可取的。"说完就拂袖而去。自此以后有百来天宾客都不来吊唁了。

原文

孙休好射雉，至其时，则晨去夕返[①]。群臣莫不止谏[②]："此为小物，何足甚耽！"休曰："虽为小物，耿介过人，朕所以好之[③]。"

注释

①孙休：是吴国君主孙权的儿子。孙权死后，孙休的弟弟孙亮继位，后孙亮被废，孙休继位。

②止谏：一作"上谏"。

③耿介：正直；心意专一。《周礼·春官·大宗伯》"士执雉"注："雉：取其守介而死，不失其节。"按这句是托词，为自己开脱。

译文

孙休喜欢射野鸡，到了射猎野鸡的季节，就早去晚归。群臣谁都劝止他说："这是小东西，哪里值得过分迷恋！"孙休说："虽然是小东西，可是比人还耿直，我因此喜欢它。"

原文

何晏、邓飏令管辂作卦，云："不知位至三公不？"[①]卦成，辂称引古义，深以戒之。飏曰："此老生之常谈。"晏曰："知几其神乎，古人以为难[②]；交疏吐诚，今人以为难。今君一面尽二难之道[③]，可谓'明德惟馨[④]'。《诗》不云乎：'中心藏之，何日忘之[⑤]！'"

注释

①管辂(lù):擅长《周易》,能占卦。由冀州举荐为秀才,到京都后,何、邓叫他占卦,看看能否做到三公。他趁机用《易》理劝诫二人宜明存亡之理,忧虑国家危机,尽心辅助君主,使民怀德,这样三公之位就可以得到。

②几(jī):预兆;事情的苗头。

③"今君"句:何晏这句话意在说明,从管辂的做法里可了解到,知几并不神,交疏可以吐诚。

④明德惟馨:语出《左传·僖公五年》所引《周书》,大意是:光明的德行是芳香的。

⑤"中心"句:语出《诗经·小雅·隰桑》,大意是:心中藏着他,哪一天忘记过他!中心,心中。

译文

何晏、邓飏叫管辂给他们占一卦,说:"不知道我们的官位能不能升到三公?"卦成以后,管辂引证古书的义理,意味深长地劝诫他们。邓飏说:"你这是老生常谈。"何晏说:"了解事物变化的征兆大概是很微妙的吧,古人认为这很困难;交情很浅而说话却吐露真心,现代人认为这很困难。现在您才一面之交就全部说出了这两个难题的解决办法,可以说是'明德惟馨'。《诗经》上不是说过吗:'中心藏之,何日忘之!'我一定牢记着你说的话。"

原文

王夷甫妇,郭泰宁女,才拙而性刚,聚敛无厌,干豫人事。夷甫患之而不能禁①。时其乡人幽州刺史李阳,京都大侠,犹汉之楼护,郭氏惮之②。夷甫骤谏之③,乃曰:"非但我言卿不可,李阳亦谓卿不可。"郭氏小为之损。

注释

①“夷甫”句：王衍（字夷甫）的妻子和晋惠帝皇后贾氏是表姐妹，她倚仗贾后的权势，所以王衍不能禁。

②楼护：是汉代的游侠，即重义气，能舍己助人的人。

③骤：屡次。

译文

王夷甫的妻子是郭泰宁的女儿，笨拙而又性情倔强，贪得无厌，喜欢干涉别人的事。王夷甫对她很伤脑筋却又制止不了。当时他的同乡、幽州刺史李阳，是京都的一个大侠客，如同汉代的楼护，王夷甫妻子郭氏很怕他。王夷甫常常劝诫他妻子，就跟她说：“不只我说你不能这样做，李阳也认为你不能这样做。”郭氏因此才稍为收敛了一点。

原文

汉武帝乳母尝于外犯事①，帝欲申宪②，乳母求救东方朔③。朔曰：“此非唇舌所争④，尔必望济者⑤，将去时，但当屡顾帝⑥，慎勿言，此或可万一冀耳⑦。”乳母既至⑧，朔亦侍侧⑨，因谓曰：“汝痴耳！帝岂复忆汝乳哺时恩邪⑩！”帝虽才雄心忍⑪，亦深有情恋，乃凄然愍之⑫，即敕免罪⑬。

注释

①犯事：犯罪。

②申宪：诉诸法律，依法处罚。

③东方朔：字曼倩，平原厌次（今山东惠民）人，性情诙谐滑稽，是古代机智人物，西汉文学家。

④唇舌所争：靠嘴和舌头争取。

⑤济：救助。

⑥屡：屡次。顾：回头看。

⑦慎：千万。冀：希望。

⑧既至：已经到来。

⑨侍侧：侍奉在旁边。

⑩复忆：还记得。

⑪才雄心忍：才能大，心肠狠。

⑫凄然：伤心的样子。

⑬敕：皇帝谕旨。

译文

汉武帝的奶妈曾经在宫外犯法，武帝想依法惩治，奶妈向东方朔求救。东方朔说："这件事不是靠唇舌可争取的，你一定希望得到救助的话，在快离开时，只要不断回头看武帝，千万别说话，这样或许有点希望。"奶妈到了朝廷后，东方朔也在武帝旁奉侍，因而对她说："你痴呆啦！皇帝难道还应记你哺乳时的恩情吗？"武帝虽然雄才大略，心肠如同铁石，却也深深怀有昔日之情，便感到悲伤而哀怜她，于是就下令免了她的罪。

原文

京房与汉元帝共论①，因问帝："幽、厉之君何以亡②？所任何人③？"答曰："其任人不忠。"房曰："知不忠而任之，何邪④？"曰："亡国之君各贤其臣⑤，岂知不忠而任之？"房稽首曰⑥："将恐今之视古⑦，亦犹后之视今也。"

注释

①京房：字君明，西汉顿丘（今河北清丰西南）人。汉元帝时为郎（皇帝侍从官）。

②幽：周幽王。厉：周厉王。二人都是古代暴君。

③所……何人：什么人。

④邪：呢。疑问语气词。

⑤贤其臣：以其臣为贤。贤，美好。形容词用做动词，含意动用法。

⑥稽首：叩头到地。古代一种最恭敬的跪拜礼。

⑦今之视古：今人看古人。

译文

京房和汉元帝一起谈论政事，于是问汉元帝："周幽王和周厉王为什么灭亡呢？他们任用的是些什么人？"汉元帝回答说："他们任用的人不忠诚。"京房说："知道不忠诚却任用他们，为什么呢？"汉元帝说："亡国的君主都认为自己的臣子很贤德，哪里知道不忠还任用他们呢？"京房叩头说："只怕我们今人看古人，也如同后来人看我们今人一样。"

原文

孙皓问丞相陆凯曰①："卿一宗在朝有几人？"陆曰："二相、五侯、将军十馀人②。"皓曰："盛哉③！"陆曰："君贤臣忠，国之盛也；父慈子孝，家之盛也。今政荒民弊④，覆亡是惧⑤，臣何敢言盛⑥！"

注释

①陆凯：字敬风，吴郡吴县（今江苏苏州）人，吴国名臣陆逊的后代。耿直好

学，敢于强谏，官至左丞相。

②五侯：五个人封侯。将军十余人：十余人任将军。

③盛哉：兴盛啊。

④民弊：百姓困苦。

⑤覆亡是惧：即“惧覆亡”，害怕国破家亡。“覆亡”是“惧”的宾语。

⑥臣何敢言盛：我还敢说什么兴盛。

译文

孙皓问丞相陆凯：“您家族中在朝中当官的有几个人？”陆凯说：“有两人任了丞相，五人封了侯，十来个人担任将军。”孙皓说：“真兴盛啊！”陆凯说：“国王贤德，臣子忠诚，这是国家的兴盛；父亲慈爱，儿子孝顺，这是家庭的兴盛。现在政治荒废，百姓困苦，害怕国破家亡，我还敢说什么兴盛！”

原文

晋武帝既不悟太子之愚[①]，必有传后意[②]。诸名臣亦多献直言[③]。帝尝在陵云台上坐[④]，卫瓘在侧，欲申其怀[⑤]，因如醉跪帝前，以手抚床曰：“此坐可惜[⑥]。”帝虽悟，因笑曰：“公醉邪！”

注释

①悟：觉悟。太子：即晋惠帝司马衷。愚：愚钝。

②传后意：将来把帝位传给的意思。

③直言：直谏。

④帝：晋武帝。尝：曾经。

⑤怀：内心的想法。

⑥此坐可惜：这句意思是，太子愚笨，传位给他，实在可惜。

译文

晋武帝全然不感觉太子愚笨,有把帝位传给太子的意思。许多名臣也屡次进言直谏。武帝曾在陵云台上坐,卫瓘在旁陪侍,他想申诉自己的想法,趁机像醉了一样,跪在武帝面前,用手抚摸龙床说:“这个座位可惜了。”武帝已经懂得他的意思,因而笑着说:“您醉了吧?”

原文

王夷甫雅尚玄远①,常嫉其妇贪浊②,口未尝言“钱”字。妇欲试之,令婢以钱绕床,不得行。夷甫晨起,见钱阂行③,呼婢曰:“举却阿堵物④!”

注释

①雅尚:平素的崇尚。玄远:深远。

②贪浊:贪婪的浊行。

③阂行:阻隔行动。

④举却:拿掉。阿堵:这,这个。六朝口语。

译文

王夷甫平素崇尚奥妙的玄理,他常恨自己妻子的贪婪行为,嘴上从不说“钱”字。其妻想试验一下,叫婢女用钱绕床,让夷甫不能行走。王夷甫早晨起来,见钱阻隔自己行动,便大呼婢女,说:“拿走这些东西!”

原文

王平子年十四五，见王夷甫妻郭氏贪欲，令婢路上儋粪[1]。平子谏之，并言不可。郭大怒，谓平子曰："昔夫人临终，以小郎嘱新妇，不以新妇嘱小郎[2]。"急捉衣裾，将与杖[3]。平子饶力，争得脱，逾窗而走。

注释

①王平子：王澄，字平子，是王夷甫的弟弟。

②小郎：称丈夫的弟弟为小郎，即小叔子。新妇：妇女的自称。

③裾(jū)：衣服的大襟，也指衣服的前后部分。

译文

王平子十四五岁时，看见王夷甫的妻子郭氏很贪心，竟叫婢女到路上捡粪。平子劝阻她，并且说明这样不行。郭氏大怒，对平子说："以前婆婆临终的时候，把你托付给我，并没有把我托付给你。"说完就一把抓住平子的衣服，要拿棍子打他。平子力气大，挣扎开，才得以脱身，跳窗而逃了。

原文

元帝过江犹好酒，王茂弘与帝有旧，常流涕谏，帝许之，命酌酒一酣，从是遂断[1]。

注释

①王茂弘:王导,字茂弘。一向和元帝很亲近,劝元帝移镇建业,并帮助他开创大业。

译文

晋元帝到江南后还是喜欢喝酒,王茂弘和元帝向来有交情,常常流着泪规劝他,元帝终于答应了,就叫倒酒来喝个痛快,从此以后就戒了酒。

原文

谢鲲为豫章太守,从大将军下,至石头[①]。敦谓鲲曰:"馀不得复为盛德之事矣[②]!"鲲曰:"何为其然?但使自今已后,日亡日去耳[③]。"敦又称疾不朝,鲲谕敦曰:"近者,明公之举,虽欲大存社稷,然四海之内,实怀未达。若能朝天子,使群臣释然,万物之心,于是乃服。仗民望以从众怀,尽冲退以奉主上,如斯,则勋侔一匡,名垂千载[④]。"时人以为名言。

注释

①"谢鲲"句:谢鲲曾为大将军王敦的长史,后被王敦降为豫章太守。晋元帝永昌元年(公元322年)王敦借口镇北将军、丹阳尹专权,以声讨刘隗、清君侧为名起兵反,带着他一起攻下石头城。杀了刘隗等人后,不朝见晋帝就退兵回武昌。

②盛德之事:品德高尚之事,指辅佐君主之事。

③日亡日去:《晋书·谢鲲传》作"日忘日去",《资治通鉴·晋纪十四》"但

使自今以往，日忘日去耳”注：“言日复一日，浸忘前事，则君臣猜嫌之迹亦日去耳。”

④侔一匡：指和一匡天下之功相等。一匡，指一匡天下，使天下一切得到纠正。

译文

谢鲲任豫章太守的时候，随大将军王敦东下，到了石头城。王敦对谢鲲说：“我不能再做那种道德高尚的事了！”谢鲲说：“为什么要说这样的话？只要从今以后，让以前的猜嫌一天天忘掉就是了。”王敦又托病不去朝见，谢鲲劝告他说：“近来您的举动虽然是想极力地保存国家，可是全国的人还不了解您的真实意图。如果能去朝见天子，使群臣放下心来，众人的心才会敬佩您。掌握人民的愿望来顺从众人的心意，全都用谦让之心来侍奉君主，这样做，功勋就可以等同一匡天下，也能够名垂千古。”当时的人认为这是名言。

原文

元皇帝时，廷尉张闿在小市居，私作都门，蚤闭晚开①。群小患之，诣州府诉，不得理②；遂至挝登闻鼓，犹不被判③。闻贺司空出，至破冈，连名诣贺诉④。贺曰：“身被征作礼官，不关此事。”群小叩头曰：“若府君复不见治，便无所诉。”贺未语，令且去，见张廷尉当为及之。张闻，即毁门，自至方山迎贺。贺出见辞之⑤，曰：“此不必见关，但与君门情，相为惜之民⑥。”张愧谢曰：“小人有如此，始不即知，蚤已毁坏。”

注释

①“元皇”句：按《晋书·贺循传》说：“廷尉张闿（kǎi）住在小市，将夺左右近宅以广其居，乃私作都门，早闭晏开”。张闿任廷尉后，以疾解职，拜为金紫光

禄大夫。不久病死。都门，京都中里门，里门指街巷的门。

②群小：老百姓，这里指跟张闿住在一个街坊的人。

③登闻鼓：一种谏鼓，挂在朝堂外，有所谏议或有冤屈者，可以击鼓上达。

④贺司空：贺循，字彦先。为人言行举止，必讲礼让，晋元帝时任太常，为九卿之一，主管祭祀礼乐，所以下文说作礼官。死后赠司空。破冈：地名。

⑤出见辞之：徐嘉锡《世说新语笺疏》以为是“出辞见之”的误倒，就是“以群小诉词示闿也”。

⑥门情：世代相交之情。贺循的曾祖父贺齐和张闿的曾祖父张昭都是吴国的名将，两人也很友好，所以是有门情。

译文

晋元帝时，廷尉张闿住在小市场上，他私自设置街道大门，每天关门很早，开门却很晚。附近的百姓为这事很发愁，就到州衙门去告状，衙门不受理；终于弄到去击登闻鼓，还是得不到裁决。大家听说司空贺循外出，到了破冈，就连名到他那里告状。贺循说：“我被调做礼官，和这事无关。”百姓给他磕头说：“如果府君也不管我们，我们就没有地方申诉了。”贺循没有说什么，只叫大家暂时退下去，说以后见到张廷尉一定替大家问起这件事。张闿听说后，立刻把门拆了，而且亲自到方山去迎接贺循。贺循拿出状辞给他看，说：“这件事本用不着我过问，只是和您是世交，为了您才舍不得扔掉它。”张闿惭愧地谢罪说：“百姓有这样的要求，当初没有立刻了解到，如果当初知道，门早已拆了。”

原文

郗太尉晚节好谈，既雅非所经，而甚矜之①。后朝觐，以王丞相末年多可恨，每见，必欲苦相规诫。王公知其意，每引作他言。临还镇，故命驾诣丞相，丞相翘须厉色，上坐便言②：“方当乖别，必欲言其所见。”意满口重，辞殊不流③。王公摄其次④，曰：“后面未期，亦欲尽所怀，愿公勿复谈。”郗遂大瞋，冰衿而出，不得一言⑤。

注释

①郗太尉：郗鉴，曾和王导、庾亮等受晋明帝遗诏，辅佐成帝。咸和初年，兼任徐州刺史，镇守京口，后为司空，进位太尉。经：治理；考虑。

②丞相翘须厉色：一本无"丞相"二字，这是对的。翘须厉色的是郗鉴。

③不流：不流畅，指语无伦次。

④撮其次：指整理他言谈的顺序。

⑤冰衿：心情冰冷。

译文

太尉郗鉴晚年喜欢谈论，所谈的事既不是他向来所考虑的，又很自负。后来朝见皇帝的时候，因为丞相王导晚年做了许多值得遗憾的事，所以每次见到王导，定要苦苦劝诫他。王导知道郗鉴的意图，就常常用别的话来引开。后来郗鉴快要回到所镇守的地方，特意坐车去看望王导，他翘着胡子，脸色严肃，一落座就说："快要分手了，我一定要把我所看到的事说出来。"他很自满，口气很重，可是话说得特别不顺当。王导纠正他说话的层次，然后说："后会无定期，我也想尽量说出我的意见，就是希望您以后不要再谈论。"郗鉴于是非常生气，心情冰冷地走了，一句话也说不出来。

原文

王丞相为扬州，遣八部从事之职①。顾和时为下传还，同时俱见②。诸从事各奏二千石官长得失，至和独无言。王问顾曰："卿何所闻？"答曰："明公作辅，宁使网漏吞舟，何缘采听风闻，以为察察之政③！"丞相咨嗟称佳，诸从事自视缺然也。

注释

①"王丞相"句:东晋初,王导任丞相军咨祭酒,兼任扬州刺史。扬州当时统属丹阳、会稽等八郡。按当时官制,每郡置部从事一人,主管督促文书、察举非法等事,所以王导分遣部从事八人。之职,到职视事。

②"顾和"句:王导任扬州刺史时,调顾和任从事,这是和部从事不同的职务。这里的"下传",可能指乘传车(驿车)。当时州里有别驾从事一职,刺史视察各地时,别驾就乘传车随行。顾和大概只以从事身份随部从事到郡里去。

③网漏吞舟:能吞下一条船那样的大鱼逃脱了渔网,指大坏人逃脱了法网。按:这里指宁可粗疏一点,也不要捕风捉影。察察:清明。

译文

丞相王导任扬州刺史时,派遣八个部从事到各郡任职。顾和当时也随着到郡里去,回来以后,大家一起谒见王导。部从事们各启奏郡守的优劣,轮到顾和,唯独他没有发言。王导问顾和:"你听到什么了?"顾和回答说:"明公任大臣,宁可让吞舟之鱼漏网,怎么能寻访传闻,凭这些来推行清明的政治呢!"王导赞叹着连声说好,众从事也自愧不如。

原文

苏峻东征沈充,请吏部郎陆迈与俱①。将至吴,密敕左右,令入阊门放火以示威②。陆知其意,谓峻曰:"吴治平未久,必将有乱。若为乱阶,请从我家始③。"峻遂止。

注释

①"苏峻"句:晋明帝太宁二年(公元324年),王敦再次起兵反,并任沈充为车骑将军。沈充也就起兵直向建康。朝廷召临淮太守苏峻领兵入卫京都,大破

沈充军。

②阊门：吴的西郭门。

③“若为”句：陆迈是吴郡吴(今江苏省吴县)人，反对苏峻在吴地放火，所以先说破苏峻的意图。

译文

苏峻起兵东下讨伐沈充，请吏部郎陆迈和他一起出征。快要到吴地的时候，苏峻秘密吩咐手下的人，叫他们进阊门去放火来显示军威。陆迈明白苏峻的意图，对他说：吴地刚太平了不长时间，这样做一走会引起骚乱。如果要制造骚乱的借口，请从我家开始放火。”苏峻这才作罢。

原文

陆玩拜司空[①]，有人诣之，索美酒，得，便自起泻著梁柱间地，祝曰：“当今乏才，以尔为柱石之用，莫倾人栋梁[②]。”玩笑曰：“戢卿良箴[③]。”

注释

①陆玩：陆玩是吴郡吴人，晋成帝时，在王导、郗鉴，庾亮等相继死后，受任为司空。他很谦让，曾说：“以我为三公，是天下无人矣。”

②“当今”句：这里以柱石比喻三公之位，以栋梁比喻国家，是希望陆玩不要让国家倾覆。

③戢(jí)：收藏，记住。

译文

陆玩就任司空，有位客人去看望他，向他要一杯美酒，酒拿来了，客人便站起来在顶梁柱旁边的地上奠酒，祝告说："当前缺少好材料，才用你做柱石，你千万不要让人家的栋梁塌下来。"陆玩听了笑着说："我记住你的忠告。"

原文

小庾在荆州，公朝大会，问诸僚佐曰①："我欲为汉高、魏武，何如②？"一坐莫答。长史江虨曰："愿明公为桓、文之事，不愿作汉高、魏武也③。"

注释

①小庾：庾翼，是庾亮的弟弟。

②汉高、魏武：汉高祖刘邦和魏武帝曹操，他们最终夺取了天下。

③桓、文：齐桓公和晋文公，春秋时先后称霸，是五霸中最有声望的两个霸主，主张尊奉周王室，抵御外患。

译文

庾翼在荆州任职时，在一次僚属拜见长官的聚会上，问僚属们说："我想做汉高祖、魏武帝那样的人，你们看怎么样？"满座的人没有谁敢回答。这时长史江虨说："希望明公效法齐桓、晋文的事业，不希望您效法汉高、魏武。"

原文

罗君章为桓宣武从事，谢镇西作江夏，往检校之[①]。罗既至，初不问郡事，径就谢数日饮酒而还。桓公问有何事，君章云："不审公谓谢尚何似人？"桓公曰："仁祖是胜我许人。"君章云："岂有胜公人而行非者，故一无所问。"桓公奇其意而不责也。

注释

①谢镇西：谢尚，字仁祖，曾任建武将军、江夏相，后进号镇西将军。江夏郡属荆州，当时桓温（死谥宣武）都督荆、梁四州诸军事，任荆州刺史。

译文

罗君章任桓温手下的从事，当时镇西将军谢尚任江夏相，桓温派罗君章到江夏检查谢尚的工作。罗君章到江夏后，从不问郡里的政事，径直到谢尚那里喝了几天酒就回去了。桓温问他江夏有什么事，罗君章反问道："不知道您认为谢尚是怎样的人？"桓温说："仁祖是胜过我一些的人。"罗君章便说："哪里有胜过您的人而会去做不合理的事呢，所以政事我一点也不问。"桓温认为他的想法很奇特，也就不责怪他。

原文

王右军与王敬仁、许玄度并善。二人亡后，右军为论议更克[①]。孔岩诫之曰："明府昔与王、许周旋有情，及逝没之后，无慎终之好，民所不取。"[②]右军甚愧。

注释

①克：刻薄。

②"孔岩"句：孔岩（《晋书》作孔严）是会稽郡山阴县人。王羲之曾任右军将军、会稽内史，是孔岩家乡的长官。所以孔岩尊称王羲之为明府，自称为民。慎终，谨慎地对待去世的朋友。

译文

右军将军王羲之和王敬仁、许玄度两人都很友好。两人死后，王羲之对他们的评论却更加刻薄。孔岩告诫他说："明府以前和王、许交往，很有情谊，到他们逝世之后，却没有始终如一的友情，这是我所不取的。"王羲之听了非常惭愧。

原文

谢中郎在寿春败，临奔走，犹求玉帖镫[①]。太傅在军，前后初无损益之言[②]。尔日犹云："当今岂须烦此！"

注释

①谢中郎：谢万，任西中郎将、豫州刺史，受命北征，不战而溃败。当时他哥哥谢安还没有出任官职，只以平民随军，帮助谢万对各将领做了很多工作。

②损益：兴利除弊；批评建议。

译文

西中郎将谢万在寿春溃败了，临逃跑时，还要讲究用贵重的玉帖镫。太傅谢安跟随他在军中，始终也没有提过什么意见。这时仍然只说："现在哪里还需要找这个麻烦！"

原文

王大语东亭[①]："卿乃复论成不恶[②]，那得与僧弥戏！"

注释

①东亭：王珣，封东亭侯。他的弟弟王珉，小名僧弥，名声超过王珣。当时人们评论说："法护非不佳，僧弥难为兄。"法护是王珣的小名。

②论成不恶：四字可能有误，论成也可能指时人品评已有定论。按：王大意在劝阻王珣，不要去招惹僧弥，以免不胜而自降声誉。

译文

王大对东亭侯王珣说："对你的定评原来就是不错，哪能和僧弥赌胜呢！"

原文

殷觊病困，看人政见半面[①]。殷荆州兴晋阳之甲[②]，往与觊别，涕零，属以消息所患[③]。觊答曰："我病自当差，正忧汝患耳[④]！"

注释

①殷觊(jì):任南蛮校尉。政:通“正”,只。

②兴晋阳之甲:指兴兵。晋阳之甲,指晋阳这个地方的甲兵。

③消息:将息;休养。所患:病。

④“我病”句:殷仲堪想起兵时,请堂兄殷觊同时起兵。殷觊不但不肯答应。且认为殷仲堪是想排斥异己,培植亲信,非常反对起兵解决朝廷是非。所以殷仲堪去探病时,殷觊说了这样的话。

译文

殷觊病重,看人只能看见半面。荆州刺史殷仲堪当时正要起兵内伐,去和殷觊告别,看见他病成那样,就哭了,嘱咐他好好养病。殷觊回答说:“我的病自会好的,我只担心你的病呀!”

捷悟第十一

原文

杨德祖为魏武主簿，时作相国门，始构榱桷，魏武自出看，使人题门作"活"字，便去[1]。杨见，即令坏之。既竟，曰："门中'活'，'阔'字。王正嫌门大也[2]。"

注释

①杨德祖：杨脩，字德祖，曹操任丞相时，调他任主簿，有才学，有悟性。后来被曹操杀害了。相国：指丞相。汉代有时设相国，有时设丞相。这里指相国府。榱桷（cuī jué）：椽子。

②王：指魏王曹操。

译文

杨德祖任魏武帝曹操的主簿，当时正建相国府的大门，刚架椽子，曹操亲自出来看，并且叫人在门上写个"活"字，就走了。杨德祖看见了，立刻叫人把门拆了。拆完后，他说："门里加个'活'字，是'阔'字。魏王正是嫌门太大了。"

原文

人饷魏武一杯酪[①]，魏武啖少许，盖头上题"合"字以示众[②]，众莫能解。次至杨脩，脩便啖，曰："公教人啖一口也，复何疑[③]！"

注释

①饷：送。

②盖头：覆盖用的丝麻织品。

③教人啖一口："合"字拆开，就是人、一、口三字，意为一人吃一口。

译文

有人送给魏武帝曹操一杯奶酪，曹操吃了一点，就在盖头上写了一个"合"字给大家看，没有谁能看懂是什么意思。轮到杨脩去看，他便吃了一口，说："曹公教每人吃一口呀，还犹豫什么！"

原文

魏武尝过曹娥碑下[①]，杨脩从，碑背上见题作"黄绢幼妇，外孙齑臼"八字[②]。魏武谓脩曰："解不？"答曰："解"。魏武曰："卿未可言，待我思之。"行三十里，魏武乃曰："吾已得。"令脩别记所知。脩曰："黄绢，色丝也，于字为绝；幼妇，少女也，于字为妙；外孙，女子也，于字为好；齑臼，受辛也，于字为辞[③]：所谓绝妙好辞也。"魏武亦记之，与脩同，乃叹曰："我才不及卿，乃觉三十里[④]。"

注释

①曹婢碑：曹娥是东汉时代一个孝女，父溺死，她为寻找父亲尸首而死，改葬时给她立了碑，就是曹娥碑。

②齑臼(jī jiù)：捣姜蒜等的器具。

③于字为辞：辞的异体字是辤。

④觉：同“较”，相差，相距。

译文

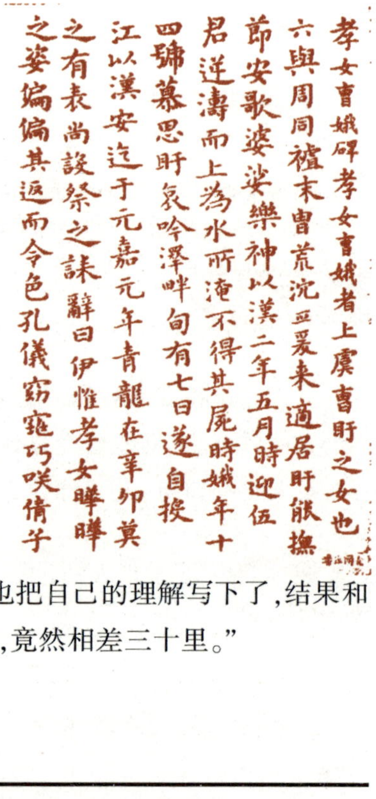

魏武帝曹操曾经从曹娥碑旁路过，杨脩跟随着他，看见碑的背面写着“黄绢幼妇，外孙齑臼”八个字。曹操就问杨脩：“懂吗？”杨脩回答说：“懂。”曹操说：“你不要说出来，等我想一想。”走了三十里路，曹操才说：“我已经想出来了。”他叫杨脩把自己的理解另外写下来。杨脩写道：“黄绢，是有颜色的丝，色丝合成绝字；幼妇，是少女的意思，少女合成妙字；外孙，是女儿的儿子，女子合成好字；齑臼，是承受辛辣东西的，受辛合成辞（辤）字：这就是绝妙好辞。”曹操也把自己的理解写下了，结果和杨脩的一样，于是感叹地说：“我的才力赶不上你，竟然相差三十里。”

原文

魏武征袁本初，治装，馀有数十斛竹片，咸长数寸[①]。众云并不堪用，正令烧除。太祖思所以用之，谓可为竹椑楯，而未显其言[②]。驰使问主簿杨德祖，应声答之，与帝心同。众伏其辩悟[③]。

注释

①袁本初：袁绍，字本初。按：东汉末年，群雄并起，各据一方，汉献帝时，曹操为司空，独揽朝政；袁绍为大将军，督冀、幽、青、并四川。两人互相攻伐，最大的一仗是官渡之战，公元200年，曹操大破袁绍于官渡。

②竹椑（pí）楯：椭圆形的竹盾牌。

③伏：通“服”，佩服。辩：聪明。

译文

魏武帝曹操要讨伐袁本初，修造军事装备，剩下几十斛竹片，都是几寸长的。大家说这全部用不上，正要叫人烧掉。曹操在想怎么利用这些竹片，认为可以用来做竹盾牌，只是还没有把这话说出来。他派人速去问主簿杨德祖，杨德祖随即答复了来人，结果和曹操想的一样。大家都佩服杨德祖的聪明和悟性。

原文

王敦引军垂至大桁，明帝自出中堂[①]。温峤为丹阳尹，帝令断大桁，故未断，帝大怒瞋目，左右莫不悚惧[②]。召诸公来，峤至，不谢，但求酒炙。王导须臾至，徒跣下地[③]，谢曰：“天威在颜[④]，遂使温峤不容得谢[⑤]。”峤于是下谢，帝乃释然[⑥]。诸公共叹王机悟名言。

注释

①“王敦”句：晋明帝时，王敦起兵反，但当时他已病重，只派王含和钱凤率军下京都。垂，将近。大桁（háng），大桥，这里指朱雀桥，在建康城南，朱雀门

外，跨秦淮河。中堂，举行朝会等事的厅堂。

②“温峤”句：王敦起兵时，温峤与右将军卞敦守石头城。后王含、钱凤军直达秦淮河南岸，温峤便烧掉朱雀桥，王含军无法渡河。

③徒跣(xiǎn)：光着脚。

④天威：天子的威严。颜：脸，这里指眼前。

⑤容：或许，可能。

⑥释然：形容怒气消释而心平气和。

译文

王敦率领军队东下，将要逼近朱雀桥，晋明帝亲自走出中堂。温峤当时任丹阳尹，明帝命令他毁掉朱雀桥，结果仍旧没有毁掉，明帝怒目圆睁，非常生气，随从的人都很恐惧。明帝立刻召集大臣们来，温峤到后，没有谢罪，只是求赐酒肉请死。王导接着来到，他光着脚走到地上，谢罪说：“天子的威严就在眼前，于是使温峤吓得不可能谢罪了。”温峤这才退下谢罪，明帝也就心平气和了。大臣们都很赞赏王导的机敏而有悟性的名言。

原文

郗司空在北府，桓宣武恶其居兵权①。郗于事机素暗，遣笺诣桓：“方欲共奖王室，修复园陵②。”世子嘉宾出行③，于道上闻信至，急取笺，视竟，寸寸毁裂，便回，还更作笺，自陈老病，不堪人间，欲乞闲地自养。宣武得笺大喜，即诏转公督五郡、会稽太守。

注释

①郗司空：郗愔，字方回，曾兼任徐、兖二州刺史，都督徐、兖、青、幽诸州军事。后来征拜司空，没有就任。北府：即京口，别称北府。按：桓温北伐前，郗愔曾镇守京口。桓温想借用京口的军事力量，就把郗愔调为会稽内史，自己兼任

徐、兖二州刺史，率领京口之兵。

②奖：辅佐。

③嘉宾：郗超，字嘉宾，是郗愔的长子，在桓温的大司马府任参军。

译文

司空郗愔镇守北府的时候，桓温不喜欢他掌握兵权。郗愔对情势的了解一向胡涂，还寄信给桓温说："正想和您一起辅佐王室，修复被敌人毁坏的先帝陵寝。"当时他的嫡长子嘉宾正到外地去，在半路听说送信的人到了，急忙拿过他父亲的信来看，看完了，把信撕得粉碎，就返回去，又代他父亲另外写了封信，诉说自己年老多病，经不住世事烦扰，想找个闲散的官位来自我调养。桓温收到信非常高兴，立刻下令把郗愔调为都督浙江东五郡军事、会稽太守。

原文

王东亭作宣武主簿，尝春月与石头兄弟乘马出郊①。时彦同游者连镳俱进②，唯东亭一人常在前，觉数十步，诸人莫之解。石头等既疲倦，俄而乘舆回。诸人皆似从官，唯东亭奕奕在前③。其悟捷如此。

注释

①石头：桓熙的小名，是桓温的长子。

②连镳：坐骑并排着。

③奕奕：精神抖擞的样子。

译文

东亭侯王珣任桓温的主簿时,曾经在春天和石头兄弟骑马到郊外游春。当时同游的名流都一起并马前进;只有王珣一个人总是走在前面,和他们距离几十步远,大家都不理解其中的缘故。石头等人已经玩得很疲倦了,不久就坐车回去。结果其他人都像侍从官一样跟在后面,只有王珣精神抖擞地走在前面。他就是这样的有悟性而且机敏。

夙惠第十二

原文

宾客诣陈太丘宿，太丘使元方、季方炊。客与太丘论议，二人进火①，俱委②而窃听。炊忘著箅③，饭落釜中。太丘问："炊何不馏④？"元方、季方长跪曰："大人与客语，乃俱窃听，炊忘著箄，饭今成糜⑤。"太丘曰："尔颇有所识不？"对曰："仿佛志之。"二子俱说，更相易夺⑥，言无遗失。太丘曰："如此，但糜自可，何必饭也！"

注释

①进火：烧火。

②委：丢弃。指丢下烧火事。

③箄：蒸饭器具，使米不漏至锅底水中。

④馏：蒸饭。

⑤糜：粥。

⑥更：交替。易夺：改正补充。

译文

有客人到太丘长陈寔家住宿，陈寔叫儿子元方和季方烧火做饭。客人和陈寔在一起清谈，元方兄弟两人在烧火，却一同放下手头的事去偷听。做饭时忘了放上箅子，要蒸的饭都落到了锅里。陈寔问他们："饭为什么没蒸呢？"元方和季方跪在地上说："大人和客人清谈，我们两人就一起去偷听，蒸饭时忘了放上箅子，米饭如今煮成了粥。"陈寔问："你们可记得一些什么？"兄弟两人回答说："大略记得。"于是兄弟俩一起说，又互相补充修正，一句话也没有漏掉。陈寔说："既然这样，只吃粥也可以，何必一定要干饭呢！"

原文

何晏七岁，明惠若神，魏武奇爱之。因晏在宫内[1]，欲以为子。晏乃画地令方[2]，自处其中。人问其故，答曰："何氏之庐也[3]。"魏武知之，即遣还。

注释

①因晏在宫内：何晏的父亲死得早，曹操任司空时，娶了何晏的母亲，并收养了何晏。

②令方：使成方形。

③何氏之庐：何家的房屋。何晏以此来表明自己不愿改姓做曹操的儿子。

译文

何晏七岁的时候，聪明过人，魏武帝曹操特别喜爱他。因为何晏在曹操府第里长大，曹操想把他收为自己的儿子。何晏便在地上画个方框，自己坐在里面。有人问他是什么意思，他回答说："这是何家的房子。"曹操知道此事后，就把他送回了何家。

原文

晋明帝[1]数岁，坐元帝膝上。有人从长安来，元帝问洛下[2]消息，潸然流涕。明帝问何以致泣，具以东渡意[3]告之。因问明帝："汝意谓长安何如日远?"答曰："日远。不闻人从日边来，居然可知。"元帝异之。明日，集群臣宴会，告以此意，更重问之，乃答曰："日近。"元帝失色，曰："尔何故异昨日之言邪?"答曰："举目见日，不见长安。"

注释

①晋明帝：司马绍，是晋元帝司马睿的长子。

②洛下：洛阳，西晋都城。

③东渡意：晋元帝为琅琊王时，住在洛阳。他的好友王导知天下将要大乱，就劝他回到自己的封国，后来又劝他镇守建康，意欲经营一个复兴帝室的基地。这就是所谓东渡意。

译文

晋明帝才几岁的时候，一次，坐在元帝膝上。当时有人从长安来，元帝问起洛阳的情况，不觉潸然泪下。明帝问父亲为什么落泪，元帝就把西晋灭亡而东渡长江的事一五一十地告诉了他。于是问明帝："你认为长安和太阳相比，哪个更远?"明帝回答说："太阳远。没听说过有人从太阳那边来，由此可知。"元帝惊异于他奇妙的回答。第二天，元帝召集群臣宴饮，就把明帝说的意思告诉了大家，又重问他一遍，不料明帝却回答说："太阳近。"元帝顿时惊愕失色，问他："你为什么说的和昨天不一样呢?"明帝回答说："现在抬起头就能看见太阳，却看不见长安。"

原文

司空顾和与时贤共清言。张玄之、顾敷是中外孙[①]，年并七岁，在床边戏。于时闻语，神情如不相属[②]。瞑于灯下，二儿共叙客主之言，都无遗失。顾公越席而提其耳曰："不意衰宗复生此宝[③]！"

注释

①中外孙：孙子和外孙。

②属：集中，专注。

③不意：想不到。衰宗：谦称自己的家族。

译文

司空顾和当时的贤达名流在一起清谈。张玄之和顾敷是他的外孙和孙子，年龄都是七岁，在坐榻边玩耍。当时听着大人们的谈论，神情好像漠不关心。晚上在灯下，两个孩子一起复述主客双方的言论，没有一句遗漏。顾和听见了，离开座位，拉着他们的耳朵说："想不到我们家族中又养出这样的宝贝！"

原文

韩康伯数岁，家酷贫，至大寒，止得襦[①]，母殷夫人自成之，令康伯捉熨斗。谓康伯曰："且著襦，寻作复裈[②]。"儿云："已足，不须复裈也。"母问其故，答曰："火在熨斗中而柄热，今既著襦，下亦当暖，故不须耳。"母甚异之，知为国器[③]。

注释

①襦:短袄。

②复裈:夹裤。

③国器:治国之才。

译文

韩康伯几岁的时候,家境非常贫苦,到了隆冬,才能穿上一件短袄。他母亲殷夫人亲手做短袄时,让康伯拿着熨斗,告诉康伯说:“暂时先穿上短袄,过后再给你做夹裤。”康伯说:“这已经够了,不必再做夹裤了。”母亲问他为什么,他回答说:“火在熨斗里面,熨斗的柄也是热的,现在我已经穿上了短袄,那么下身也会暖和的,所以不需要再做夹裤。”他母亲听了非常惊奇,知道他将来必定是个治国的人才。

原文

晋孝武年十二[①],时冬天,昼日不著复衣,但著单练衫五六重,夜则累茵褥[②]。谢公谏曰:“圣体宜令有常[③]。陛下昼过冷,夜过热,恐非摄养之术[④]。”帝曰:“昼动夜静[⑤]。”谢公出,叹曰:“上理不减先帝。”

注释

①晋孝武:晋孝武帝司马曜,简文帝的儿子。

②茵褥:褥子。

③有常:有规律。

④摄养:保养。

⑤昼动夜静:《老子》第四十五章说:“躁胜寒,静胜热。”此用其意。

译文

晋孝武帝十二岁那年,当时正是冬天,他白天不穿夹衣,只穿五六件丝绸做的单衣,夜里睡觉时褥子却铺盖了好几层。谢安规劝他说:“圣上保养贵体应该有一定的规律。陛下白天太冷,夜里太热,这恐怕不是养生之道。”孝武帝说:“白天活动着就不会冷,夜里不动弹就不会热。”谢安退出来,赞叹道:“皇上说理的能力不比先帝差啊。”

原文

桓宣武薨,桓南郡年五岁[①],服始除。桓车骑与送故文武别[②],因指语南郡:“此皆汝家故吏佐。”玄应声恸哭,酸感傍人[③]。车骑每自目己坐曰:“灵宝成人,当以此坐还之[④]。”鞠爱过于所生[⑤]。

注释

①桓南郡:桓玄,小名灵宝,桓温的儿子,袭父爵为南郡公。

②桓车骑:桓冲,字幼子,是桓温的弟弟,桓玄的叔父,曾任车骑将军。

③酸:悲痛,凄楚。

④此坐:桓温原来镇守姑孰,死后,朝廷任桓冲为中军将军、扬州刺史,代替桓温镇守姑孰。桓冲说的“此坐”,就是指镇守姑孰的职位。

⑤鞠爱:抚养疼爱。

译文

桓温去世时，南郡公桓玄只有五岁，守孝期满，刚脱下丧服，车骑将军桓冲和准备送故的文武官员道别，便指着他们对桓玄说："这些人都是你家以前的老部下。"桓玄随声恸哭起来，使旁边的人无不悲伤。桓冲常常看着自己的座位说："等灵宝长大成人，我就要把这个座位交还给他。"桓冲抚养、疼爱桓玄胜过自己的子女。

豪爽第十三

原文

王大将军年少时，旧有田舍名，语音亦楚[1]。武帝唤时贤共言伎艺事，人皆多有所知，唯王都无所关，意色殊恶，自言知打鼓吹[2]。帝令取鼓与之，于坐振袖而起，扬槌奋击，音节谐捷，神气豪上，傍若无人。举坐叹其雄爽。

注释

①楚：中原人把南方人看成楚。王敦（字处仲）本是琅琊郡临沂人，语音不同于中原，一概都被说成楚音。

②鼓吹：指鼓箫等乐器合奏。

译文

大将军王敦年轻时，原来就有乡巴佬这个外号，说的话也是土话。晋武帝召来当时的名流一起谈论技艺的事，别人大多都懂得一些，只有王敦一点也不关心这些事，无话可说，神态、脸色都很不好，自称只懂得打鼓。武帝叫人拿鼓给他，他马上从座位上振臂站起，扬起鼓槌，精神振奋地击起鼓来，鼓音急促和谐，气概豪迈，旁若无人。满座的人都赞叹他的威武豪爽。

原文

王处仲,世许高尚之目。尝荒恣于色,体为之敝[①]。左右谏之,处仲曰:"吾乃不觉尔,如此者甚易耳。"乃开后阁,驱诸婢妾数十人出路,任其所之[②]。时人叹焉。

注释

①荒恣:放纵。

②阁:侧门,小门。之:到去。

译文

王处仲,世人赞许以高尚来品评他。他曾经沉迷女色,身体也因此很疲惫。身边的人规劝他,他说:"我却不觉得怎么样,既然这样,也很容易解决呀。"于是打开侧门,把几十个婢妾都放出去,打发上路,任凭她们爱到哪里就到哪里。当时的人很赞赏他。

原文

王大将军自目高朗疏率,学通《左氏》。

译文

大将军王敦评论自己高尚开朗,通达直爽,学有专长,精通《左传》。

原文

王处仲每酒后，辄咏“老骥伏枥，志在千里；烈士暮年，壮心不已[①]。”以如意打唾壶，壶口尽缺[②]。

注释

①“老骥”两句：引自曹操的《龟虽寿》诗，大意是：老了的千里马躺在马棚里，它的志向却在于驰骋千里；壮士虽然到了晚年，雄心还是不减。

②如意：器物名。唾壶：等于痰盂。

译文

王处仲每逢酒后，就吟咏“老骥伏枥，志在千里；烈士暮年，壮心不已。”还拿如意敲着唾壶打拍子，壶口全给敲缺了。

原文

晋明帝欲起池台，元帝不许。帝时为太子，好养武士。一夕中作池，比晓便成。今太子西池是也[①]。

注释

①太子西池：池名。据说是孙吴时代挖成的，叫西苑，后来淤泥积满，晋明帝时又修复，故俗称太子西池。

译文

晋明帝想挖池塘，修亭台，他父亲元帝不答应。当时明帝还是太子，喜欢招养武士。有一晚半夜叫这些人挖池塘，到天亮就挖成了。这就是现在的太子西池。

原文

王大将军始欲下都，处分树置，先遣参军告朝廷，讽旨时贤[①]。祖车骑尚未镇寿春[②]，瞋目厉声语使人曰："卿语阿黑，何敢不逊[③]！催摄面去[④]！须臾不尔，我将三千兵槊脚令上[⑤]。"王闻之而止。

注释

①树置：栽培；安插。讽旨：指暗示自己的意图。

②祖车骑：祖逖，字士稚，死后赠车骑将军。晋元帝太兴二年（公元319年），败于石勒部将，退屯梁国，又退屯淮南郡首府寿春。

③阿黑：王敦小名。

④摄面：指收起老脸。面，唐写本作"向"，一本作"回"。

⑤槊：长矛。上：指溯江而上。王敦镇守武昌，地在建康上游，这里指西上武昌。

译文

大将军王敦起初想领兵东下京都，要处理朝臣，安插亲信，便先派参军去报告朝廷，并且向当时的贤达暗示自己的意图。那时车骑将军祖逖还没有移到寿春镇守，他瞪起眼睛声色俱厉地告诉王敦的使者说："你去告诉阿黑，怎么敢这样傲慢无礼！叫他收起老脸躲开！如果不马上走，我就要率领三千兵马用长矛戳他的脚赶他回去。"王敦听说后，就打消了念头。

原文

庾稚恭既常有中原之志，文康时，权重未在己[①]。及季坚作相，忌兵畏祸，与稚恭历同异者久之，乃果行[②]。倾荆、汉之力，穷舟车之势，师次于襄阳；大会参佐，陈其旌甲，亲授弧矢，曰："我之此行，若此射矣！"遂三起三叠[③]。徒众属目，其气十倍[⑤]。

注释

①"庾稚恭"句：稚恭，是庾翼的字，他想北伐入侵的外族，收复中原。晋成帝时，他哥哥庾亮升任江、荆、豫三州刺史，镇守武昌。后又为司空，遥执朝廷大权。当时庾翼任南蛮校尉、南郡太守，镇守江陵，权位不重。文康，是庾亮的谥号。

②"及季坚"句：季坚，是庾冰的字，庾冰是庾亮的弟弟、庾翼的哥哥。王导死后，庾冰任中书监、扬州刺史，参录尚书事。庾亮死后，庾翼任都督六州诸军事、荆州刺史，代庾亮镇守武昌，这才掌握了兵权。晋康帝即位后，庾翼想率师北伐，庾冰和他心意相同，桓温等也赞成，但康帝和大臣多以为难，且派人劝止进军。庾翼不从，违诏北行。这就是所谓"历同异"。但这里说季坚和稚恭历同异，在史书里没有反映。

③三起三叠：等于说三发三中。叠，指小击鼓。徐震堮《世说新语校笺》说："凡军中阅射，中的则以击鼓为号。"

④属(zhǔ)目：同"瞩目"，注目。

译文

庾稚恭早就有收复中原的志向，可是他哥哥庾亮当政时，大权不在自己手里。等到庾季坚做丞相时，害怕兵祸，和稚恭经过了长时间的不同意见的争论，才决定出兵北伐。庾稚恭出动荆州、汉水一带的全部力量，调集了所有的车船，率领军队驻扎到襄阳；在襄阳，召集所有下属开会，摆开军队的阵势，亲自把武器发下去，说："我这一次出征，结果如何，就看我的箭了！"于时连发三箭，三发三中。士兵们全神贯注，大为振奋，士气顿时增长了十倍。

原文

桓宣武平蜀，集参僚置酒于李势殿，巴、蜀缙绅莫不来萃①。桓既素有雄情爽气，加尔日音调英发，叙古今成败由人，存亡系才，其状磊落，一坐叹赏②。既散，诸人追味馀言，于时寻阳周馥曰："恨卿辈不见王大将军！"③

注释

①萃，聚集，聚会。

②磊落：指仪态俊伟。

③周馥：家住庐江郡寻阳县，曾为王敦的属官。

译文

桓温平定蜀地后，在李势原先的宫殿里设酒和下属聚会，巴、蜀一带的大官全都邀请来聚会。桓温不但一向有豪放的性情、直爽的气概，加以这一天的谈话语调英气勃勃，畅谈古今成败在人，存亡的关键在于人才，他仪态俊伟，满座的人都很赞赏。散会以后，大家还在回忆、玩味他的话，这时寻阳人周馥说："遗憾的是你们没有见过王大将军！"

原文

桓公读《高士传》，至於陵仲子，便掷去①，曰："谁能作此溪刻自处②！"

注释

①於(wū)陵仲子：战国时齐国的隐士。据《高士传》载，陈仲子住在於陵，夫妻俩靠编草鞋、织布过活。他哥哥任齐国丞相，仲子认为哥哥的俸禄是不义之财，分文不取。一次有人送他哥哥一只鹅，他母亲杀给他吃，当他知道是别人送他哥哥的，就立刻吐了出来。楚王想请他出任丞相，他便和妻子逃到别处去给人做工。

②溪刻：指行事苛刻不近情理。

译文

桓温读《高士传》时，读到於陵仲子的传记，便把书抛开，说："谁能用这种苛刻的、不近情理的做法来对待自己！"

原文

桓石虔，司空豁之长庶也，小字镇恶①。年十七八，未被举，而重隶已呼为镇恶郎②。尝往宣武斋头③。从征枋头，车骑冲没陈，左右莫能先救④。宣武谓曰：汝叔落贼，汝知不？”石虔闻之，气甚奋，命朱辟为副，策马于数万众中，莫有抗者，径致冲还，三军叹服。河朔后以其名断疟⑤。

注释

①司空豁：桓豁，是桓温的弟弟，任征西大将军，死后赠司空。

②举：立，指正式承认庶出子女的身份地位。

③斋头：书房。

④“从征”句：晋海西公太和四年（公元 369 年），桓温率领他弟弟桓冲等北伐燕国，一直打到枋（fāng）头（属今河南省地）。后粮尽退兵，被燕将乘机追击，大败。车骑冲，即桓冲，从桓温出征时是振威将军、江州刺史。桓温死后，他才改任车骑将军、徐州刺史。

⑤断疟：指消除疟疾，使病痊愈。古人迷信，以为疟疾是疟鬼作祟。由于桓石虔声威大震，当时的人以为对患疟疾的人大喊“桓石虔来”，把疟鬼吓跑，就会除病。

译文

桓石虔是司空桓豁的庶出长子，小名叫镇恶。十七八岁了，身份地位还没有得到承认，而奴仆们已经称呼他为镇恶郎了。他曾住在桓温家里。后来跟随桓温出征到枋头，在一次战斗中，车骑将军桓冲陷入敌阵，他手下的人没有谁能抢先去救他。桓温告诉石虔说：“你叔父落入敌人阵里、你知道吗？”石虏听了，勇气倍增，命令朱辟做副手，跃马扬鞭冲入几万敌军的重围中，没有谁能抵挡他，他径直把桓冲救了回来，全军都十分称赞佩服。后来黄河以北的居民就拿他的名字来驱赶疟鬼。

原文

陈林道在西岸，都下诸人共要至牛渚会①。陈理既佳，人欲共言折。陈以如意拄颊，望鸡笼山叹曰："孙伯符志业不遂！"②于是竟坐不得谈。

注释

①陈林道：陈逵，字林道，任西中郎将，兼淮南太守，驻守历阳县。淮南郡包括今江苏、安徽一带，在长江北岸，即这里所说的西岸。牛渚：牛渚山，在今安徽省当涂县，临长江南岸。

②鸡笼山：在今江苏省江宁县。孙伯符：孙策，字伯符，是孙权的哥哥。东汉末封吴侯，平定江东，被仇家射伤而死，传位于孙权。

译文

陈林道驻守在江北，京都诸友人一起邀他到牛渚山聚会。陈林道谈玄理谈得很好，大家想一同和他辩论，要驳倒他。陈林道却拿如意支着腮，远望鸡笼山感叹地说："孙伯符志向、事业都没有如愿！"于是大家坐到散时也没机会谈论。

原文

王司州在谢公坐，咏"入不言兮出不辞，乘回风兮载云旗"[①]。语人云："当尔时，觉一坐无人[②]。"

注释

①"入不"两句：引自屈原《九歌·少司命》，大意是：神来时不说话，去时不告辞，乘着旋风，驾着云旗。指神的意向难知，神的形貌也不得见。回风，旋风。云旗，以云为旗。

②"当尔"句：因神往于超现实的神灵境界，故觉一座无人。

译文

司州刺史王胡之有一次在谢安家做客，朗诵起"入不言兮出不辞，乘回风兮载云旗"的诗句。他告诉别人说："在这个时候，就好像四周没有一个人。"

容止第十四

原文

魏明帝使后弟毛曾与夏侯玄共坐①，时人谓“蒹葭倚玉树②”。

注释

①毛曾：毛皇后之弟，因毛皇后而大富大贵，但为人举止粗鄙，为时人所耻笑。

②蒹葭倚玉树：蒹是荻，葭是芦苇，比喻微贱、平庸的人。玉树，指传说中的仙树或珍宝制作的树，比喻品貌皆美的人。此指两个品貌极不相称的人在一起。

译文

魏明帝叫皇后的弟弟毛曾和夏侯玄并排坐在一起，当时的人认为这是“蒹葭倚玉树”。

原文

嵇康身长七尺八寸①，风姿特秀。见者叹曰：“萧萧肃肃②，爽朗清举③。”或云：“肃肃④如松下风，高而徐引⑤。”山公曰：“嵇叔夜之为人也，岩岩⑥若孤松之独立；其醉也，傀俄⑦若玉山之将崩。”

注释

①七尺八寸：古代的尺寸，长度没有现代那么长，不过七尺八寸也表明身材高大。

②肃肃：形容严正整齐。

③爽朗清举：清爽明朗，清高俊逸。

④肃肃：象声词，形容风声。

⑤徐引：舒缓悠长。比喻举止从容。

⑥岩岩：形容高峻挺拔，比喻人格高俊。

⑦傀俄：倾斜、倒塌的样子。

译文

嵇康身高七尺八寸，风度姿容秀美出众。见过他的人都赞叹说："他举止潇洒严正，气质爽朗俊逸。"有人说："他像松树间沙沙作响的风，优雅悠长，舒缓从容。"山涛评论他说："嵇叔夜的为人，像挺拔的孤松傲然独立；他醉后的样子，则倾侧得像玉山快要崩塌一样。"

原文

潘安仁、夏侯湛并有美容，喜同行，时人谓之连璧①。

注释

①连璧：并联在一起的璧玉，比喻同样美好的人物。据《晋书·夏侯湛传》载，两人常常同行同止，出则同车，入则同席。

译文

潘安仁和夏侯湛两人都有美好的姿容，而且喜欢一同行走，当时人们称他俩为“连璧”。

原文

周伯仁道桓茂伦[1]：“嵚崎历落可笑人[2]”。或云谢幼舆言。

注释

①桓茂伦：桓彝，字茂伦。他很达观，善于鉴别人才，享有盛名，一向为周伯仁所推崇。

②嵚崎：山高峻的样子，比喻人高大英俊。历落：指举止洒脱。可笑人：非常之人，了不起的人。

译文

周伯仁称赞桓茂伦说：“他高大英俊，举止潇洒，是个了不起的人。”有人说此语出自谢幼舆之口。

原文

周侯说王长史父[1]：“形貌既伟，雅怀有概[2]，保而用之，可作诸许物也[3]。”

注释

①王长史父：指王濛的父亲王讷。

②有概：有气概、风度。

③诸许物：诸多事情。

译文

武城侯周颢评论长史王濛的父亲说："身体既魁梧，又有高雅的情怀、不凡的风度，珍视并发扬自身这些特长，可以成就很多事情。"

原文

祖士少见卫君长云①："此人有旄仗②下形。"

注释

①祖士少：祖约。卫君长：卫永。

②旄仗：旗帜和仪仗。

译文

祖士少见到卫君长后说："这个人有旌旗仪仗下那种大将的风度。"

原文

卫洗马以永嘉六年丧[1],谢鲲哭之,感动路人。咸和[2]中。丞相王公教曰[3]:"卫洗马当改葬。此君风流名士,海内所瞻,可修薄祭[4],以敦旧好[5]。"

注释

①永嘉:晋怀帝司马炽的年号。
②咸和:晋成帝的年号。成和中,卫玠改葬江宁。
③教:凡上对下的告谕、批示、命令均曰教。
④薄祭:菲薄的祭品,是对死者的谦词。
⑤敦:加深。旧好:旧情,故交。

译文

太子洗马卫玠在永嘉六年去世,谢鲲去吊丧,哭声悲痛得感动了路人。咸和年间,丞相王导发表文告说:"卫洗马应当改葬。此君是风流名士,受到海内人士的仰慕,大家可以整治一些祭品,来加深我们对老朋友的怀念。"

原文

庾亮儿遭苏峻难遇害[1]。诸葛道明女为庾儿妇,既寡,将改适[2],与亮书及之。亮答曰:"贤女尚少,故其宜也。感念亡儿,若在初没。"

注释

①"庾亮"句:苏峻起兵叛乱后,庾亮的儿子庾会被杀。

②改适:改嫁。

译文

庾亮的儿子庾会在苏峻的叛乱中被害。诸葛道明的女儿是庾会的妻子,守寡后,将要改嫁,诸葛道明给庾亮写信提到了这件事。庾亮回信说:"令爱还年轻,这样做是应该的。只是我感念死去的孩儿,就像他刚刚去世一样悲伤。"

原文

孝武山陵夕①,王孝伯入临②,告其诸弟曰:"虽榱桷惟新③,便自有《黍离》之哀。"

注释

①夕:夕祭。臣子傍晚时祭奠君主。

②王孝伯:王恭,字孝伯,是晋孝武帝皇后的哥哥。晋孝武帝死时,王恭镇守京口。他看到执政的会稽王司马道子宠信小人,国家将有祸乱,很是忧虑,所以有《黍离》之叹。

③榱桷:椽子,这里指孝武帝的陵墓。

译文

晋孝武帝去世,夕祭的时候,王孝伯入都哭祭,对他的几个弟弟说:"虽然陵寝是新的,却让人感到有《黍离》之悲。"

原文

羊孚年三十一卒。桓玄与羊欣书曰[1]："贤从情所信寄[2]。暴疾而殒；祝予之叹[3]，如何可言！"

注释

①羊欣：字敬元，是羊孚同曾祖的堂弟，官至中散大夫。

②贤从：兄弟。

③祝予：亡我，断绝我。

译文

羊孚三十一岁时就死了，桓玄在写给羊欣的信上说："贤堂弟是我所信赖寄托的人，却突然暴病而死；天将亡我的这种哀叹，怎么能用言语来表达呢！"

原文

桓玄当篡位，语卞鞠云[1]："昔羊子道恒禁吾此意。今腹心丧羊孚，爪牙失索元[2]，而匆匆作此诋突[3]，讵允天心[4]？"

注释

①卞鞠：卞范之，字敬祖，小名鞠。原任桓玄的长史，后桓玄举兵攻入京都，委派他任丹阳尹。

②索元：字天保，曾任征虏将军、历阳太守，后病死。

③诋突：唐突，抵触。

④讵：哪里，怎能。天心：天意。

译文

桓玄将要篡位的时候，对卞鞠说："从前羊子道经常劝止我的这种意图。现在我的心腹中死了羊孚，助手中失去了索元，却要匆匆忙忙做这种冒犯君上的事，怎能合乎天意呢？"

原文

魏武将见匈奴使①。自以形陋，不足雄远国，使崔季珪代，帝自捉刀立床头②。既毕，令间谍问曰："魏王何如？"匈奴使答曰："魏王雅望非常，然床头捉刀人，此乃英雄也。"魏武闻之，追杀此使③。

注释

①魏武：曹操。

②雄：称雄；显示威严。崔季珪：崔琰，字季珪，在曹操手下任职。他仪表堂堂，很威严。而据刘孝标注引《魏氏春秋》说，曹操却是"姿貌短小"。

③"魏武"句：曹操认为匈奴使臣已经识破了他的野心和做法，所以把使臣杀了。按：此说不大可信。

译文

魏武帝曹操将要接见匈奴的使节。他自认为相貌丑陋，不能对远方国家显示出自己的威严，便叫崔季珪代替，自己却握着刀站在崔季珪的坐床边。接见后，曹操派密探去问匈奴使节说："你看魏王怎么样？"匈奴使节回答说："魏王的崇高威望非同一般，可是床边握刀的人，这才是英雄啊。”曹操听说后，趁使节回国，派人追去杀了他。

原文

何平叔美姿仪，面至白。魏明帝疑其傅粉[①]，正夏月，与热汤饼[②]。既啖，大汗出，以朱衣自拭，色转皎[③]。

注释

①傅粉：搽粉。汉魏时的贵公子喜欢搽粉，这是当时习气。

②汤饼：汤面。

③皎然：形容又白又亮。

译文

何平叔相貌很美，脸非常白。魏明帝怀疑他搽了粉，想查看一下，当时正好是夏天，就给他吃热汤面。吃完后，大汗淋漓，自己撩起红衣擦脸，脸色反而更加光洁。

原文

时人目夏侯太初朗朗如日月之入怀[①]，李安国颓唐如玉山之将崩[②]。

注释

①夏侯太初：夏侯玄，字太初。

②李安国：李丰，字安国，任中书令，后被杀。颓唐：指精神萎靡不振。

译文

当时的人评论夏侯太初好像怀里揣着日月一样光彩照人，李安国精神不振，像玉山将要崩塌一样。

原文

裴令公目王安丰："眼烂烂如岩下电①。"

注释

①眼烂烂：指目光闪闪。烂烂，明亮的样子。岩下：山岩之下，是眉棱下的比喻。

译文

中书令裴楷评论安丰侯王戎说："他目光灼灼射人，像岩下闪电。"

原文

王夷甫容貌整丽，妙于谈玄，恒捉白玉柄麈尾，与手都无分别①。

注释

①“王夷甫”句：魏晋谈玄之士，经常拿着拂尘，相习成俗，王公贵人多拿此物。拂尘以玉为柄，王衍的手生得白净，和玉色无异。

译文

王夷甫容貌端庄、漂亮，善于谈玄，平常总拿着白玉柄拂尘，白玉的颜色和他的手一点也没有分别。

原文

裴令公有俊容姿。一旦有疾，至困，惠帝使王夷甫往看。裴方向壁卧，闻王使至，强回视之。王出，语人曰：“双眸闪闪，若岩下电；精神挺动，体中故小恶①。”

注释

①挺动：动摇，晃动，这里指精神分散。

译文

中书令裴楷容貌俊美。有一次生了病,非常疲乏,晋惠帝派王夷甫去看望他。这时裴楷正向着墙躺着,听说王夷甫奉命来到,就勉强回过头来看看他。王夷甫告辞出来后,告诉别人说:“他双目闪闪,好像山岩下的闪电;可是精神分散,身体确实有点不舒服。”

原文

魏明帝使后弟毛曾与夏侯玄共坐[①],时人谓:“蒹葭倚玉树[②]。”

注释

①夏侯玄:据《魏志》,夏侯玄任黄门侍郎时,与出身寒门的皇后的弟弟毛曾在一起坐,他认为这是耻辱。

②蒹葭:水草。喻出身低下的人。玉树:神话中的仙树。喻容貌好,又有才干的人。这一句是说,夏侯玄不仅出身望门,而且也长得漂亮,与寒门出身的毛曾相比实不相称。

译文

魏明帝叫皇后的弟弟毛曾跟夏侯玄一起坐,当时人说:“这是蒹葭倚玉树。”

原文

潘岳妙有姿容[①],好神情。少时挟弹出洛阳道[②],妇人遇者,莫不连手共萦之[③]。左太冲绝丑[④],亦复效岳游遨[⑤],于是群妪齐共乱唾之[⑥],委顿而返[⑦]。

注释

①妙有姿容:有美妙的姿态和容貌。

②挟:夹持。弹:弹弓。洛阳:西晋都城,今河南省洛阳。道:街道。

③莫:没有一个人。连手:手拉着手。萦:围绕。之:代词,指潘岳。

④左太冲:左思。字太冲,貌丑,口讷。绝:极。

⑤游遨:漫游。

⑥妪:妇女。

⑦委顿:颓丧、疲惫的样子。

译文

潘岳有美妙的姿容,并且神态优雅。少年时候挟着弹弓在洛阳大街上走,妇女们遇到了,都手拉着手地围住看他。左太冲长得很丑,也仿效潘岳的样子在大街上闲游,于是成群的妇女一齐朝他乱吐唾沫,弄得他狼狈地回家。

原文

有人语王戎曰:"嵇延祖卓卓如野鹤之在鸡群[①]。"答曰:"君未见其父耳[②]。"

注释

①嵇延祖：嵇绍，字延祖，嵇康的儿子。卓卓：超然特立的样子。

②君：对他人的尊称。父：指嵇康。

译文

有人对王戎说："嵇延祖超然昂立，如同野鹤耸立在鸡群之中。"王戎回答说："您还未见过他父亲呢。"

原文

刘伶身长六尺①，貌甚丑悴②，而悠悠忽忽③，土木形骸④。

注释

①刘伶：字伯伦，沛都（今安徽宿县）人。竹林七贤之一，与嵇康、阮籍友好，经常乘鹿车，带着酒，让人荷锸相从，说："我死了，就地埋了。"纵酒放达，蔑视礼法，是个对后世影响较大的文人。六尺：晋尺短于今尺，晋六尺相当于今 1.47 米左右。

②悴：憔悴。

③悠悠忽忽：即悠忽、轻忽放荡，常指消磨岁月，无所用心。

④土木形骸：人的形体像土木一样。

译文

刘伶身高六尺，容貌十分丑陋、憔悴，可是他轻忽放荡，形体如同土木一样，不修边幅。

原文

刘尹道桓公①："鬓如反猬皮，眉如紫石棱②，自是孙仲谋、司马宣王一流人③。"

注释

①刘尹：即刘惔。桓公：即桓温。

②猬：刺猬。

③自是：本是。孙仲谋：孙权，三国时吴国的君主。司马宣王：司马懿。一流：一类。

译文

刘惔评论桓温说："他的两鬓如同反猬皮，眉梁骨如同紫石棱，自然是孙仲谋、司马宣王一类人。"

原文

时人目王右军①："飘如游云，矫若惊龙②。"

注释

①时人：当时人。目：品评。

②飘：飘逸。矫：矫健。

评文

当时人品评王右军："飘逸得如同游动的云，矫健得如同受惊的龙。"

原文

有人叹王恭形茂者[1]，云："濯濯如春月柳[2]。"

注释

①形：体态容貌。茂：美好。

②濯濯：形容有光泽、清朗。

评文

有人赞叹王恭体态容貌美好，说道："明媚清朗如同春天的杨柳。"

原文

裴令公有俊容仪，脱冠冕，粗服乱头皆好，时人以为玉人[1]。见者曰："见裴叔则，如玉山上行，光映照人。"

注释

①冠冕：帝王、大夫所带的礼帽。玉人：比喻容貌美丽的人。

译文

中书令裴叔则仪表出众，即使脱下礼帽，穿着粗陋的衣服，头发蓬松，也都很美，当时人们说他是玉人。见到他的人说："看见裴叔则，就像在玉山上行走，感到光彩照人。"

原文

骠骑王武子是卫玠之舅，俊爽有风姿[①]。见玠，辄叹曰："珠玉在侧，觉我形秽！"

注释

①王武子：王济，字武子，死后追赠骠骑将军。他的外甥卫玠，风采秀异，见者皆以为玉人。

译文

骠骑将军王武子是卫玠的舅舅，容貌俊秀，精神清爽，很有风度仪表。他每见到卫玠，总是赞叹说："珠玉在身边，就觉得我自己的形象丑陋了！"

原文

有人诣王太尉，遇安丰、大将军、丞相在坐；往别屋，见季胤、平子[①]。还，语人曰："今日之行，触目见琳琅珠玉[②]。"

注释

①王太尉:王衍。在王衍家所遇的五个人都是王衍的兄弟或堂兄弟,安丰即王衍堂兄王戎,大将军即堂弟王敦,丞相即堂弟王导,季胤是弟弟王诩的字,平子是弟弟王澄的字。

②琳琅:美玉,比喻人物风姿秀逸。

译文

有人去拜访太尉王衍,遇到安丰侯王戎、大将军王敦、丞相王导在座;到另一个房间去,又见到王季胤、王平子。回家后,告诉别人说:"今天走这一趟,满眼都是珠宝美玉。"

原文

王丞相见卫洗马①,曰:"居然有羸形,虽复终日调畅,若不堪罗绮②。"

注释

①卫洗(xiǎn)马:卫玠,任太子洗马。体弱多病。

②罗绮:有花纹的丝织品。

译文

丞相王导看见太子洗马卫玠,说:"身体显然很瘦弱,虽然整天很和适舒畅,也还是像弱不胜衣。"

原文

庾子嵩长不满七尺，腰带十围，颓然自放[1]。

注释

①十围：两手的拇指和食指合拢起来的圆周长是一围，腰宽十围就是很粗的了。颓然：温和、顺从的样子。自放：指自我放纵，不拘礼法。

译文

庾子嵩身高不足七尺，腰带却有十围大小，可是他本性和顺，纵情放达。

原文

卫玠从豫章至下都[1]，人久闻其名，观者如堵墙[2]。玠先有羸疾，体不堪劳，遂成病而死。时人谓看杀卫玠。

注释

①下都：指京都建康（原名建邺）。西晋旧都洛阳，所以后来称新都为下都。卫玠渡江后，先到豫章（首府在南昌），后到建康，人们听说他容貌非凡，观者如堵。

②堵墙：墙。

译文

卫玠从豫章郡到京都时，人们早已听到他的名声，出来看他的人围得像一堵墙。卫玠本来就有虚弱的病，身体受不了这种劳累，终于形成重病而死。当时的人说是看死了卫玠。

原文

石头事故，朝廷倾覆①。温忠武与庾文康投陶公求救②。陶公云："肃祖顾命不见及③。且苏峻作乱，衅由诸庾，诛其兄弟，不足以谢天下。"于时庾在温船后，闻之，忧怖无计。别日，温劝庾见陶，庾犹豫未能往。温曰："溪狗我所悉，卿但见之，必无忧也。"庾风姿神貌，陶一见便改观；谈宴竟日，爱重顿至。

注释

①石头事故：指苏峻作乱。晋成帝咸和二年(公元327年)，庾亮执掌朝政，下诏征历阳内史苏峻为大司农。苏峻一向怀疑庾亮想谋害自己，便起兵反，攻陷建康，自掌朝政，颁布大赦，独不赦庾亮兄弟。

②温忠武：温峤，谥忠武。苏峻作乱时，温峤任平南将军、江州刺史，驻扎到寻阳。后庾亮战败，逃到他那里，他劝庾亮去见陶侃，并共推陶侃为盟主，起兵讨伐。陶公：陶侃。

③"肃祖"句：肃祖是晋明帝的庙号；顾命指君主临终的命令。晋明帝病重时，王导、庾亮、温峤等同受顾命，辅佐幼主晋成帝。明帝死后，太后临朝听政，政事由庾亮决定。陶侃因为自己不在受顾命之列，深以为憾。

译文

石头城事变发生，朝廷倾覆了。温峤和庾亮投奔陶侃求救。陶侃说："先帝的遗诏并没有涉及我。再说苏峻作乱，事端都是由庾家的人挑起的，就是杀了庾家兄弟，也不足以向天下人谢罪。"这时庾亮正在温峤的船后，听见这些话，既发愁，又害怕，无计可施。有一天，温峤劝庾亮去见一见陶侃，庾亮很犹豫，不敢去。温峤说："那溪狗我很了解，你只管去见他，一定不会出什么事的。"庾亮那非凡的风度仪表，使得陶侃一见便改变了原来的看法；和庾亮畅谈欢宴了一整天，对庾亮的爱慕和推重一下子达到了顶点。

原文

庾太尉在武昌，秋夜气佳景清，使吏殷浩、王胡之之徒登南楼理咏①。音调始遒，闻函道中有屐声甚厉，定是庾公②。俄而率左右十许人步来，诸贤欲起避之。公徐云："诸君少住，老子于此处兴复不浅③。"因便据胡床，与诸人咏谑，竟坐甚得任乐④。后王逸少下，与丞相言及此事。丞相曰："元规尔时风范不得不小颓⑤。"右军答曰："唯丘壑独存⑥。"

注释

①"庾太尉"句：苏峻叛乱平定后，庾亮（字元规）升任都督江、荆等六州诸军事，移镇武昌。理咏，吟咏，作诗吟唱。

②遒（qiú）：高昂。

③老子：老人自称，等于老夫。

④胡床：交椅，是椅腿交叉，能折叠的一种坐具，即马扎儿。任乐：尽情欢乐。

⑤颓：低落，收缩。

⑥丘壑：山水幽美处所，是隐士所居之地，比喻深远的意境。

译文

太尉庾亮在武昌的时候，正值秋夜天气凉爽、景色清幽，他的属官殷浩、王胡之一班人登上南楼吟诗咏唱。正在吟兴高昂之时，听见楼梯上传来木板鞋的声音很重，料定是庾亮来了。接着庾亮带着十来个随从走来，大家就想起身回避。庾亮慢条斯理地说道：“诸君暂且留步，老夫对这方面兴趣也不浅。”于是就坐在马扎儿上，和大家一起吟咏、谈笑，满座的人都能尽情欢乐。后来王逸少东下建康，和丞相王导谈到这件事。王导说：“元规那时候的气派也不得不收敛一点。”王逸少回答说：“唯独幽深的情趣还保留着。”

原文

王敬豫有美形①。问讯王公，王公抚其肩曰：“阿奴恨才不称。”又云：“敬豫事事似王公。”

注释

①王敬豫：王恬，字敬豫，是王导的儿子。好武，不拘礼法，王导并不喜欢他。问讯：问安。

译文

王敬豫形貌很美。有一次去向父亲王导请安，王导拍着他的肩膀说：“你遗憾的是才能和形貌不相称。”有人说：“敬豫样样都像王公。”

原文

王右军见杜弘治，叹曰："面如凝脂，眼如点漆，此神仙中人[①]。"时人有称王长史形者，蔡公曰："恨诸人不见杜弘治耳！"

注释

①凝脂：凝固的油脂，形容白嫩。

译文

右军将军王羲之见到杜弘治，赞叹说："脸像凝脂一样白嫩，眼睛像点上漆一样黑亮，这是神仙里头的人。"当时有人称赞长史王濛的相貌，司徒蔡谟说："可惜这些人没有见过杜弘治啊！"

原文

王敬伦风姿似父[①]，作侍中，加授桓公公服，从大门入[②]。桓公望之，曰："大奴固自有凤毛[③]。"

注释

①王敬伦：王劭，字敬伦，是王导的第五个儿子。

②加授桓公：加指加官，在原有官职外加领其他官职。据《晋书·哀帝纪》载，兴宁元年，加征西大将军桓温侍中、大司马。

③大奴：指王劭。凤毛：凤毛是珍稀之物，比喻有父辈的才华、风采。

译文

王敬伦仪表风度像他父亲,任侍中——这时桓温也加授侍中——穿着官服从大门进官署。桓温望见他,说:“大奴的确有他父亲的风采。”

原文

林公道王长史:“敛衿作一来[①],何其轩轩韶举[②]!”

注释

①敛衿:整理衣襟,表示肃敬。王濛年轻时放纵不羁,不为乡里所齿,晚年才克己励行。来:语气词。

②轩轩:形容仪态轩昂。韶举:优美的举止。

译文

支道林评论长史王濛说:“严肃起来,做事专一了,仪态多么轩昂优美啊!”

自新第十五

原文

周处年少时[①]，凶强侠气，为乡里所患，又义兴水中有蛟，山中有邅迹虎[②]，并皆暴犯百姓，义兴人谓为三横[③]，而处尤剧。或说处杀虎斩蛟，实冀三横唯馀其一。处即刺杀虎，又入水击蛟。蛟或浮或没，行数十里，处与之俱。经三日三夜，乡里皆谓已死，更相庆。竟杀蛟而出。闻里人相庆，始知为人情所患，有自改意。乃自吴寻二陆，平原不在，正见清河，具以情告[④]，并云："欲自修改[⑤]，而年已蹉跎[⑥]，终无所成。"清河曰："古人贵朝闻夕死，况君前途尚可[⑦]。且人患志之不立，亦何忧令名不彰邪！"处遂改励，终为忠臣孝子。

注释

①周处：字子隐，吴兴郡阳羡县人，后改属义兴郡（郡治在今江苏省宜兴县）。青少年时胡作非为，横行乡里，后勇于改过，在晋朝任广汉太守、御史中丞。侠气：指刚强不屈的气概。

②邅（zhān）迹虎：《孔氏志怪》说："义兴有邪足虎，溪渚长桥有苍蛟，并大啖人。"邅迹虎即邪足虎，跛脚老虎。

③横：指残暴的东西。

④自吴：《晋书·周处传》作"入吴"，对。二陆：指陆机、陆云。兄弟齐名，号为二陆，吴人。陆机后来在晋朝曾任平原郡内史，陆云曾任清河郡内史，所以

下文直呼为平原、清河。按:陆机比周处年轻二十多岁,所以周处年少时不可能寻访二陆。

⑤修改:加强修养、改正错误。

⑥蹉跎:虚度光阴。

⑦朝闻夕死:这是用《论语·里仁》"朝闻道,夕死可矣"的意思,大意是:早上听到了真理,就算晚上死去也不算虚度此生。

译文

周处年轻时,凶狠倔强,好使气力,是乡里的祸害,加上义兴郡河里有蛟龙,山上有跛脚虎,都危害百姓,义兴人把他们叫做三横,而周处危害更大。有人劝周处去杀虎斩蛟,其实是希望三横中只剩下一个。周处立刻上山刺杀了老虎,又下河去斩蛟龙。蛟龙时而浮出水面,时而潜入水底,游了几十里,周处始终和蛟龙在一起搏斗。经过三天三夜,乡亲们都认为他已经死了,互相庆贺。没想到周处竟然杀死蛟龙,从水里出来了。他听说乡亲互相庆贺,才知道自己是人们所痛恨的人,就有意改过自新。于是到吴郡寻找陆机、陆云兄弟,平原内史陆机不在家,只见到清河内史陆云,就把情况一五一十地告诉了陆云,并且说:"自己想加强修养,改正错误,可是岁月已经虚度,恐怕终究不会有什么成就。"陆云说:"古人尚且重视朝闻夕死,何况您的前途还远大着呢。再说,一个人就怕不能立志,又何必担心美名不能显扬呢!"于是周处便改正错误,振作起来,终于成了忠臣孝子。

原文

戴渊少时，游侠不治行检[1]，尝在江、淮间攻掠商旅[2]。陆机赴假还洛，辎重甚盛，渊使少年掠劫[3]。渊在岸上，据胡床指麾左右，皆得其宜[4]。渊既神姿峰颖，虽处鄙事，神气犹异[5]。机于船屋上遥谓之曰："卿才如此，亦复作劫邪[6]？"渊便泣涕，投剑归机。辞厉非常，机弥重之，定交，作笔荐焉[7]。过江，仕至征西将军。

注释

①游侠：指重信义、轻生死的人。行检：品行。

②攻掠：袭击、抢劫。

③辎重：行李。

④指麾：同"指挥"。

⑤峰颖：挺拔突出。

⑥劫：强盗。

⑦辞厉：《太平御览》四〇九作"辞属"，对，指谈吐。

译文

戴渊年轻时，很侠义，不注意品行，曾在长江、淮河间袭击、抢劫商人和旅客。陆机度假后回洛阳，行李很多，戴渊便指使一班年轻人去抢劫。他在岸上，坐在马扎儿上指挥手下的人，安排得头头是道。戴渊原本风度仪态挺拔不凡，虽然是处理抢劫这种事，神气仍旧与众不同。陆机在船舱里远远地对他说："你有这样的才能，还要做强盗吗？"戴渊感悟流泪，便扔掉剑投靠了陆机。他的谈吐非同一般，陆机更加看重他，和他结为朋友，并写信推荐他。过江以后，戴渊做官做到征西将军。

企羡第十六

原文

王丞相拜司空，桓廷尉作两髻、葛裙、策杖，路边窥之[①]。叹曰："人言阿龙超[②]，阿龙故自超[③]！"不觉至台门。

注释

①两髻：把头发分向两边梳成两个发髻。葛裙：葛布做的裙。
②阿龙：指王导，王导小名赤龙。
③超：卓越；出众。

译文

丞相王导受任为司空，就任的时候，廷尉桓彝梳起两个发髻，穿着葛裙，拄着拐杖，在路边观察他。赞叹说："人们说阿龙出众，阿龙确实出众！"不觉跟随到官府大门口。

原文

王丞相过江，自说昔在洛水边，数与裴成公、阮千里诸贤共谈道[①]。羊曼曰："人久以此许卿，何须复尔！"王曰："亦不言我须此，但欲尔时不可得耳！[②]"

注释

①裴成公:裴倾,谥号为成。道:道家所说的道,指产生物质世界的总根源。这里指老庄学说。

②欲:一作“叹”。

译文

丞相王导到江南后,自己说起以前在洛水岸边,经常和裴成公、阮千里诸贤达一起谈道。羊曼说:“人们早就因为这件事称赞你,哪里还需要再说呢!”王导说:“也不是说我需要这个,只是想到那样的时刻不会再有啊!”

原文

王右军得人以《兰亭集序》方《金谷诗序》,又以己敌石崇,甚有欣色①。

注释

①《兰亭集序》:晋穆帝永和九年(公元353年)王羲之和谢安等四十一人聚会兰亭,饮酒赋诗。后来王羲之把这些诗汇编成集,并写了一篇序,就是《兰亭集序》。这和石崇的《金谷诗序》的写作过程是相仿的,且当时人们认为两篇序文的文辞也有可比拟之处。

译文

右军将军王羲之得知人们把《兰亭集序》和《金谷诗序》并列，又认为自己和石崇相当，神色非常欣喜。

原文

王司州先为庾公记室参军，后取殷浩为长史[1]。始到，庾公欲遣王使下都，王自启求住，曰："下官希见盛德，渊源始至，犹贪与少日周旋。"

注释

①殷浩：字渊源，起初在庾亮手下任记室参军，后升为长史。

译文

司州刺史王胡之先任庾亮的记室参军，后来庾亮又调殷浩来任长史。殷浩刚到，庾亮想派王胡之带使命到京都，王胡之表白心愿，请求留下，说："下官很少见到德高望重的人，渊源刚来，我还贪恋着和他叙谈几天呢！"

原文

郗嘉宾得人以己比苻坚，大喜[1]。

注释

①苻坚:东晋时人,夺取前秦政权,自称大秦天王。屡建战功,并整饬内政,是个博学多才的人。

译文

郗嘉宾得知人们把自己比做苻坚,非常高兴。

伤逝第十七

原文

王仲宣好驴鸣[1],既葬[2],文帝临其丧[3],顾语同游曰[4]:"王好驴鸣,可各作一声以送之[5]。"赴客皆一作驴鸣[6]。

注释

①王仲宣:名粲,字仲宣,山阳高平(今山东邹县西南)人,建安七子之一,诗人。

②既葬:安葬完。

③临其丧:亲自参加他的葬礼。临,到。

④同游:指同行的人。一说,当为"赴"之讹。

⑤以送之:用"学驴叫"来给王粲送葬。

⑥赴:参加。

译文

王仲宣生前喜欢驴叫,把他安葬后,魏文帝亲自参加他的葬礼,回转对同来的客人说:"王仲宣喜欢驴叫,可各叫一声,来给他送葬。"送葬的客人都学了一声驴叫。

原文

王濬冲为尚书令[1]，著公服，乘轺车[3]，经黄公酒垆下过[4]。顾谓后车客[5]："吾昔与嵇叔夜、阮嗣宗共酣饮于此垆[6]。竹林之游[7]，亦预其末[8]。自嵇生夭、阮公亡以来[9]，便为时所羁绁[10]。今日视此虽近，邈若山河。"

注释

①王濬冲：王戎，字濬冲。尚书令：官名，掌管奏章文书的官。

③轺车：古代的一匹马驾驶的轻便马车。

④经：路过。酒垆：酒店。垆，用土培成安放酒瓮、酒坛的土台子。

⑤后车客：后面车上的客人。

⑥嵇叔夜：嵇康，字叔夜。酣饮：尽兴饮酒。

⑦竹林之游：嵇康、阮籍、山涛、向秀、刘伶、阮咸、王戎经常聚集竹林下，酣饮畅游。竹林之游便指此事。

⑧末：末座，最后一个座位。这句意思是，竹林七贤的聚会，我也参加。

⑨夭：死。阮公：即阮籍。

⑩羁：马络头。绁：捆，拴。这句意思是，自从嵇康、阮籍死后，我因做了朝廷官，便被时务所拘束，不能再如以前那样自由自在了。

译文

王戎担任尚书令，穿着公服，坐着轻便的马车，从一姓黄老翁的酒店前经过。回过头对后面车上的客人说："我从前和嵇叔夜、阮嗣宗一起在这家酒店尽兴畅饮。竹林中的聚游，我也预于末座。自从嵇叔夜、阮嗣宗死了以后，我被时务所拘束。今天看到这酒店虽然很近，往事遥远却像眺望山河！"

原文

孙子荆以有才①,少所推服②,唯雅敬王武子③。武子丧时,名士无不至者④。子荆后来,临尸恸哭,宾客莫不垂涕。哭毕,向灵床曰:"卿常好我作驴鸣,今我为卿作。"体似真声⑤,宾客皆笑。孙举头曰:"使君辈存,令此人死!"

注释

①孙子荆:孙楚,字子荆。才:才能。

②少所推服:很少有人被他推崇、叹服。

③雅敬:十分敬重。王武子:即王济。

④名士:知名之士。魏晋时代,对那些唾弃礼法、谈玄讲理、放诞任性的人称为"名士"。⑤体似真声:模仿得真像驴的叫声。

译文

孙子荆因为有才华,很少佩服别人,只有对王武子十分敬重。王武子死时,名士之流没有不去吊丧的。孙子荆来晚了,走到尸体前放声痛哭,宾客没有一个不流泪的。哭完,他对灵床说:"您经常喜欢我学驴叫,今天我再学给您听。"学得真像驴的叫声一样,宾客都笑了起来。孙子荆抬起头说:"竟使你们这般人活着,却让他这样的人死了!"

原文

王戎丧儿万子①,山简往省之②,王悲不自胜③。简曰:"孩抱中物④,何至于此⑤!"王曰:"圣人忘情⑥,最下不及情⑦。情之所钟⑧,正在我辈。"简服其言,更为之恸⑨。

注释

①万子:王绥,字万子。王戎的儿子,名绥,年十九逝。

②山简:山涛的儿子。

③不自胜:不能自我忍受。

④孩抱中物:怀抱中会笑的婴儿。

⑤何至于此:何必伤心到这种地步。

⑥忘情:对于喜怒哀乐的事,不动感情,淡然若忘。

⑦最下:指社会底层的人,和"圣人"相对,又与"我辈"有别。

⑧钟:聚集。

⑨更为之恸:也为此悲痛起来。

译文

王戎死了儿子王万子,山简去探望他。王戎伤心得不能忍受。山简说:"不过是怀抱中的幼儿,何必这样伤心呢!"王戎说:"圣人不动感情,下等人又说不上感情。感情集中的,正是我们这等人。"山简叹服王戎的话,也为此悲痛起来。

原文

顾彦先平生好琴，及丧，家人常以琴置灵床上。张季鹰往哭之，不胜其恸，遂径上床鼓琴[①]，作数曲竟[②]，抚琴曰："顾彦先颇复赏此不？"因又大恸，遂不执孝子手而出[③]。

注释

①径：直接。

②竟：完。

③"遂不"句：吊完丧临走时，礼节上应与主人握手，表示慰问。这里说不执孝子手，又径上灵床操琴，均为悖理之举；这却反映了当时名士不拘礼法、任性而为的风度。

译文

顾彦先生前好弹琴，死后，家中人常把琴放在灵床上。张季鹰前往哭吊，悲痛不能自禁，于是径直到灵床上弹琴，弹完几曲后，抚摸着琴说："顾彦先还可再欣赏这些吗？"因而又大哭起来，竟没跟孝子握手便走了。

原文

庾文康亡[①]，何扬州临葬，云[②]："埋玉树著土中，使人情何能已已[③]。"

注释

①庾文康:即庾亮,谥文康。

②何扬州:即何充,曾任扬州刺史。临葬:参加葬礼。

③人情:人心。已已,加重语气。

译文

庾文康死了,何扬州去参加葬礼,说:"将玉树埋在了土里,使他人的怀念之情怎么能够抑止呢!"

原文

王子猷、子敬俱病笃[①],而子敬先亡。子猷问左右[②]:"何以都不闻消息?此已丧矣。"语时了不悲[③]。便索舆来奔丧[④],都不哭。子敬素好琴[⑤],便径入坐灵床上[⑥],取子敬琴弹,弦既不调[⑦],掷地云:"子敬,子敬,人琴俱亡!"因恸绝良久[⑧]。月馀亦卒。

注释

①子敬:王献之,字子敬。子猷、子敬均为王羲之的儿子。病笃:病得很重。

②左右:手下人。

③了:全然。

④舆:车。奔丧:料理丧事。

⑤琴:弹琴。

⑥灵床:停放尸体的床。

⑦不调:即调不准音之意。

⑧恸绝:悲痛到极点。良久:很久。

译文

王子猷、王子敬都病得很重，可是王子敬却先死了。王子猷问手下人："为什么一点都没有听到子敬的消息？这是他已经死了。"说话时始终没有悲伤的样子。他就要了一辆车赶去奔丧，一直都不哭。王子敬平素喜欢弹琴，王子猷便照直进去坐在灵床上，取过王子敬的琴来弹，琴弦已经调不准了，就把琴扔在地上，说："子敬，子敬，人和琴都亡故了！"于是哭得极其悲痛。一个多月后，王子猷也死了。

原文

有人哭和长舆，曰："峨峨若千丈松崩[1]。"

注释

①哭：吊唁。峨峨：形容高、巍峨。和峤（字长舆）很有风采，名声很大，虞思行曾称赞说："峤森森如千丈松。"

译文

有人哭吊和长舆，说："好像巍峨的千丈青松倒下来了。"

原文

王长史病笃，寝卧灯下，转麈尾视之，叹曰："如此人，曾不得四十[1]！"及亡，刘尹临殡，以犀柄麈尾著柩中，因励绝[2]。

注释

①"如此"句:王濛容貌很美,又善清谈;死时只有三十九岁。自以为死得太早,故有此叹。

②"刘尹"句:刘惔和王濛齐名,又是至交,两人都擅长谈玄理。清谈者经常手执麈尾,所以刘惔把拂尘放在棺材里。殡:入殓停灵。柩(shū):棺材。

译文

长史王濛病重的时候,在灯下躺着,转动着拂尘,一边看,一边叹息说:"这样的人,竟然连四十岁都活不到!"到他死后,丹阳尹刘惔去参加大殓礼,把带犀角柄的拂尘放到棺材里,于是痛哭得昏死过去。

原文

支道林丧法虔之后,精神霣丧,风味转坠[①]。常谓人曰:"昔匠石废斤于郢人[②],牙生辍弦于钟子[③],推己外求,良不虚也。冥契既逝,发言莫赏,中心蕴结,馀其亡矣[④]!"却后一年,支遂殒。

注释

①霣丧:同"陨丧",指萎靡不振,颓丧消沉。

②"昔匠石"句:这是引用《庄子·徐无鬼》运斤成风的故事,说的是:郢人鼻尖上溅上了一点白土,匠石挥动斧子,飞快地替他削掉而没有碰伤鼻子;郢人也一动不动地站着,面不改色。比喻神妙的技术,也需要双方默契配合,才能发挥作用。后来郢人死了,匠石失去了配合的对象,神技也就无所施展了。斤,斧子。

③"牙生"句:据《韩诗外传》载,著名的琴师伯牙鼓琴,志在泰山,钟子期听

见，说："巍巍乎若大山！"一会又志在流水，钟子期便说："洋洋乎若流水！"所以伯牙把钟子期当作知音。钟子期死后，伯牙失去了知音，终身不再鼓琴。

④冥契：默契，这里指相默契的人。

译文

支道林失去法虔以后，精神萎靡不振，风度也日渐丧失。他常对人说："从前匠石因为郢人死去就不再用斧子，伯牙因为钟子期死去而终止鼓琴，推己及人，确实不假。知己已经去世，说话再也无人欣赏，心里郁结难解，我大概要死了！"过后一年，支道林便死了。

原文

郗嘉宾丧，左右白郗公[1]："郎丧"。既闻，不悲，因语左右："殡时可道。"公往临殡：一恸几绝。

注释

①郗嘉宾：郗超，字嘉宾。他的父亲是郗愔。

译文

郗嘉宾死了，手下的人禀告郗愔说："大郎死了。"郗愔听了，并不悲伤，随即告诉手下人说："入殓时可以告诉我。"；临到入殓，郗愔去参加大殓礼，一下子哀痛得几乎气绝。

原文

戴公见林法师墓，曰："德音未远[①]，而拱木已积[②]。冀神理绵绵，不与气运俱尽耳[③]！"

注释

①德音：善言，有德者的话，用来尊称别人的言谈。

②拱木：两手合围那样粗的树，也指墓上的树。

③绵绵：连续不断的样子。

译文

戴逢看见支道林法师的坟墓，说："那高明的言谈还留在耳边，可是墓上的树木已经连成一片了。但愿您那精湛的玄理能绵延不断地流传下去，不会和寿数一起完结啊！"

原文

王子敬与羊绥善。绥清淳简贵，为中书郎，少亡[①]。王深相痛悼，语东亭云："是国家可惜人！"

注释

①清淳简贵：指本性清廉敦厚、为人简约尊贵。

译文

王子敬和羊绥很友好。羊绥清廉敦厚，简约尊贵，曾任中书郎，年轻时去世。王子敬痛切地悼念着他，曾对东亭侯王珣说："他是国内值得痛惜的人！"

原文

王东亭与谢公交恶。王在东闻谢丧，便出都诣子敬，道欲哭谢公[①]。子敬始卧，闻其言，便惊起曰："所望于法护。"王于是往哭。督帅刁约不听前[②]，曰："官平生在时，不见此客[③]。"王亦不与语，直前哭，甚恸，不执末婢手而退[④]。

注释

①子敬：王献之，字子敬，是王殉的族兄，甚得谢安赏识。
②督帅：领兵的官。
③官：下属称长官为官，是敬称。
④末婢：谢安的儿子谢琰，小名末婢。

译文

东亭侯王珣和谢安双方结了仇。王殉在东边听说谢安去世，就到京都去见王于敬，说他想去哭吊谢安。子敬起初还躺着，听了他的话，就惊讶地起来说："这是我对你的希望。"王于是就去哭吊。谢安帐下的督帅刁约不让他上前，说："大人活着的时候，从来不见这个客人。"王珣也不理他，径直上前哭吊，哭得非常伤心，结果没有按常礼握谢琰的手就退出来了。

原文

羊孚年三十一卒，桓玄与羊欣书曰："贤从情所信寄，暴疾而殒①；祝予之叹，如何可言②！"

注释

①贤从：兄弟。

②祝予：断绝我；亡我。《公羊传·哀公十四年》："子路死，子曰：'噫，天祝予！"

译文

羊孚三十一岁时死了，桓玄给羊欣的信上说："贤堂兄是我所信赖的、友情所寄托的人，突然暴病而死；天将亡我之叹，怎么能用言语来表达！"

栖逸第十八

原文

阮步兵啸闻数百步[①]。苏门山中，忽有真人，樵伐者咸共传说[②]。阮籍往观，见其人拥膝岩侧[③]，籍登岭就之，箕踞相对[④]。籍商略终古[⑤]，上陈黄、农玄寂之道，下考三代盛德之美以问之[⑥]，仡然不应[⑦]。复叙有为之教、栖神导气之术以观之[⑧]，彼犹如前，凝瞩不转[⑨]。籍因对之长啸。良久，乃笑曰："可更作[⑩]。"籍复啸。意尽，退还半岭许，闻上嘒然有声[⑪]，如数部鼓吹，林谷传响，顾看，乃向人啸也[⑫]。

注释

①阮步兵：即阮籍。曾任步兵校尉，所以又称阮步兵。

②樵伐者：砍柴的人。咸：全。

③拥膝：抱着双腿。岩侧：山崖旁。

④箕踞：向前伸开两足，两腿微曲坐着。这是一种不合乎古代礼节的姿势。古人的正确坐姿应该是两膝着席，臀部压在小腿上，类似今天所说的跪，以示对他人的尊敬。箕踞，表现出傲慢对他人不尊敬的样子。

⑤终古：往昔，自古以来。

⑥黄：即黄帝，传说中中原各族的共同祖先，他曾打败了炎帝、蚩尤，被诸侯尊为天子。农：神农氏，又称炎帝。考：考察。三代：夏、商、周。在这三代中，出现了三个有名的君主，即夏禹、殷汤、周文王。考三代盛德之美，实际上指这三位帝王的才德业绩。

⑦仡然不应：头抬得高高的，不回答。

⑧有为：有所作为。栖神：即栖真。道家以性命的根本为真。栖真，就是保全根本，养其元神。

⑨凝瞩不转：凝视对方，动也不动，没有一点反应。

⑩更：重新。作：叫。

⑪嘈然：形容声音悠扬长远。味揞

⑫向人：刚才那人。

译文

阮步兵长啸一声，几百步外都能听见。苏门山中，忽然出现了个真人，打柴的人都这么传说。阮籍去观看，见到那个人抱膝坐在山崖旁，阮籍登山靠近他，和他箕踞相对。阮籍开始与他商讨往古的事，上陈说黄帝、神农的“玄寂之道”，下考证殷、商、周三代盛德的美事，用这些向他询问。那个人抬起头看看阮籍，一句也不回答。阮籍又谈论有所作为的道理、栖神导气的办法，来借此观察他，他还像以前那样，凝视阮籍，动也不动。阮籍因而只好对他长啸一声。过了半天，真人才笑一笑说：“你可再啸一次。”阮籍又啸一声。阮籍心意已完，便退下山去，走到半山腰，听到上边发出悠扬的声音，如同几部鼓吹曲，在林中山谷间传响，回头一看，原来是刚才那人啸叫呢。

原文

嵇康游于汲郡山中①，遇道士孙登②，遂与之游③。康临去，登曰：“君才则高矣，保身之道不足④。”

注释

①汲郡：郡名，在今河南省汲县西南。

②孙登：不详其人。

③与:同。游:游学,在相处中学习。

④保身:保全自身。

译文

嵇康在汲郡山中游玩,遇见道士孙登,于是向他求学。嵇康临别时,孙登说:“您才气很高,但保全自身的本领不够。”

原文

山公将去选曹,欲举嵇康,康与书告绝[①]。

注释

①“山公”句:山涛,字巨源,曾任吏部郎(也就是选曹郎),主管官吏的选授等。后来升任散骑常侍,就推荐同是竹林七贤的嵇康代其原职,嵇康原与山涛是好友,但不愿做官,认为山涛并不了解自己,就写信与山涛告绝,这就是有名的《与山巨源绝交书》。

译文

山涛将不再担任选曹郎职务,想推荐嵇康代替,嵇康写信给他宣告绝交。

原文

李廞是茂曾第五子,清贞有远操,而少羸病,不肯婚宦。居在临海,住兄侍中墓下[①]。既有高名,王丞相欲招礼之,故辟为府掾。廞得笺命,笑曰:“茂弘乃复以一爵假人[②]。”

注释

①"居在"句:李廞(xin)腿瘸了,不能走路,随他哥哥李式南渡。李式渡江后,累迁临海太守、侍中。

②茂弘:王导的字。

译文

李廞是李茂曾的第五个儿子,为人清正,有高尚的品德,可是从小就瘦弱多病,所以不肯结婚做官。他留在临海郡,暂住在他哥哥侍中的陵园里。他有了很大的名望以后,丞相王导想聘请并礼待他,所以调来做相府的属官。李廞得到王导的任命信,笑着说:"茂弘竟然拿一个官爵来雇佣人。"

原文

何骠骑弟以高情避世,而骠骑劝之令仕[①]。答曰:"予第五之名,何必减骠骑!"

注释

①何骠骑:何充,曾任骠骑将军。他弟弟何准,排行第五,兄弟俩同样有名望。

译文

骠骑将军何充的弟弟因为情趣高尚而隐居,何充劝导他,要他出来做官。他回答说:"我老五的名望,何尝比骠骑低!"。

原文

阮光禄在东山，萧然无事，常内足于怀[1]。有人以问王右军，右军曰："此君近不惊宠辱，虽古之沉冥，何以过此[2]。"

注释

①阮光禄：阮裕。曾任尚书郎、临海太守，后辞职居会稽，有隐居之志。在东山隐居多年，朝廷又召他为金紫光禄大夫，他不肯就职。

②沉冥：等于沉冥的人，指隐士。

译文

光禄大夫阮裕隐居东山，清静无为，内心一直很自足。有人因此问右军将军王羲之，羲之说："这位先生近来不因荣辱而动心，就是古时的隐士，又怎么能超越这一点！"

原文

孔车骑少有嘉遁意，年四十馀，始应安东命[1]。未仕宦时，常独寝，歌吹，自箴诲，自称孔郎，游散名山[2]。百姓谓有道术，为生立庙[3]。今犹有孔郎庙。

注释

①孔车骑：孔愉，字敬康，死后追赠车骑将军。西晋末年从洛阳还会稽，后入新安山中隐居。嘉遁：对隐遁的美称，指合乎正道的隐居。

②歌吹：歌唱吹奏。

③“百姓”句：据《晋书·孔愉传》载，孔愉入新安山隐居期间，日常只是种地、读书，在乡里中很有信誉。后来忽然离开，大家都以为他是神人。为他立祠。生立庙，指在某人活着时给他立庙来纪念他。

译文

车骑将军孔愉年轻时有隐居的打算，到四十多岁，才接受安东将军的任命出来做官。在没有做官时，一直是独自住在山中，歌咏吹弹，告诫自己谨言慎行，自称孔郎，在名山大川漫游散心。百姓认为他有道术，给他立了个生庙。现在还有孔郎庙。

原文

南阳刘驎之，高率善史传，隐于阳岐[①]。于时符坚临江，荆州刺史桓冲将尽訏于谟之益，征为长史，遣人船往迎，赠贶甚厚[②]。驎之闻命，便升舟，悉不受所饷，缘道以乞穷乏，比至上明亦尽[③]。一见冲，因陈无用，翛然而退[④]。居阳岐积年，衣食有无，常与村人共。值己匮乏，村人亦如之。甚厚为乡闾所安。

注释

①阳岐：村名，离荆州二百里。

②赠贶：赠送。

③上明：地名。桓冲为了阻止苻坚南侵，想移镇长江以南，便把荆州首府移到上明。

④倏然：无拘无束的样子。

译文

南阳人刘驎之，高尚直率，历史知识很丰富，在阳岐村隐居。当时，苻坚南侵已经逼近长江，荆州刺史桓冲想尽力实现宏图大略的效益，就聘刘驎之任长史，派人和船前去迎接他，赠送的礼物也很丰富。刘驎之只好从命，就上船出发，但桓冲所送的礼物一点也没有收受，沿途拿来送给贫困的人，等走到上明，东西也送光了。他一见到桓冲，便陈述自己没有才能，然后就启由自在地辞去职务。他在阳岐住了多年，衣食向来是和村人互通有无的。碰到自己短缺了，村人也同样帮助他。他是乡邻深感满意的人。

原文

南阳翟道渊与汝南周子南少相友，共隐于寻阳[①]。庾太尉说周以当世之务，周遂仕[②]；翟秉志弥固[③]。其后周诣翟，翟不与语。

注释

①寻阳：寻阳县属扬州庐江郡，在今江西九江市西。

②“庾太尉”句：庾亮到江州时，听到翟道渊的名望，亲自去拜访，并推荐他为国子博士，他不肯赴任。

③秉志：指坚持自己的志向。

译文

南阳人翟道渊和汝南人周子南从小就很友好,两人一道在寻阳县隐居。太尉庾亮曾劝说周子南关心当代的国家大事,子南终于出来做官了;翟道渊却更加坚定了隐居的志向。后来周去看望翟,翟不和他说话。

原文

孟万年及弟少孤,居武昌阳新县[1]。万年游宦,有盛名当世[2]。少孤未尝出,京邑人士思欲见之,乃遣信报少孤云:"兄病笃。"狼狈至都,时贤见之者,莫不嗟重。因相谓曰:"少孤如此,万年可死。"

注释

①"孟万年"句:孟嘉,字万年,江州刺史庾亮召他任从事,后在桓温的将军府中任长史。他的弟弟孟陋,字少孤,名望很高,会稽王司马昱辅政时,召为参军,托病不肯赴任。

②游宦:外出求官。

译文

孟万年和他弟弟孟少孤,住在武昌郡阳新县。万年外出做官,在当时享有盛名。孟少孤没有外出求过官,京都知名人士想见见他,便派信使给少孤报信说:"你哥哥病重。"少孤急急忙忙地赶到京都,见到他的当代贤达,投有谁不赞叹、敬重他。于是他们评论说:"少孤既是这样,万年可以死而无憾了!"

原文

康僧渊在豫章，去郭数十里立精舍，旁连岭，带长川，芳林列于轩庭，清流激于堂宇[①]。乃闲居研讲，希心理味。庾公诸人多往看之，观其运用吐纳，风流转佳。加已处之怡然，亦有以自得，声名乃兴[②]。后不堪，遂出[③]。

注释

①康僧渊：和尚名。《高僧传》说他本西域人，生于长安，东晋时过江。在豫章山上修了个庙宇住下。精舍：僧人修炼的住所。

②加已：加以。怡然：形容安适愉快。

③"后不"句：据《高僧传》载，康僧渊后来死在庙里，和这里所说不同。

译文

康僧渊在豫章时，在离城几十里远的地方修建居所，旁边连着山岭，一条大河像衣带一样绕着它，繁花似锦的树林布满庭院，清清的流水在房前激起浪花。康僧渊于是避人独居研究解释佛经，倾心义理旨趣。庚亮等人常常去看望他，看到他运用言谈的手法，风度更加美好，加以他心旷神怡地对待这一切，也能够安闲自得，于是名声大了起来。后来他忍受不了这种有名气的生活，便离开了那里。

原文

戴安道既厉操东山，而其兄欲建式遏之功[①]。谢太傅曰："卿兄弟志业、何其太殊？"戴曰："下官不堪其忧，家弟不改其乐[②]。"

注释

①厉操：磨练情操，使情操高尚，指隐居。式遏：指阻止害民之事，保卫国家。《诗·大雅·民劳》"式遏寇虐"，式是句首语气词，遏是阻止，原意指阻止侵犯、残害百姓。

②"下官"句：这是借用《论语·雍也》所述颜回的事，孔子说："贤哉，回也！一箪食，一瓢饮，在陋巷，人不堪甚忧，回也不改其乐。"

译文

戴安道已经在东山隐居，他哥哥又想为国家建功立业。太傅谢安对他哥哥说："你们兄弟俩的志向，事业，怎么差异这么大呢？"他哥哥回答说："下官受不了那种忧愁，舍弟却改不了那种乐趣。"

原文

许玄度隐在永兴南幽穴中，每致四方诸侯之遗①。或谓许曰："尝闻箕山人似不尔耳②。"许曰："筐篚苞苴③，故当轻于天下之宝耳④。"

注释

①遗（wèi）：赠送。

②箕山人：指尧时的隐士许由。相传许由在箕山隐居，尧想把君位让给他，后来又想任他为九州长，他都拒绝了。

③筐篚（fěi）苞苴（jū）：筐篚是装东西或饭食的竹器，这里用做动词，指用筐篚盛着。苞苴是包裹，这里指包着的鱼肉，是用为赠送的礼物。

④天下之宝：指君位。按：这里指许由尚且招来尧的让位，自己得到这些薄礼又算得了什么。

译文

许玄度在会稽郡永兴县南幽深的岩洞中隐居，常常引来各处王侯的馈赠。有人对许玄度说：“我曾听说过隐居箕山的人似乎并不是这样做的呀！”许玄度说：“我得到的礼物不过是竹筐装着的食物，这本来就比君位微薄呀！”

原文

范宣未尝入公门。韩康伯与同载，遂诱俱入郡，范便于车后趋下[①]。

注释

①郡：指郡的官署。韩康伯曾任豫章郡太守，范宣家居豫章郡。

译文

范宣不曾进过官署。有一次韩康伯和他一起坐车，就想诱骗他一起进郡府，范宣便急忙从车后溜下跑了。

原文

郗超每闻欲高尚隐退者，辄为办百万资，并为造立居宇。在剡为戴公起宅，甚精整。戴始往旧居[①]，与所亲书曰：“近至剡，如官舍。”郗为傅约亦办百万资，傅隐事差互，故不果遗[②]。

注释

①“戴始”句:《太平御览》卷五一〇引《世说》无“旧”字,对;又下文作“始往居,如入官舍”。

②差互:差错;错过时机。

译文

郗超每逢听说要尊重隐退者的时候,就为他们筹措百万钱,并且给他们盖房子。在会稽郡剡县给戴安道盖了房子,非常精致完备。戴安道刚前去居住时,给亲友写信说:“最近到了剡地,就好像住进官舍一样。”郗超也为傅约筹措了百万钱,后来傅约隐居一事错过了机会,所以馈赠没有成为事实。

原文

许掾好游山水,而体便登涉①。时人云:“许非徒有胜情,实有济胜之具②。”

注释

①许掾:许询,字玄度,曾被召为司徒掾,不肯就职。

②济胜之具:指游览胜境所需要的条件,这里指身体。

译文

司徒掾许玄度喜欢游览山水,而且身体健壮敏捷,便于登高。当时的人说:“许玄度不只有高雅的情趣,而且确有便于游览胜境的好身体。”

贤媛第十九

原文

陈婴者，东阳人，少修德行，著称乡党[1]。秦末大乱，东阳人欲奉婴为主，母曰："不可！自我为汝家妇，少见贫贱，一旦富贵，不祥。不如以兵属人[2]。事成，少受其利；不成，祸有所归。"

注释

①"陈婴"句：据《史记·项羽本纪》载，陈婴原是东阳县的书吏。陈涉起义后，东阳人杀了县令，聚集几千人，强立陈婴为首领；遭陈母反对，才依附项梁。

②属(zhǔ)：交付。

译文

陈婴是东阳县人，从小就注意加强道德品行的修养，在乡里中很有名望。秦代末年，天下大乱，东阳人想拥护陈婴做首领，陈母对陈婴说："不行！自从我做了你家的媳妇后，从年轻时起就遇到你家贫贱，一旦暴得富贵，不吉利。不如把军队交给别人。事成了，可以稍为得些好处；失败了，灾祸自有他人承担。"

原文

汉元帝宫人既多，乃令画工图之。欲有呼者，辄披图召之。其中常者，皆行货赂[①]。王明君姿容甚丽，志不苟求，工遂毁为其状[②]。后匈奴来和，求美女于汉帝，帝以明君充行。既召见而惜之，但名字已去，不欲中改，于是遂行。

注释

①货赂：贿赂。

②王明君：王昭君。晋人因避晋文帝司马昭讳改称为王明君。

译文

汉元帝的宫女既然很多，于是就派画工去画下她们的模样。想要召唤她们时，就翻看画像按图召见。宫女中相貌一般的人，都贿赂画工。王昭君容貌非常美丽，不愿用不正当的手段去乞求，画工就丑化了她的容貌。后来匈奴来媾和，向汉元帝求赐美女，元帝便拿昭君当作皇族女嫁去。召见以后又很舍不得她，但是名字已经告诉了匈奴，不想中途更改，于是昭君终于去了匈奴。

原文

汉成帝幸赵飞燕，飞燕谗班婕妤祝诅，于是考问[1]。辞曰："妾闻死生有命，富贵在天[2]。修善尚不蒙福，为邪欲以何望！若鬼神有知，不受邪佞之诉；若其无知，诉之何益！故不为也。"

注释

①班婕妤(jié yú)：婕妤是后宫妃嫔的称号。班婕妤初选入宫时也得到宠幸，立为婕妤。祝(zhòu)诅：诅咒。祝，通"咒"。

②"死生"句：语出《论语·颜渊》。

译文

汉成帝很宠爱赵飞燕，飞燕诬陷班婕妤祈求鬼神加祸于她，于是拷问班婕妤。班的供词说："我听说死生由命运来决定，富贵随天意去安排。做好事尚且不一定得福，起邪念又想得到什么呢！如果鬼神有知觉，就不会接受那种邪恶谄佞的祷告；如果鬼神没有知觉，向它祷告又有什么好处！所以我是不做这种事的。"

原文

魏武帝崩，文帝悉取武帝宫人自侍。及帝病困，卞后出看疾[①]；太后入户，见直侍并是昔日所爱幸者。太后问："何时来邪？"云："正伏魄时过[②]。"因不复前而叹曰："狗鼠不食汝馀，死故应尔[③]！"至山陵，亦竟不临。

注释

①卞后：卞王后，是魏武帝曹操的王后，魏文帝曹丕的母亲。魏文帝登帝位后，尊为皇太后。

②伏魄：同"复魄"。人快死时，拿他平时穿的衣服到门外招魂，让魂魄回来，这叫复魄。这里指曹操将死之时。

③"狗鼠"句：比喻被人所轻贱，不如禽兽。

译文

魏武帝曹操死后，文帝曹丕把武帝的宫女全都留下来侍奉自己。到文帝病重的时候，他母亲卞后去看他的病；卞太后一进内室，看见值班、侍奉的都是从前曹操所宠爱的人。太后就问她们："什么时候过来的？"她们说："正在招魂时过来的。"太后便不再往前去，叹息道："狗鼠也不吃你吃剩的东西，确是该死呀！"一直到文帝去世，太后竟也不去哭吊。

原文

赵母嫁女，女临去，敕之曰："慎勿为好[①]！"女曰："不为好，可为恶邪？"母曰："好尚不可为，其况恶乎！"

注释

①慎勿为好：按：古代有以为做好事，会受到好人的妒忌，因为人们不喜欢别人超过自己。徐嘉锡《世说新语笺疏》以为，“盖古之教女者之意，特不愿其遇事表暴，斤斤于为善之名，以招人之妒忌，而非禁之使不为善也。”

译文

赵母嫁女儿，女儿临出门时，她告诫女儿说：“千万不要做好事！”女儿问道：“不做好事，可以做坏事吗？”母亲说：“好事尚且不能做，何况是坏事呢！”

原文

许允妇是阮卫尉女，德如妹，奇丑①。交礼竟，允无复入理，家人深以为忧。会允有客至，妇令婢视之，还答曰：“是桓郎。”桓郎者，桓范也。妇云：“无忧，桓必劝人。”桓果语许云：“阮家既嫁丑女与卿，故当有意，卿宜察之。”许便回入内，既见妇，即欲出。妇料其此出无复入理；便捉裾停之②。许因谓曰：“妇有四德，卿有其几？”妇曰：“新妇所乏唯容尔。然士有百行，君有几③？”许云：“皆备。”妇曰：“夫百行以德为首，君好色不好德，何谓皆备！”允有惭色，遂相敬重。

注释

①阮卫尉：阮共，字伯彦，在魏朝官至卫尉卿。

②裾：衣服的大襟，也指衣服的前后部分。

③百行：指各种好的品行。

译文

许允的妻子是卫尉卿阮共的女儿，阮德如的妹妹，长相特别丑。新婚行完交拜礼，许允没有再进新房去，家里人都十分担忧。正好有位客人来看望许允，新娘便叫婢女去打听是谁，婢女回报说："是桓郎。"桓郎就是桓范。新娘说："不用担心，桓氏一定会劝他进来的。"桓范果然劝许允说："阮家既然嫁个丑女给你，想必是有一定想法的，你应该体察明白。"许允便转身进入新房，见了新娘，即刻就想退出。新娘料定他这一走再也不可能进来了，就拉住他的衣襟让他留下。许允便问她说；"妇女应该有四种美德，你有其中的哪几种？"新娘说："新妇所缺少的只是容貌罢了。可是读书人应该有各种好品行，您有几种？"许允说："样样都有。"新娘说："各种好品行里头首要的是德，可是您爱色不爱德，怎么能说样样都有！"许允听了，脸有愧色，从此夫妇俩便互相敬重。

原文

许允为吏部郎，多用其乡里，魏明帝遣虎贲收之。其妇出诫允曰："明主可以理夺，难以情求。"既至，帝核问之。允对曰："'举尔所知'[①]，臣之乡人，臣所知也。陛下检校为称职与不，若不称职，臣受其罪。"既检校，皆官得其人，于是乃释。允衣服败坏，诏赐新衣。初，允被收，举家号哭，阮新妇自若，云："勿忧，寻还。"作粟粥待。顷之，允至。

注释

①举尔所知：语出《论语·子路》，孔子的学生仲弓问孔子怎么样去识别优秀人才并把他们提拔上来，孔子便说了上面这句话。

译文

许允担任吏部郎的时候，大多任用他的同乡，魏明帝知道后，就派虎贲去逮捕他。许允的妻子跟出来劝诫他说："对英明的君主只可以用道理去取胜，很难用感情去求告。"押到后，明帝审查追究他。许允回答说："孔子说'提拔你所了解的人'，臣的同乡，就是臣所了解的人。陛下可以审查、核实他们是称职还是不称职，如果不称职，臣愿受应得的罪。"查验以后，知道各个职位都用人得当，于是就释放了他。许允穿的衣服破旧，明帝就叫赏赐新衣服。起初，许允被逮捕时，全家都号哭，他妻子阮氏却神态自若，说："不要担心，不久就会回来。"并且煮好小米粥等着他。一会儿，许允就回来了。

原文

许允为晋景王所诛，门生走入告其妇①。妇正在机中，神色不变，曰："蚤知尔耳！"门人欲藏其儿，妇曰："无豫诸儿事。"后徙居墓所，景王遣钟会看之，若才流及父，当收②。儿以咨母，母曰："汝等虽佳，才具不多，率胸怀与语，便无所忧③。不须极哀，会止便止④。又可少问朝事。"儿从之。会反，以状对，卒免。

注释

①"许允"句：魏齐王曹芳时，辅军大将军司马师（即晋景王）辅政，借故杀了李丰、夏侯玄。许允和李丰、夏侯玄一向很友好，受到怀疑，也被害。

②才流：才能品级，指品级的高下。

③才具：才能；才干。

④止：指哭泣停止。

译文

许允被晋景王杀害了,他的门生跑进来告诉他的妻子。他妻子正在织机上织布,听到消息,神色不变,说:“早就知道会这样的呀!”门生想把许允的儿子藏起来,许允妻子说:“不关孩子们的事。”后来全家迁到许允的墓地里住,景王派大将军府记室钟会去看他们,并吩咐说,如果儿子的才能人品比得上他父亲,就应该逮捕他们。许允的儿子知道这些情况,去和母亲商量,母亲说:“你们虽然都不错,可是才能不大,可以怎么想就怎么和他谈,这样就没有什么可担心的。也不必哀伤过度,钟会不哭了,你们就不哭。又可以稍为问及朝廷的事。”她儿子照母亲的吩咐去做。钟会回去后,把情况回报景王,许允的儿子终于免祸。

原文

王公渊娶诸葛诞女①,入室,言语始交,王谓妇曰:“新妇神色卑下,殊不似公休。”妇曰:“大丈夫不能仿佛彦云,而令妇人比踪英杰②!”

注释

①诸葛诞:字公休,在魏朝曾任御史中丞、尚书,后又为镇东大将军。

②比踪:指德行事迹并列、相当。

译文

王公渊娶诸葛诞的女儿为妻,进入新房,夫妻刚交谈,王公渊就对妻子说:“新妇神态不高贵,很不像你父亲公休。”他妻子说:“大丈夫不能像你父亲彦云,却要求妇人和英雄豪杰并驾齐驱!”

原文

王经少贫苦[1],仕至二千石[2],母语之曰:“汝本寒家子,仕至二千石,此可以止乎!”经不能用。为尚书,助魏,不忠于晋,被收[3]。涕泣辞母曰:“不从母敕,以至今日!”母都无戚容,语之曰:“为子则孝,为臣则忠;有孝有忠,何负吾邪!”

注释

①王经:王经初为江夏太守,后升为二州刺史、司隶校尉。高贵乡公曹髦即位后,任尚书。甘露五年(公元260年)魏帝因为相国司马昭权倾帝室,召侍中王沈、尚书王经、散骑常侍王业共谋讨伐司马昭,王沈、王业连忙跑去向司马昭告密,并叫王经一起去,王经不肯。接着魏帝被杀,王经和家属也被害。

②二千石:职官的等级以年俸米石的多少来定高低,司隶校尉、州牧、郡太守等都是二千石,即月俸百二十斛。

③不忠于晋:王经是魏朝人,当时还没有晋朝,记事者是后代人,所以这样说。

译文

王经年少时家境贫苦,后来做官做到二千石的职位时,他母亲对他说:“你本来是贫寒人家的子弟,现在做到二千石这么大的官,这就可以止步了吧!”王经不能采纳母亲的意见。后来担任尚书,帮助魏朝,对晋司马氏不忠,被逮捕了。当时他流着泪辞别母亲说:“没有听从母亲的教导,以至有今天!”他母亲一点愁容也没有,对他说:“做儿子就能够孝顺,做臣子就能够忠君;现在你有孝有忠,有什么对不起我呢!”

原文

山公与嵇、阮一面，契若金兰[①]。山妻韩氏，觉公与二人异于常交，问公。公曰："我当年可以为友者，唯此二生耳！"妻曰："负羁之妻亦亲观狐、赵，意欲窥之，可乎[②]？"他日，二人来，妻劝公止之宿，具酒肉；夜穿墉以视之，达旦忘反。公入曰："二人何如？"妻曰："君才致殊不如，正当以识度相友耳。"公曰："伊辈亦常以我度为胜。"

注释

①契若金兰：比喻情意相投。

②"负羁"句：据《左传·僖公二十三年》载，晋公子重耳逃亡国外时，狐偃、赵衰等人随从。在曹国，曹大夫僖负羁的妻子经过观察，认为狐偃、赵衰等随从都是能辅助晋公子回国做国君的好帮手。

译文

山涛和嵇康、阮籍见一次面，就情意相投。山涛的妻子韩氏，发现山涛和两人的交情不一般，就问山涛。山涛说："我从前可以看成朋友的人，只有这两位先生罢了！"他妻子说："僖负羁的妻子也曾亲自观察过狐偃和赵衰，我心里也想偷着观察一下他们，行吗？"有一天，他们两人来了，山涛的妻子就劝山涛留他们住下来，并且准备好酒肉；到夜里，就在墙上挖个洞来察看他们，看到天亮也忘了回去。山涛进来问道："这两个怎么样？"他妻子说："您才能、情趣根本比不上他们，只能靠见识、气度和他们结交罢了。"山涛说："他们也常常认为我的气度优越。"

原文

王浑妻钟氏生女令淑，武子为妹求简美对而未得[1]。有兵家子，有俊才，欲以妹妻之，乃白母。曰："诚是才者，其地可遗，然要令我见[2]。"武子乃令兵儿与群小杂处，使母帷中察之。既而母谓武子曰："如此衣形者，是汝所拟者非邪?"武子曰："是也。"母曰："此才足以拔萃，然地寒，不有长年，不得申其才用[3]。观其形骨，必不寿，不可与婚。"武子从之。兵儿数年果亡。

注释

①武子：王济，字武子，王浑的儿子。求简：选求。

②遗：抛开。

③才用：才能，才干。

译文

王浑的妻子钟氏生了个容貌美丽、品德善良的女儿，王武子想给妹妹挑选一个好配偶，还没有找到。有个军人的儿子，才能出众，武子想把妹妹嫁给他，就向母亲说明。他母亲说："如果确实是有才能，对他的门第可以不计较，可是要让我看一看。"武子便叫那个军人的儿子和平民百姓混在一起，让母亲在帷幕里观察他。事后他母亲对武子说："穿着这么样的衣服、长着这么样的相貌的，就是你所考虑的那个人吗?"武子说："是的。"他母亲说："这个人，才能足以拔尖儿，可是门第寒微，如果没有高寿，就不能发挥他的才能。可是看他的形貌气质，一定不能长寿，不能和他结亲。"武子依从了母亲的意见。几年后，那个军人的儿子果然死了。

原文

贾充前妇，是李丰女，丰被诛，离婚徙边[①]。后遇赦得还，充先已取郭配女。武帝特听置左右夫人[②]。李氏别往外，不肯还充舍。郭氏语充，欲就省李，充曰："彼刚介有才气，卿往不如不去。"郭氏于是盛威仪，多将侍婢[③]。既至，入户，李氏起迎，郭不觉脚自屈，因跪再拜。既反，语充，充曰："语卿道何物！"

注释

①"贾充"句：公元254年，大将军司马师辅政，疑中书令李丰与魏帝议论自己，借故杀了李丰。李丰女也受牵连，被流放。

②"武帝"句：贾充前妻李氏所生女儿为齐王司马攸妃（齐王谥献，又称齐献王），所以会特诏两妻并立。后郭氏女为皇太子妃（即后来登位的晋惠帝的皇后），武帝又下令贾充与李氏不得往来。

③威仪：指仪仗、随从。

译文

贾充的前妻是李丰的女儿，在李丰被杀后，离了婚流放到边远地区。后来遇到大赦得以回来，可是贾充早先已经娶了郭配的女儿。晋武帝特别准许他两个妻子都留下，分别为左夫人和右夫人。李氏另外住在外面，不肯回到贾充的住宅。郭氏告诉贾充说，想去探望李氏，贾充说："她性格刚强正直，很有才华，你去不如不去。"郭氏于是带了一个规模盛大的仪仗队伍和随从，还带了很多侍婢去。到了李氏家，进入内室，李氏站起迎接，郭氏不觉腿脚自然弯屈，便跪下行再拜礼。回家后，告诉了贾充，贾充说："我告诉你什么来着！"

原文

贾充妻李氏作《女训》行于世。李氏女，齐献王妃；郭氏女，惠帝后。充卒，李、郭女各欲令其母合葬，经年不决。贾后废，李氏乃祔，葬遂定[①]。

注释

①"贾后"句：贾充于公元283年死。到公元290年太子司马衷即位，以妃贾氏为皇后。贾氏性妒、狠毒，又想干预朝政，于是废太后，杀太傅、太宰、太保。到公元300年赵王司马伦废贾后，并杀了她。祔(fù)，合葬。

译文

贾充的妻子李氏写了《女训》一书，流传当代。李氏的女儿是齐献王王妃；郭氏的女儿是晋惠帝的皇后。贾充死后，李氏、郭氏的女儿各自都想让自己的母亲和贾充合葬，连年也解决不了。后来贾后被废，李氏才能合葬，葬事终于确定下来。

原文

王汝南少无婚，自求郝普女[①]。司空以其痴，会无婚处，任其意，便许之。既婚，果有令姿淑德。生东海，遂为王氏母仪[②]。或问汝南何以知之，曰："尝见井上取水，举动容止不失常，未尝忤观，以此知之。"

注释

①王汝南：王湛，官至汝南内史。青少年时说话很少，不喜交游，大家都认为他傻。父亲王昶，官至司空。

②母仪：做母亲们的典范。

译文

汝南内史王湛年轻时没人提亲，便自己提出向郝普的女儿求亲。他父亲王昶因为他痴呆，一定无处求婚，便随他的心意，答应了他。婚后，郝氏果真美貌贤淑。后来生了王承，终于成了王家母亲们的典范。有人问王湛怎么了解她的，王湛说："我曾经看见她上水井打水，举止仪容不失常态，也没有不顺眼的地方，因此了解了她。"

原文

王司徒妇，钟氏女，太傅曾孙，亦有俊才女德[①]。钟、郝为娣姒，雅相亲重[②]。钟不以贵陵郝，郝亦不以贱下钟。东海家内，则郝夫人之法；京陵家内，范钟夫人之礼[③]。

注释

①王司徒妇：王浑的妻子，是魏朝太傅钟繇的曾孙。王浑袭父爵为京陵侯（故下文说及京陵家），官升至司徒。

②郝：郝普的女儿。郝氏嫁给王湛，王湛是王浑的弟弟。

③"东海"两句：东海指郝氏之子王承，代表王湛世系。京陵指钟氏丈夫王浑这一世系。则，效法。范，做榜样。

译文

司徒王浑的妻子是钟家的女儿，太傅钟繇的曾孙女，也有超群的文才、女性的美德。钟氏和郝氏是妯娌，两人非常亲密又互相敬重。钟氏并不因为自己门第高贵而欺负郝氏，郝氏也不因为自己门第卑微而屈从钟氏。在王承一家里，都恪守郝夫人的规矩；在王浑一家里，都遵从钟夫人的礼法。

原文

李平阳，秦州子，中夏名士，于时以比王夷甫①。孙秀初欲立威权②，咸云："乐令民望不可杀，减李重者又不足杀。"遂逼重自裁。初，重在家，有人走从门入，出髻中疏示重③；重看之色动，入内示其女，女直叫"绝"，了其意，出则自裁。此女甚高明，重每咨焉。

注释

①李平阳：李重，曾任平阳太守。他父亲李景，曾任秦州刺史。《资治通鉴》卷八十三，赵王司马伦于公元300年杀了贾后，阴谋篡位，便想收买人心，选用名流，于是任李重为相国左长史。李重知赵王伦有异志，忧愤成病而死。与这一则所述不同。

②孙秀：孙秀是赵王伦所宠信的人，赵王伦自任相国后，用孙秀为中书令，使他威权日重。

③疏：书信。

译文

平阳太守李重是秦州刺史李景的儿子，是中原名士，在当时，人们把他和名望很高的王夷甫并称。起初孙秀想树立自己的威望和权力，到处说："乐令众望所归，不可杀，不如李重的人又不值得杀。”于是就逼李重自杀。事先，李重在家，有人从门外跑进来，从发髻里拿出一封信给李重看；李重看了就脸上变色，拿到内室给他女儿看，他女儿只是喊叫说“完了”，李重明白她的意思，出来就自杀了。李重这个女儿见解非常高明，李重遇事经常跟她商量。

原文

周浚作安东时，行猎，值暴雨，过汝南李氏①。李氏富足，而男子不在。有女名络秀，闻外有贵人，与一婢于内宰猪羊，作数十人饮食，事事精办，不闻有人声。密觇之，独见一女子，状貌非常②；浚因求为妾，父兄不许。络秀曰：“门户殄瘁，何惜一女③！若连姻贵族，将来或大益。”父兄从之。遂生伯仁兄弟。络秀语伯仁等：“我所以屈节为汝家作妾，门户计耳。汝若不与吾家作亲亲者，吾亦不惜馀年④！”伯仁等悉从命。由此李氏在世，得方幅齿遇⑤。

注释

①周浚：汝南郡安城人，曾任扬州刺史，后加安东将军。

②觇（chān）：偷看。

③殄瘁（tiǎn cuì）：衰微。

④亲亲：亲戚。

⑤方幅：正规；公正。

译文

周浚任安东将军时，外出打猎，正碰上下暴雨，就去探望汝南李氏。李氏家境富有，只是男人不在家。李家有个女儿，名叫络秀，听说外面来了贵人，就和一个婢女在后院杀猪宰羊，准备几十人的饮食，事事都做得很精到，却没听见有人声。周浚觉得奇怪，就去偷看一下，只看见一个女子，相貌不同一般；过后，周浚就请求娶她为妾，女方的父兄不答应。络秀说："我们家门第衰微，为什么舍不得一个女儿！如果和贵族联姻，将来也许好处很大。"父兄就顺从了她。后来生了周伯仁几兄弟。络秀对伯仁兄弟说："我降低身份给你家做妾的原因，只是为我家门第作想罢了。你们如果不肯和我家做亲戚，我也不会吝惜晚年！"伯仁兄弟全都听从母亲的吩咐，因此，李氏在生前，得到公正的礼遇。

原文

陶公少有大志，家酷贫，与母湛氏同居①。同郡范逵素知名，举孝廉，投侃宿。于时冰雪积日，侃室如悬磬，而逵马仆甚多②。侃母湛氏语侃曰："汝但出外留客，吾自为计。"湛头发委地，下为二髲，卖得数斛米③。斫诸屋柱，悉割半为薪，剉诸荐以为马草④。日夕，遂设精食，从者皆无所乏。逵既叹其才辩，又深愧其厚意。明旦去，侃追送不已，且百里许⑤。逵曰："路已远，君宜还。"侃犹不返。逵曰："卿可去矣。至洛阳，当相为美谈。"侃乃返。逵及洛，遂称之于羊晫、顾荣诸人，大获美誉。

注释

①陶公：陶侃，鄱阳人，早年为寻阳县吏，鄱阳孝廉范逵曾去探望他。后升至大将军、太尉。

②悬磬：比喻空无所有，很贫穷。

③髲（bì）：假发。

④剉（cuò）：铡碎。荐：草垫。

⑤追送：跟随送行。

译文

陶侃年少时就有大志，家境却非常贫寒，和母亲湛氏住在一起。同郡人范逵一向很有名望，被举荐为孝廉，有一次到陶侃家找地方住宿。当时，冰雪满地已经多日了，陶侃家一无所有，可是范逵车马仆从很多。陶侃的母亲湛氏对陶侃说："你只管到外面留下客人，我自己来想办法。"湛氏头发很长，拖到地上，她剪下来做成两条假发，换到几担米。又把每根柱子都削下一半来做柴烧，把草垫子都剁了做草料喂马。到傍晚，便摆上了精美的饮食，随从的人也都不欠缺。范逵既赞赏陶侃的才智和口才，又对他的盛情款待深感愧谢。第二天早晨，范逵告辞，陶侃送了一程又一程，快要送到百里左右。范逵说："路已经走得很远了，您该回去了。"陶侃还是不肯回去。范逵说："你该回去了。我到了京都洛阳，一定给你美言一番。"陶侃这才回去。范逵到了洛阳，就在羊晫、顾荣等人面前称赞陶佩，使他广泛地得到了好名声。

原文

陶公少时作鱼梁吏①，尝以坩鲊饷母②。母封付使，反书责侃曰："汝为吏，以官物见饷，非唯不益，乃增吾忧也。"

注释

①鱼梁：在水中筑的捕鱼的堰。(晋书·列女传)载，陶侃任寻阳县吏时，曾监管鱼梁。

②坩(gān)：陶器；瓦罐。鲊(zhǎ)：鱼制品，如腌鱼、糟鱼之类。

译文

陶侃年轻时做监管鱼梁的小吏，曾经送去一罐腌鱼给母亲。他母亲把腌鱼封好交给来人带回去，并且回封信责备陶侃说："你做官吏，拿公家的东西送给我,这不只没有好处,反而增加了我的忧虑。"

原文

桓宣武平蜀,以李势妹为妾,甚有宠,常著斋后[1]。主始不知,既闻,与数十婢拔白刃袭之。正值李梳头,发委藉地[2],肤色玉曜,不为动容[3]。徐曰:"国破家亡,无心至此;今日若能见杀,乃是本怀。"主惭而退。

注释

①"桓宣武"句:桓温娶晋明帝女甫康长公主力妻。

②委:放下,垂下。

③曜:光芒。

译文

桓温平定了蜀地,娶李势的妹妹做妾,很宠爱她,总是把她安置在书斋后住。公主起初不知道,后来听说了,就带着几十个婢女提着刀趁她不备去杀她。到了那里,正遇见李氏在梳头,头发垂下来铺到地上,肤色像白玉一样光彩照人,并没有因为公主到来而表情有变。她从容不迫他说道:"我国破家亡,并不情愿到这里来;今天如果能被杀而死,这倒是我的心愿。"公主很惭愧,就退出去了。

术解第二十

原文

荀勖善解音声①，时论谓之暗解②。遂调律吕③，正雅乐④。每至正会，殿庭作乐，自调宫商，无不谐韵。阮咸妙赏，时谓神解⑤。每公会作乐，而心谓之不调。既无一言直勖，意忌之，遂出阮为始平太守⑥。后有一田父耕于野，得周时玉尺，便是天下正尺。荀试以校己所治钟鼓、金石、丝竹，皆觉短一黍，于是伏阮神识⑦。

注释

①荀勖(xù)：晋代初年任中书监、侍中。曾经掌管音乐，校正音律。

②暗解：自然领会；说不出道理的领会。

②律吕：音律。

④雅乐：古代帝王用于祭祀、朝贺、宴享等大典的乐曲，要求中正和平、典雅纯正，故称雅乐。汉末纷乱，雅乐亡失。荀勖重新制作正音的律管，但因为古今尺寸长短不同，所以不易和古律相应。

⑤阮咸：阮咸曾任散骑侍郎，妙解音律，善弹琵琶。荀勖每逢和他谈论音律，都自以为远远比不上他。阮咸认为荀勖所作新律声高，高则悲，不合护和。神解：融会贯通的领会。

⑥直：使之直、正确，纠正。

⑦黍：黄米。按：古代把一百粒黍排列起来的长度认作一尺，用这个标准尺寸来制律管。

译文

荀勖善于辨别乐音正误，当时的舆论认为他是暗解。他于是调整音律，校正雅乐。每到正月初一举行朝贺礼时，殿堂上演奏音乐，他亲自调整五音，无不和谐。阮咸对音乐有很高的欣赏能力，当时的舆论认为他是神解。每逢官府集会奏乐，他心里都认为不协调。他既不提一点意见来纠正荀勖，荀勖心里就顾忌他，终于调他出京任始平太守。后来有一个农民在地里干活，得到周代一把玉尺，这就是国家的标准尺。荀勖试着用它来校对自己所调试的各种乐器的律管，都较标准尺短了一粒米的长度，于是才佩服阮咸识见高超。

原文

荀勖尝在晋武帝坐上食笋进饭，谓在坐人曰："此是劳薪炊也①。"坐者未之信，密遣问之，实用故车脚②。

注释

①劳薪：以使用过度的木材为柴火。

②车脚：车轮。

译文

荀勖曾经在晋武帝的宴席上吃笋下饭，他对在座的人说："这是拿使用过度的木料作柴火煮的。"座上的人不相信，暗中派人去问厨师，才知道的确是拿旧车轮作柴火煮成的。

原文

人有相羊祜父墓，后应出受命君①。祜恶其言，遂掘断墓后以坏其势。相者立视之，曰："犹应出折臂三公②。"俄而祜坠马折臂，位果至公。

注释

①受命君：指受天之命的君主。即迷信的说法认为祖坟有帝王气。

②三公：晋代的三公指太尉、司徒、司空。羊祜在晋武帝时任征南大将军，死后追赠太傅，属于三公。

译文

有个会看风水的人看了羊祜父亲的坟墓，说后代该出真命天子。羊祜厌恶他的话，就把坟后挖断，以便破坏坟山的气脉。看风水的人马上又去看，说道："还要出个断臂的三公。"不久羊祜从马背上跌下来，摔断了手臂，后来果然升到三公的官位。

原文

王武子善解马性。尝乘一马，著连钱障泥，前有水，终日不肯渡①。王云："此必是惜障泥。"使人解去，便径渡。

注释

①连钱：一种花饰，像钱纹。障泥：垫马鞍的垫子，下垂至马腹，用来挡泥土。

译文

王武子善于了解马的脾性。他曾经骑马外出，马背上盖着连钱花纹的垫子，碰到前面有条河，马整天不肯渡过去。王武子说："这一定是马舍不得弄坏垫子。"叫人解下垫子，马就径直渡过去了。

原文

陈述为大将军掾，甚见爱重[①]。及亡，郭璞往哭之[②]，甚哀，乃呼曰："嗣祖，焉知非福！"俄而大将军作乱，如其所言。

注释

①陈述：字嗣祖，很有名望，任大将军王敦的属官。

②敦璞：精通卜筮之术。初受王导器重，参王导军事，后在王敦幕府里任记室参军。郭璞已预知王敦要作乱。

译文

陈述任大将军王敦的属官，特别受到王敦的赏识和重视。到他死后，郭璞去哭丧，哭得非常悲痛，竟然哭喊着说："嗣祖，怎么知道这不是你有福气！"不久王敦就作乱，正像郭璞所说的那样。

原文

晋明帝解占冢宅①。闻郭璞为人葬，帝微服往看②，因问主人："何以葬龙角③？此法当灭族！"主人曰："郭云此葬龙耳，不出三年，当致天子。"帝问："为是出天子邪？"答曰："非出天子，能致天子问耳。"

注释

①解：会；能够。

②微服：指改穿平民衣服以隐藏身份。

③龙角：看风水的人以山势为龙，山的起伏连绵的脉络为龙脉。此指墓穴选择在龙角的位置上。

译文

晋明帝会按风水选择坟地和宅基地。他听说郭璞为别人找了一块坟地，就换上便服去察看，又问墓地主人："为什么葬在龙角上？这种葬法将会灭族的！"主人说："郭璞说过，这是葬在龙耳上，不出三年，就会引来天子。"明帝问："是引来天子，还是出个天子呢？"主人回答说："不是出个天子，而是能引得天子来问呀。"

原文

郭景纯过江，居于暨阳，墓去水不盈百步，时人以为近水①。景纯曰："将当为陆。"今沙涨，去墓数十里皆为桑田。其诗曰："北阜烈烈，巨海混混②；垒垒三坟，唯母与昆③。"

注释

①“郭景纯”句：郭景纯即郭璞，他在西晋末，知天下将乱，便避乱过江，住在暨阳（今江苏江阴市境）。又这句所说的“墓”没有指明是谁的墓，疑有脱字。

②“北阜”句：大意是，北山险峻陡峭，大海波涛滚滚。烈烈形容山的高峻险阻；混混同滚滚，形容大水翻腾。

③“垒垒”句：大意是，三座坟墓高高堆起，那就是母亲和两个哥哥。“垒垒”形容堆积；“昆”指哥哥。

译文

郭景纯到了江南，住在暨阳县，他母亲的坟墓离大江不足百步，当时有人认为离江太近了。景纯说：“那里就会成为陆地。”现在泥沙已经增高了，离开坟墓几十里远的地方都变成了农田。郭景纯有诗为记：“北阜烈烈，巨海混混；垒垒三坟，唯母与昆。”

原文

王丞相令郭璞试作一卦，卦成，郭意色甚恶，云：“公有震厄①。”王问：“有可消伏②理不？”郭曰：“命驾西出数里，得一柏树，截断如公长，置床上常寝处，灾可消矣。”王从其语。数日中，果震柏粉碎，子弟皆称庆。大将军云：“君乃复委罪于树木！”

注释

①震厄：雷击的灾难。

②消伏：消除。

译文

丞相王导让郭璞试着占一卦，卦象成后，郭璞的神色很不好，说："您将有雷击之灾。"王导问："有没有可以消除灾难的办法？"郭璞说："坐车往西走几里路，能看见一棵柏树，截下和您一样高的一段树干，放在床上经常睡的那个位置，灾难就可以消除了。"王导照他说的去做了。过了几天，雷电果然把柏木击得粉碎，子侄们全都表示庆贺。大将军王敦对郭璞说："您竟然能把罪过推给了树木！"

原文

桓公有主簿，善别酒，有酒辄令先尝。好者谓"青州从事"，恶者谓"平原督邮[①]"。青州有齐郡[②]，平原有鬲县[③]，从事言到脐，督邮言在鬲上住。

注释

①从事、督邮：都是官名，分别是州、郡的属官。这里是用某地某官代表酒名。从事，指品级高的好酒；督邮，指品级低的劣酒。

②齐：古可用为"脐"，即肚脐。

③鬲：可用为"膈"，即膈膜，是胸腔和腹腔间的膜状肌肉。

译文

桓温有一个主簿，擅长品酒，桓温有酒总是让他先品尝。好酒他就称为"青州从事"，不好的酒他就称为"平原督邮"。这是因为青州有个齐郡，平原郡有个鬲县。所谓"从事"，意思是说酒力能达到肚脐下；所谓"督邮"，则是说酒力到膈膜上就停住了。

原文

郗愔信道甚精勤①，常患腹内恶，诸医不可疗。闻于法开有名，往迎之②。既来便脉③，云："君侯所患，正是精进太过所致耳④。"合一剂汤与之。一服即大下⑤，去数段许纸如拳大；剖看，乃先所服符也。

注释

①"郗愔"句：郗愔信奉天师道，这是一种迷信组织，相信喝符水可以治病，无病也可服符。精勤，专一认真。

②于法开：东晋和尚，精佛法，擅医术。

③脉：切脉。

④精进：佛教用语，指专心无杂念而上进不懈怠，这里指对道教的虔诚。

⑤下：腹泻。

译文

郗愔信奉道教非常虔诚。他常常感到肚子疼，很多医生都治不好。听说于法开医术高明，就去请他来看病。于法开来了就切脉，切完脉说："君侯所患之病，恰恰是信道过分虔诚所引起的。"就配了一服药给郗愔。一服下就开始大泻，泻下几堆像拳头那么大的纸团，剖开一看，原来是先前所吃下的符纸。

原文

殷中军妙解经脉[①]，中年都废。有常所给使[②]，忽叩头流血。浩问其故，云："有死事，终不可说。"诘问良久，乃云："小人母年垂百岁，抱疾来久，若蒙官一脉，便有活理，讫就屠戮无恨。"浩感其至性，遂令舁[③]来，为诊脉处方。始服一剂汤，便愈。于是悉焚经方[④]。

注释

①经脉：中医所指人体内气血运行的通路，这里泛指医术。

②所给使：指供使唤的仆人。

③舁：抬。

④经方：古代医药方的统称。

译文

中军将军殷浩精通医术，到中年以后就全都抛开不研究了。有一个常使唤的仆人，忽然跪下给他磕头，磕到头破血流。殷浩问他缘故，他说："有件关系到生死的事，但终究不该说。"追问了很久，他才说道："小人的母亲年纪将近百岁，生病已经很久了，如果承蒙大人您给诊一次脉，就有活下来的可能。事成以后，就算让我去死也心甘情愿。"殷浩被他真诚的孝心所感动，就叫他把母亲抬来，给他母亲诊脉开药。才服了一剂药，病就好了。从此殷浩把他的医书全都烧了。

巧艺第二十一

原文

顾长康画裴叔则，颊上益三毛①。人问其故，顾曰："裴楷俊朗有识具②，正此是其识具。"看画者寻之③，定觉益三毛如有神明。殊胜未安时。

注释

①益：增加。

②识具：见识和才能。

③寻：寻思、品味。

译文

顾长康给裴叔则画像，在脸颊上多画了三根毫毛。有人问他为什么，顾长康说："裴楷俊逸爽朗，很有见识才能，而这三根毫毛恰恰是表现他的见识才能的所在。"看画的人仔细体味，觉得增加了三根毫毛确实更有气韵，远远胜过还没有添上的时候。

原文

刘公荣与人饮酒[1]，杂秽非类[2]，人或讥之。答曰："胜公荣者不可不与饮，不如公荣者亦不可不与饮，是公荣辈者又不可不与饮。"故终日共饮而醉。

注释

①刘公荣：刘昶，字公荣，晋人，官至兖州刺史。

②非类：不是同类的人，这里指身份、门第不同类的人。

译文

刘公荣和别人喝酒时，经常会和不同身份、地位的人在一起，杂乱不纯，有人因此指责他。他回答说："胜过公荣的人，我不能不和他一起喝；不如公荣的人，我也不能不和他一起喝；和公荣同类的人，我更不能不和他一起喝。"所以他整天都和别人一起喝得大醉。

原文

刘伶恒纵酒放达，或脱衣裸形在屋中，人见讥之。伶曰："我以天地为栋宇，屋室为裈衣[1]，诸君何为入我裈中！"

注释

①裈：裤子。

译文

刘伶经常不加节制地喝酒，任性放纵，有时在家里赤身裸体，有人看见了就责备他。刘伶说："我把天地当作房屋，把房屋当作我的衣裤，你们怎么跑进我裤子里来了呢！"

原文

阮籍嫂尝还家，籍见与别，或讥之[①]。籍曰："礼岂为我辈设也？"

注释

①或讥之：按礼制，叔嫂不通问，所以认为阮籍不遵礼法而指责他。

译文

阮籍的嫂子有一次回娘家，阮籍去看她，跟她道别，有人指责阮籍。阮籍说："礼法难道是为我们这类人制订的吗？"

原文

阮籍当葬母，蒸一肥豚[①]。饮酒二斗，然后临诀，直言"穷矣[②]！"都得一号[③]，因吐血，废顿[④]良久。

注释

①豚:小猪。
②穷矣:相当于"完了""走投无路了",是当时孝子哭丧时的一种哭丧语。
③都:总共。号:号哭。
④废顿:指形容憔悴,精神委顿。

译文

阮籍将要葬母亲的时候,蒸了一只小肥猪,喝了两斗酒,然后去向母亲遗体诀别,他直呼"完了!"总共才号哭了一声,就口吐鲜血。此后很长时间都是面容憔悴、精神委顿。

原文

裴成公妇[1],王戎女。王戎晨往裴许,不通径前[2]。裴从床南下,女从北下,相对作宾主,了无异色。

注释

①裴成公:裴頠,死后谥为成。
②通:通报。径前:径直前来相见。前,见。

译文

裴頠的妻子,是王戎的女儿。有一天,王戎清早到裴家去,不经通报就径直进来相见。裴頠看见他来,从床南边下床,他妻子从床北边下床,主人和来客相对,没有一点难为情的样子。

原文

阮仲容先幸姑家鲜卑婢[1]。及居母丧,姑当远移,初云当留婢,既发,定将去。仲容借客驴,著重服自追之[2],累骑而返[3]。曰:“人种不可失[4]。”即遥集之母也[5]。

注释

①鲜卑:古代住在东北、内蒙古一带的一个民族。

②重服:重孝服,即为父母丧而穿的孝服。

③累骑:重骑,这里指同乘一驴。

④人种:这里指鲜卑婢已怀孕。

⑤遥集:阮孚,字遥集,阮成次子。

译文

阮仲容早就宠爱着姑姑家那个鲜卑族的婢女。在给母亲守孝期间,他姑姑要迁到远方去,起初说要留下这个婢女,出发时,到底还是把她带走了。仲容知道后,借了客人的驴,穿着重孝服亲自去追她,然后两人一起骑着驴回来。仲容说:“后代的种子不能丢掉。”这个婢女就是阮遥集的母亲。

原文

任恺既失权势[1],不复自检括[2]。或谓和峤曰:“卿何以坐视元裒败而不救?”和曰:“元裒如北夏门[3],拉攞自欲坏[4],非一木所能支。”

注释

①任恺:字元裒,晋武帝时为侍中,总门下枢要,有经国才干,性忠正,与掌朝政的贾充不和。贾充一面举荐他为吏部尚书,一面又指使人检举他。结果他被免官,受到冷落和毁谤。

②检括:检束,检点。

③北夏门:洛阳城北的一座门楼,是最高大雄伟的。

④拉㩮:断裂倾斜。

译文

任恺失去权势以后,不再检点约束自己。有人问和峤说:"你为什么眼看着元裒被搞垮而不加以援手呢?"和峤说:"元裒就好比北夏门,倾斜断裂后自然要毁坏,不是一根木头所能支撑得了的。"

原文

山季伦为荆州[①],时出酣畅。人为之歌曰:"山公时一醉,径造高阳池[②]。日莫倒载归,茗艼无所知。复能乘骏马,倒著白接篱[③]。举手问葛强,何如并州儿[④]?"高阳池在襄阳。强是其爱将,并州人也。

注释

①山季伦:山简,字季伦,西晋末年,都督荆、湘、交、广四州诸军事,镇守襄阳。当时战乱不断,他却悠闲度日,沉迷于酒中。

②高阳池:本名习家池,是汉侍中习郁的养鱼池,乃一处游乐胜地。山简每到这里,常大醉而归,曾说:"此是我高阳池也",由此改名高阳池。高阳,酒徒的代名词。

③“复能”二句：大意是，不久又能骑骏马，只是白头巾戴颠倒了。这里指酒醒了又能骑马，只是醉态蒙眬，连头巾都戴歪了。白接篱，用白鹭身上的长羽毛做装饰的白帽子。

④“举手”二句：大意是，挥手问爱将葛强，我比你这并州人怎样？并州，约当今山西大部和河北、内蒙古的一部。

译文

山季伦镇守荆州时，经常出游畅饮。人们给他编了首歌谣说：“山公时一醉，径造高阳池。日暮倒载归，酩酊无所知。复能乘骏马，倒著白接篱。举手问葛强，何如并州儿？”高阳池在襄阳县。葛强是他的爱将，并州人氏。

原文

张季鹰纵任不拘，时人号为“江东步兵①”。或谓之曰：“卿乃可纵适一时②，独不为身后名邪？”答曰：“使我有身后名。不如即时一杯酒！”

注释

①江东步兵：步兵，指阮籍，张翰是江东人，所以称他为江东步兵。这里是说他嗜酒放荡，有如步兵校尉阮籍。

②乃可：同“那可”，哪可，岂可。

译文

张季鹰任情适性，放诞不羁，当时的人称他为“江东步兵”。有人对他说：“你哪里能只顾一时的放纵、安逸，难道不考虑身后的名声吗？”季鹰回答说：“与其让我有身后名，还不如现在有一杯酒！”

原文

毕茂世云[①]:"一手持蟹螯[②],一手持酒杯。拍浮酒池中[③],便足了一生。"

注释

①毕茂世:毕卓,字茂世,晋人,是个狂傲放任的人,曾任吏部郎,常饮酒废职。

②蟹螯:螃蟹前面的一对钳子。

③拍浮:击水浮游,即游泳。

译文

毕茂世说:"一只手拿着蟹螯,一只手拿着酒杯,游在酒池中,这就足以了结此生了。"

原文

贺司空入洛赴命[①],为太孙舍人。经吴阊门[②],在船中弹琴。张季鹰本不相识,先在金阊亭[④]。闻弦甚清,下船就贺,因共语,便大相知说。问贺:"卿欲何之?"贺曰:"入洛赴命,正尔进路[④]。"张曰:"吾亦有事北京[⑤]。"因路寄载,便与贺同发。初不告家,家追问乃知。

注释

①贺司空：即贺循，会稽郡山阴人，死后赠司空。赴命：前去接受任命。

②阊门：姑苏城门名，即今苏州西门。

③金阊亭：亭名，在古吴县(今苏州)阊门外，因位置在城西，又靠近阊门，故名金阊。金，五行之一，代表西方。

④正尔：正好。进路：走在路上，赶路。

⑤北京：指洛阳。贺、张二人都是吴人，当时南方人称洛阳为北京。

译文

司空贺循到京都洛阳去接受任命，作太孙舍人。经过吴地的阊门时，在船上弹琴。张季鹰原本不认识他，这时候正在金阊亭上，听琴声甚为清雅，就下船到贺循那里，于是一起谈论起来，以致彼此极为赏识对方，非常高兴。张季鹰问贺循："你要到哪里去？"贺循说："到洛阳去就职，正在赶路。"张季鹰说："我也有事要到洛阳。"于是顺路搭船，和贺循一同起程。根本没有告诉家里，家里追寻打听，才知道这事。

原文

祖车骑过江时①，公私俭薄②，无好服玩③。王、庾诸公共就祖，忽见裘袍重叠，珍饰盈列④。诸公怪问之，祖曰："昨夜复南塘一出⑤。"祖于时恒自使健儿鼓行劫钞⑥，在事之人亦容而不问。

注释

①祖车骑：祖逖，死后赠车骑将军。性格放达，不拘小节。常怀收复中原之志，宾客皆勇士，当时扬州闹饥荒，此辈多为盗贼，打劫富户。舆论因此轻视

祖逖。

②公私俭薄：公库私府都不丰裕。

③服玩：服饰、赏玩物品等。

④珍饰：珍贵饰品。

⑤南塘：秦淮河南岸。一出：一番，一回。

⑥鼓行：击鼓行进，指明目张胆、无所顾忌地做。

译文

车骑将军祖逖刚过江时，公库、私府都很贫乏，没有什么名贵的衣服用具和玩赏物品。有一次，王导、庾亮等人一起去看望祖逖，忽然看见一叠一叠的皮袍，又摆满了珍宝服饰。大家感到奇怪，就问祖逖，祖逖回答说："昨天夜里又到南塘去了一趟。"祖逖当时经常亲派勇士公然地去抢劫，主管的人也容忍而不追究他。

原文

鸿胪卿孔群[①]好饮酒。王丞相语云："卿何为恒饮酒？不见酒家覆瓿[②]布，日月糜烂？"群曰："不尔。不见糟肉[③]乃更堪久？"群尝书与亲旧："今年田得七百斛秫米[④]，不了曲蘗[⑤]事。"

注释

①孔群：字敬林，东晋时官至御史中丞。这里说孔群是鸿胪卿，实是大鸿胪（隋代以后改称鸿胪寺卿），掌管朝祭礼仪等。东晋时有事则临时设置，无事则省。

②瓿：小瓮。

③糟肉：用酒或酒糟腌制的肉。

④秫米：高粱米。

⑤曲蘗：酒曲，即酿酒用的发酵物。这里指用酒曲酿酒。

译文

鸿胪卿孔群好喝酒。丞相王导对他说："你为什么经常喝酒呢？难道你没看见酒店盖酒坛的布，过不了多少时间就腐烂了吗？"孔群说："不是这样。您难道没看见糟肉反而更能耐久吗？"孔群曾经给亲友写信说："今年田地里只收了七百斛高粱，不够酿酒用的。"

原文

温太真位未高时。屡与扬州、淮中估客樗蒱[1]，与辄不竞[2]。尝一过大输物[3]，戏屈，无因得反。与庾亮善，于舫中大唤亮曰："卿可赎我？"庾即送直[4]，然后得还。经此数四。

注释

①樗蒱：一种赌博游戏。

②不竞：不能得胜，输掉。

③一过：一局，一场。

④直：同"值"，此指赎金。

译文

温太真还未居高位的时候，屡次和扬州、淮中的客商赌博，每次总是赌不过人家。曾经有一次他下了很大赌注，玩输了，无法回去。他和庾亮很友好，就在船上大声呼唤庾亮说："你可以来赎我吗？"庾亮立刻送去赎金，他才能够回来。这类情况有过好几次。

原文

温公喜慢语[①],卞令礼法自居。至庾公许,大相剖击。温发口鄙秽,庾公徐曰:“太真终日无鄙言[②]。”

注释

①慢语:放纵傲慢的话。

②“太真”句:当时风气以傲慢放纵为达。庾亮这样说,是看重太真的放达。

译文

温太真喜欢说些轻慢放肆的话,尚书令卞壶以谨言慎行自处。两人到庾亮那里去,极力互相分辩、反驳。温太真出口庸俗、粗鄙,庾亮却慢悠悠地说:“太真整天没有一句庸俗的话。”

原文

周伯仁风德雅重,深达危乱。过江积年,恒大饮酒,尝经三日不醒[①]。时人谓之“三日仆射”。

注释

①三日不醒:“不”字疑是衍字。据记载,他过江后经常喝醉,只有他姐姐死时醒酒三天,他姑姑死时,醒酒三天。

译文

周伯仁风格德行高尚庄重，深知国家的危乱。过江以后，连年经常豪饮，曾经一连三天醉酒不醒。当时的人称他为“三日仆射”。

原文

卫君长为温公长史，温公甚善之。每率尔提酒脯[1]就卫，箕踞相对弥日。卫往温许亦尔。

注释

①脯：干肉。

译文

卫君长是温峤的长史，温峤十分赞许他。经常随随便便地提着酒肉到卫君长那里去，两人伸开腿面对面坐着，一喝就是一整天。卫君长到温峤那里去时也是这样。

原文

王长史、谢仁祖同为王公掾[1]。长史云：“谢掾能作异舞。”谢便起舞，神意甚暇。王公熟视，谓客曰：“使人思安丰。”

注释

①谢仁祖：即谢尚，字仁祖，擅长音乐，通晓各种技艺，能作八哥舞。性格任达开朗，类似安丰侯王戎，深受王导器重。王导把他比作王戎，常呼他为小安丰。

译文

长史王濛和谢仁祖同是王导的属官。王濛说："谢掾会跳一种特殊的舞。"谢仁祖就跳了起来，神情意态十分悠闲。王导仔细地看着他，对客人说："他让人想起了安丰。"

原文

王、刘共在杭南[①]，酣宴于桓子野家[②]。谢镇西往尚书墓还，葬后三日反哭[③]。诸人欲要之，初遣一信，犹未许，然已停车。重要，便回驾。诸人门外迎之，把臂便下。裁得脱帻[④]，著帽酣宴。半坐，乃觉未脱衰[⑤]。

注释

①杭南：即"航南"，朱雀桥南，这里指乌衣巷。东晋时，王、谢诸名族聚居在这里。

②桓子野：桓伊，字叔夏，小名子野。善音乐，官至护军将军。

③反哭：古丧礼仪式，葬后迎死者神主回祖庙，并哭祭。

④帻（zé）：头巾。此疑"帻""帽"颠倒。

⑤衰：通"缞"，用粗麻布做的不缝边的丧服。

译文

王濛和刘惔一同在乌衣巷桓子野家畅饮。这时，镇西将军谢尚从他叔父谢裒的墓地里回来，这是葬后三天奉神主回祖庙。大家想邀请他来喝酒，起初派了个使者去请，他还没有答应，但是车已经停了下来。又去请，便立刻掉转车头来了。大家都到门外去迎接，他就亲亲热热地拉着人家的手下了车。进门后，才刚刚脱下头巾，就戴着帽子入座痛饮起来。喝到中途，才发觉还没有脱掉孝服。

原文

桓宣武少家贫，戏大输，债主敦求甚切[①]。思自振之方，莫知所出。陈郡袁耽俊迈多能[②]，宣武欲求救于耽。耽时居艰[③]，恐致疑，试以告焉，应声便许，略无嫌吝[④]。遂变服，怀布帽随温去。与债主戏。耽素有蓺名[⑤]，债主就局曰："汝故当不办作袁彦道邪[⑥]？"遂共戏。十万一掷，直上百万数。投马绝叫[⑦]，傍若无人。探布帽掷对人曰："汝竟识袁彦道不？"

注释

①敦：催促。
②袁耽：字彦道，陈郡阳夏人，年轻时就爽朗不羁，官至司徒从事中郎。
③居艰：居丧，在服丧其间。
④嫌吝：疑虑，为难。
⑤蓺：同"艺"，技能，这里指赌博的技巧。
⑥不办：不会，不能。
⑦绝叫：大声喊叫，以此虚张声势。

世说新语

译文

桓温年轻时家境贫困，有一次赌博输了很多钱，债主催他还债又催得很急。他考虑着自救的办法，却又想不出。陈郡的袁耽杰出豪迈，多才多艺，桓温想去向他求救。袁耽当时正在居丧期间，桓温担心引起疑虑，试着把自己的想法告诉了他，他随口就答应了，没有丝毫的疑虑和为难。于是换掉了孝服，怀揣布帽，跟着桓温去和债主博戏。袁耽赌博的技巧一向有名，债主却不认识他，临开局时说："你想必不会是袁彦道吧？"便和他一起玩。十万钱一局，一直增加到一百万钱的大数目。每掷筹码就大声叫喊，旁若无人。赢够了，他伸手从怀里摸出布帽来掷向对手说："你到底认不认识袁彦道？"

原文

王光禄云："酒正使人人自远[1]。"

注释

①自远：指因醉酒而自己忘掉自己。

译文

光禄大夫王蕴说："酒确实能让每个人忘掉自己。"

原文

王浑与妇钟氏共坐，见武子从庭过[1]，浑欣然谓妇曰："生儿如此，足慰人意。"妇笑曰："若使新妇得配参军[2]，生儿故可不啻如此。"

注释

①武子:即王济。
②参军:王沦,字太冲,王浑的弟弟,曾为晋文王大将军参军。

译文

王浑和妻子钟氏在一起坐着,看见他们的儿子武子从院中走过,王浑高兴地对妻子说:"生个这样的儿子,也就心满意足了。"他的妻子笑着说:"如果让我和参军婚配,生出的儿子一定还不只是这样呢。"

原文

陆太尉诣王丞相,王公食以酪。陆还遂病。明日,与王笺云[①]:"昨食酪小过,通夜委顿[②]。民虽吴人,几为伧鬼[③]。"

注释

①笺:写给尊贵者的信。
②委顿:萎靡疲困。
③伧鬼:鄙夷之称。

译文

太尉陆玩去拜访丞相王导,王导拿奶酪招待他。陆玩回去后就病倒了。第二天他给王导写信说:"昨天吃奶酪稍微多了些,整夜精神不振,疲困不堪。小民虽然是吴人,却险些成了北方的死鬼。"

原文

诸葛令、王丞相共争姓族先后[1]。王曰:"何不言葛[2]、王,而云王、葛?"令曰:"譬言驴马,不言马驴,驴宁胜马邪!"

注释

①"诸葛令"句:这里说两人按习惯说法来争辩姓氏的先后顺序,以别高低。姓族,姓氏。

②葛:诸葛氏原为葛氏,后自称诸葛氏。

译文

尚书令诸葛恢和丞相王导两人一起争论姓氏排序的先后。王导说:"为什么不说葛、王,而说王、葛呢?"诸葛恢说:"譬如说驴马,不说马驴,驴难道就能胜过马吗!"

原文

刘真长始见王丞相。时盛暑之月,丞相以腹熨弹棋局[1],曰:"何乃渹[2]!"刘既出,人问见王公云何,刘曰:"未见他异,唯闻作吴语耳。"

注释

①熨:紧贴。弹棋局:弹棋的棋盘。

②淘(qìng):冰凉。这是吴方言。

译文

刘真长初次见到丞相王导,当时是最热的月份,丞相把腹部贴在弹棋盘上,说:"怎么这么凉啊!"刘真长告辞出来以后,有人问他见到王导怎么样,刘真长说:"没有见到其他特别的地方,只是听到他讲吴语罢了。"

原文

褚季野问孙盛①:"卿国史何当成②?"孙云:"久应竟。在公无暇,故至今日。"褚曰:"古人'述而不作'③,何必在蚕室中④!"

注释

①孙盛:字安国,在东晋时代历任参军、廷尉正、秘书监。好学不倦,著《晋阳秋》,词直而理正,被赞为良史。

②国史:即指《晋阳秋》。

③述而不作:语出《论语·述而》,意指传述而不创作。

④蚕室:是执行宫刑和受宫刑者所居的屋室。刚受过宫刑的人畏风寒,必须住在密闭而又蓄火的地方,像是养蚕的房间,故称。司马迁因李陵事件被判宫刑后,曾住在蚕室,后发愤完成了《史记》。所以褚季野用"在蚕室中"来调笑孙盛撰写国史。

译文

褚季野问孙盛:"你的国史什么时候能完成?"孙盛回答说:"早就应该完成了。由于公务在身没有闲暇时间,所以才拖到今天。"褚季野说:"古人'述而不作',你何必一定要在蚕室中才能完成呢!"

原文

谢公在东山,朝命屡降而不动。后出为桓宣武司马,将发新亭,朝士咸出瞻送[1]。高灵时为中丞[2],亦往相祖[3]。先时多少饮酒,因倚如醉,戏曰:“卿屡违朝旨,高卧东山,诸人每相与言:‘安石不肯出,将如苍生何!’今亦苍生将如卿何?”谢笑而不答。

注释

①瞻送:送行。晋宋常语,取远送行人,瞻望弗及之意。
②中丞:御史台长官,掌管公卿奏事、察举非法等事。
③祖:祭祀路神以祈一路平安,引申为饯行。

译文

谢安在东山隐居,朝廷多次下令征召他出仕,都没有应命。后来出任桓温的司马,将要从新亭出发,朝中官员都到来送别。高灵当时任中丞,也前去给他饯行。在这之前,高灵已经略微喝了些酒,于是就借着这点酒像喝醉了一样,开玩笑说:“你多次违抗朝廷的旨意,高卧在东山,大家常常一起议论说:‘安石不肯出来做官,将要拿天下百姓怎么办?’现在天下百姓将拿你怎么办呢?”谢安笑而不答。

原文

初,谢安在东山,居布衣,时兄弟已有富贵者[1],翕集家门[2]。倾动人物[3]。刘夫人戏谓安曰:“大丈夫不当如此乎?”谢乃捉鼻曰:“但恐不免耳[4]。”

注释

①兄弟已有富贵者：谢安兄谢尚、谢奕，弟谢万均已先后入朝，官高位重，显赫一时。

②家门：家族。

③倾动：震动，倾倒。

④"但恐"句：谢安有隐居之志，无出仕之心。可是名声已显，恐为时势所逼，不得不出仕，所以说了这句话。

译文

当初，谢安在东山，还处于平民地位，这时兄弟之中已经富贵起来的，都集中在他这一族，让社会名士为之倾倒。谢安妻子刘夫人对谢安开玩笑说："大丈夫不应该这样吗？"谢安便捏着鼻子说："只怕避免不了呢。"

原文

支道林因人就深公买印山[①]，深公答曰："未闻巢、由买山而隐[②]。"

注释

①因人：托人。印山：当为岇山。

②巢、由：巢父、许由，是传说中的远古隐士。

译文

支道林托人向竺法深买岇山，竺法深回答说："没有听说巢父、许由是买了山而隐居的。"

原文

谢公始有东山之志①。后严命屡臻②，势不获已，始就桓公司马。于时人有饷桓公药草，中有远志③。公取以问谢："此药又名小草，何一物而有二称？"谢未即答。时郝隆在坐，应声答曰："此甚易解。处则为远志，出则为小草④。"谢甚有愧色。桓公目谢而笑曰："郝参军此过乃不恶，亦极有会⑤。"

注释

①东山之志：隐居的志向。

②臻：到达。在谢安就任桓温的司马以前，扬州刺史庾冰、吏部尚书范汪都曾授他官职，都遭到拒绝。

③远志：中药名。根名远志，苗名小草，均可入药。

④"处则为远志"二句：出、处明指露出地面和埋在土中，暗指出仕和隐居，语意双关，以讥笑谢安的出仕。

⑤会：兴会，意趣。

译文

谢安起初有隐居山林的志向，后来官府征召的命令多次下达，形势不允许他坚持下去，这才就任桓温的司马。在这时，有人送给桓温一些草药，其中有远志。桓温拿起来问谢安："这种药又叫小草，为什么一种东西却有两种名称呢？"

谢安没有立即回答。当时郝隆也在座，随声回答说："这很容易解释。不出就是远志，出来就是小草。"谢安显出羞愧的神色。桓温看着谢安笑着说："郝参军这个解释很不错，也很有意趣。"

原文

庾园客诣孙监①，值行。见齐庄在外②。尚幼，而有神意③。庾试之，曰："孙安国何在④？"即答曰："庾稚恭家。"庾大笑曰："诸孙大盛，有儿如此！"又答曰："未若诸庾之翼翼⑤。"还，语人曰："我故胜。得重唤奴父名。"

注释

①庾园客：庾爰之，小名园客，是庾翼（字稚恭）的儿子。

②齐庄：孙放，字齐庄，是孙盛的儿子。

③神意：灵气。

④"孙安"句：直呼对方父亲的名字，这是不敬的。

⑤翼翼：形容旺盛，兴旺。庾园客用了齐庄父亲的名字，齐庄也直称庾翼来报复。因有两个"翼"字，所以下文齐庄说："得重唤奴父名。"奴，对人的卑称。

译文

庾园客去拜访秘书监孙盛，碰上孙盛外出不在家，看见齐庄在外面，年纪还小，却有一股灵秀之气。庾园客想考验他一下，说："孙安国在什么地方？"齐庄马上回答说："在庾稚恭家。"庾园客大笑说："孙氏家族非常旺盛，有这样的儿子！"齐庄又回答说："不如庾氏家族那样翼翼兴旺。"齐庄回家后，告诉别人说："当然我胜了，我能够两次叫那家伙父亲的名字。"

原文

范玄平在简文坐①，谈欲屈，引王长史曰："卿助我！"王曰："止非拔山力所能助②。"

注释

①范玄平：范汪，字玄平，曾任吏部尚书，徐、兖二州刺史。

②"此非"句：指理亏得厉害，用什么力量也不能挽回。

译文

范玄平在简文帝那里做客，清谈时就要理亏了，于是拉左长史王濛过来说："你帮帮我！"王濛说："这不是拔山的力量所能帮助的。"

原文

弹棋始自魏宫内，用妆奁戏①。文帝于此戏特妙，用手巾角拂之，无不中。有客自云能，帝使为之。客著葛巾角，低头拂棋，妙逾于帝②。

注释

①"弹棋"句：弹棋是一种赌输赢的棋类游戏。相传起源于西汉，到曹操掌权时，宫女用金钗、玉梳在镜匣上作弹棋游戏，其实非始自魏宫内。

②葛巾：用葛布做的头巾。弹棋是用手把棋子弹起，魏文帝和客人不用手，所以称妙。

译文

弹棋是从魏代后宫开始出现的，用梳妆的镜匣来游戏。魏文帝对这种游戏特别精通，能用手巾角去弹起棋子，没有弹不中的。有位客人自称能这样做，文帝就叫他试一试。客人戴着葛巾，就低着头用葛巾角去拨动棋子，比文帝做得更妙。

原文

陵云台楼观精巧，先称平众木轻重，然后造构，乃无锱铢相负揭①。台虽高峻，常随风摇动，而终无倾倒之理。魏明帝登台，惧其势危，别以大材扶持之，楼即颓坏。论者谓轻重力偏故也。

注释

①锱铢：指微小的数目。锱和铢都是重量单位，有说六铢为一锱，四锱为一两。负揭：指秤杆的下垂与翘起，高下。

译文

陵云台楼台精巧，建造之前先称过所有木材的轻重，使四面所用木材的重量相等，然后才筑台，因此四面重量不差分毫。楼台虽然高峻，常随风摇摆，可是始终不可能倒塌。魏明帝登上陵云台，害怕它情况危险，另外用大木头支撑着它，楼台随即就倒塌了。舆论认为是重心偏向一边的缘故。

原文

韦仲将能书[1]。魏明帝起殿,欲安榜,使仲将登梯题之[2]。既下,头鬓皓然[3]。因敕儿孙勿复学书。

注释

①韦仲将:韦诞,字仲将,书法家,官至光禄大夫。

②"魏明帝"句:据传魏明帝建陵云殿,匾额还没有题字,就误钉上去了,于是叫擅长写楷书的大臣韦仲将登梯题匾。榜,匾。

③皓然:白的样子。韦诞因登高危惧而且费力,以致头鬓皓然,可能有些夸张。

译文

韦仲将擅长书法。魏明帝修建宫殿,想挂个匾,就派仲将登上梯子去题匾。下来后,鬓发全白了。因此便告诫子孙不要再学习书法。

原文

钟会是荀济北从舅,二人情好不协[1]。荀有宝剑,可直百万,常在母钟夫人许[2]。会善书,学荀手迹,作书与母取剑,仍窃去不还。荀勖知是钟而无由得也,思所以报之。后钟兄弟以千万起一宅,始成,甚精丽,未得移住。荀极善画,乃潜往画钟门堂,作太傅形象,衣冠状貌如平生[3]。二钟入门,便大感励,宅遂空废。

注释

①荀济北：荀勖，晋武帝即位时，封为济北郡公，固辞为侯。
②直：通“值”。
③太傅：指钟繇，魏朝太傅，是钟会的父亲。

译文

钟会是济北公荀勖的叔伯舅父，两人感情不和。荀勖有一把宝剑，约值一百万，经常放在他母亲钟夫人那里。钟会擅长书法，就模仿荀勖笔迹，写了一封信给他母亲要宝剑，于是就偷去不还回来。荀勖知道是钟会干的事，可是没有办法要回来，就想法报复他。后来钟家兄弟花了一千万修建一所住宅，刚落成，非常精美，还没有搬进去住。荀勖很擅长绘画，就偷偷地到钟会的新居去，画上钟繇的像，衣帽、相貌都和生前一模一样。钟毓和钟会兄弟进门看见，就大为感伤哀痛，不能住进去，房子于是闲置不用。

原文

羊长和博学工书，能骑射，善围棋①。诸羊后多知书，而射、奕徐蓺莫逮②。

注释

①羊长和：羊忱的字。
②奕：同“弈”，下围棋。蓺：同“艺”，技艺。

译文

羊长和学识广博，擅长书法，能骑马射箭，长于下围棋。羊家后代多懂书法，可是射箭、下棋这些技能，却没有谁能赶上羊长和。

原文

戴安道就范宣学[1]，视范所为，范读书亦读书，范抄书亦抄书。唯独好画，范以为无用，不宜劳思于此[2]。戴乃画《南都赋图》[3]，范看毕咨嗟[4]，甚以为有益，始重画。

注释

①戴安道：戴逵，字安道，谯国（今安徽亳州市）人，晋代书画家。就：从事。范宣：字宣子，当时名士。

②劳思：劳神费思。

③南都赋：汉代张衡撰写。南都，汉朝旧都南阳郡，治所在宛，即今河南南阳市。东汉光武帝刘秀起家于此。

④咨嗟：赞叹。

译文

戴安道到范宣那里学习，按照范宣的样子去做，范宣读书，他也读书，范宣抄书，他也抄书。唯独爱好画画方面，范宣认为没有什么用处，不应该在这方面劳神费心。戴安道便画了张《南都赋图》，范宣看了赞叹不绝，认为很有好处，也开始重视画画。

原文

谢太傅云:“顾长康画,有苍生来所无①。”

注释

①顾长康:即名画家顾恺之,字长康。

译文

太傅谢安说:“顾长康的画,是自有人类以来所没有的。”

原文

戴安道中年画行像甚精妙①。庾道季看之,语戴云:“神明太俗,由卿世情未尽。”戴云:“唯务光当免卿此语耳②。”

注释

①行像:用宝车载着佛像在城市街道上巡行的一种宗教仪式。一般多在佛生日举行。一说即行乐图,游玩娱乐的人像画。

②务光:传说是夏朝人,隐士。商汤要讨伐夏桀时和他商量,他说:“非吾事也”。后来商汤要把天下让给他,他说:“吾闻无道之世,不践其土,况让我乎?”负石自沉于水。

译文

戴安道中年时画行像，画得非常精妙。庾道季看了他的画，对他说："神像画得太俗气，这是因为你还没有完全摆脱世俗之情。"戴安道说："只有务光才能避免受到你这样的评论啊。"

原文

王中郎以围棋是坐隐，支公以围棋为手谈①。

注释

①坐隐：围棋的别名，也叫作手谈。《颜氏家训·杂艺》："围棋有手谈、坐隐之目，颇为雅戏。"

译文

北中郎将王坦之认为下围棋是座上隐居，支道林把下围棋看作用手交谈。

原文

顾长康好写起人形①，欲图殷荆州②，殷曰："我形恶，不烦耳③。"顾曰："明府正为眼尔④。但明点童子⑤，飞白拂其上⑥，使如轻云之蔽日⑦。"

注释

①写:作画。

②图:画。殷荆州:即殷仲堪,曾任荆州刺史,所以又称殷荆州。

③不烦耳:不用麻烦你了。

④明府:指殷仲堪。古代对刺史一类官,称“府君”“明府君”,省称“明府”。正为眼尔:只是为了眼呢。殷仲堪偏盲,一只眼失明,故有此说。

⑤但:只,只要。童:通“瞳”,瞳孔。

⑥飞白:此指用飞白笔法作画。飞白,书法运笔笔法之一种,笔画显白,似枯笔。一说,飞白即白粉。

⑦轻云:薄云。

译文

顾长康喜好画有动态感的人物,他想画殷仲堪,殷仲堪说:“我相貌丑陋,不用麻烦你了。”顾长康说:“明府,你只是为了眼睛的原因。我只明点瞳子,让白色拂在它上面,眼睛便如同轻云蔽日一般了。”

原文

顾长康画谢幼舆在岩石里[①]。人问其所以,顾曰:“谢云:‘一丘一壑,自谓过之[②]。’此子宜置丘壑中。”

注释

①谢幼舆:谢鲲,字幼舆。

②“谢云”句:引自“品藻”十七,是谢鲲答复晋明帝而说的其中一句。意思是处理朝政比不上庾亮,但在山林中隐居,则胜过庾亮。

译文

顾长康把谢幼舆画在山岩之中。有人问他为什么，顾长康说："谢幼舆自己说：'在一山一水中游乐，自认为超过庾亮。'应将这位先生放在深山沟壑中。"

原文

顾长康画人，或数年不点目精①。人问其故，顾曰："四体妍媸②，本无关于妙处，传神写照③，正在阿堵中④。"

注释

①目精：眼珠。

②妍：美好。媸：丑恶。

③传神：传达、表现神情。

④正在阿堵中：正在这个里面。阿堵，六朝人口语，意思是这、这个。

译文

顾长康画的人物，有的几年不点上眼珠，有人问其中缘故，顾长康说："四肢的美丑，本来就和画的美妙无关，画像要传神，全在这上面。"

原文

顾长康道画①："'手挥五弦'易②，'目送归鸿'难③。"

注释

①道画：谈论绘画的道理。道，谈论，评论。

②挥：挥弹。五弦：五弦琴。

③归鸿：南归的大雁。这两句意思是，绘画不仅讲究形似，更讲究神似，而画出神似难于形似。“手挥五弦”，是具体动作，属于形似。“目送归鸿”，是内在心情，属于神似。“手挥”“目送”二句语出嵇康《送秀才人军诗》：“目送归鸿，手挥五弦，俯仰自得，游心泰玄。”据《晋书》载，顾恺之对嵇康这四句诗十分推崇，并作诗意画。

译文

顾长康谈论绘画的道理说：“绘‘手挥五弦’是容易的，绘‘目送归鸿’就困难了。”

宠礼第二十二

原文

元帝正会，引王丞相登御床，王公固辞，中宗引之弥苦[①]。王公曰："使太阳与万物同晖，臣下何以瞻仰！"

注释

①"元帝"句：晋元帝司马睿，死后的庙号是中宗。元帝初为琅琊王时，王导就倾心辅佐他，后来即帝位，任王导为中书监、录尚书事。

译文

晋元帝在正月初一举行朝贺礼时，拉着丞相王导登上御座和自己坐在一起，王导坚决推辞，元帝更加恳切地拉着他。王导说："如果太阳和万物一起发光，臣下又怎么瞻仰太阳呢！"

原文

桓宣武尝请参佐入宿，袁宏、伏滔相次而至。莅名，府中复有袁参军，彦伯疑焉，令传教更质[①]。传教曰："参军是袁、伏之袁，复何所疑！"

注释

①袁宏:字彦伯,很有才华,和伏滔一起任桓温的参军,将军府的人称二人为袁伏。袁宏认为,和伏滔并列是一种耻辱。传教:传达教令的郡吏,指传令官。

译文

桓温曾经请他的属官入府值宿,袁宏和伏滔接连来到。签到值宿时,因府中还有个袁参军,袁宏怀疑名单上的袁参军是不是自己,便叫传令官再查问一下。传令官说:"参军就是袁伏的袁还怀疑什么!"

原文

许玄度停都一月,刘尹无日不往[①],乃叹曰:"卿复少时不去,我成轻薄京尹[②]!"

注释

①"许玄度"句:许玄度能清谈,名望很高。刘真长也擅长清谈,在许玄度入京时,特地准备个书斋给他住。

②京尹:京兆尹,京都的长官。刘真长为丹阳尹,丹阳郡的首府就是建康。

译文

许玄度在京都停留了一个月,丹阳尹刘真长没有哪一天不去看他,于是叹息说:"你过些天还不走,我就成了轻薄京尹了!"

原文

孝武在西堂会，伏滔预坐[1]。还，下车呼其儿，语之曰："百人高会，临坐未得他语，先问：'伏滔何在？在此不？'此故未易得。为人作父如此，何如？"

注释

①伏滔：原为桓温参军，后任著作郎，专掌国史，领本州大中正。

译文

晋孝武帝在西堂会见群臣，伏滔也在座。他回到家，一下车就叫他儿子来，告诉儿子说："举行上百人的盛会，天子一落座，还来不及说别的话，就先问：'伏滔在哪里？在这里吗？'这种荣誉本来是不容易得到的。做父亲的能达到这样，你看怎么样？"

原文

卞范之为丹阳尹，羊孚南州暂还，往卞许，云："下官疾动，不堪坐[1]。"卞便开帐拂褥，羊径上大床，入被须枕。卞回坐倾睐，移晨达莫[2]。羊去，卞语曰："我以第一理期卿，卿莫负我[3]！"

注释

①动：发作，这里指药性发作，羊孚也是服五石散的。

②莫：同"暮"。

③第一理：最高的情理。卞范之当时正从桓玄谋反，给羊孚如此礼遇，也是拉拢羊孚，结党营私之意。

译文

卞范之任丹阳尹的时候，羊孚从姑孰暂时回京，到卞范之家去看望他，说："下官药性发作，坐不住。"卞范之就拉开帐子，把褥子掸干净，羊孚径直上了大床，盖上被子，靠着枕头。卞范之返回座位坐着，注视着他，从早晨一直到傍晚。羊孚要走了，卞范之对他说："我期望你坚持最高的情理，你不要辜负了我！"

任诞第二十三

原文

陈留阮籍、谯国嵇康、河内山涛[①]，三人年皆相比，康年少亚之。预此契者：沛国刘伶、陈留阮咸、河内向秀、琅琊王戎[②]。七人常集于竹林之下，肆意酣畅，故世谓竹林七贤。

注释

①山涛：字巨源，"竹林七贤"之一。

②刘伶：刘伶，西晋沛国（治今安徽淮北市濉溪县）人，字伯伦。"竹林七贤"之一。

译文

陈留人阮籍、谯国人嵇康、河内人山涛，三人年龄差不多，嵇康年龄稍小些。加入他们这个朋友圈子的，还有沛国人刘伶、陈留人阮咸、河内人向秀、琅琊人王戎。这七人常聚集在竹林里，忘情地喝酒畅谈，因此世上称之为"竹林七贤"。

原文

阮籍遭母丧，在晋文王坐进酒肉。司隶何曾亦在坐[①]，曰：“明公方以孝治天下，而阮籍以重丧，显于公坐饮酒食肉。宜流之海外，以正风教。”文王曰：“嗣宗毁顿如此，君不能共忧之，何谓？且有疾而饮酒食肉，固丧礼也[②]。”籍饮啖不辍，神色自若。

注释

①司隶：司隶校尉。掌纠察京师百官及所辖附近各郡。

②《礼记·曲礼》：“居丧之礼……有疾则饮酒食肉。”

译文

阮籍在母亲的丧期内，在司马昭处喝酒吃肉。司隶校尉何曾也在座，向司马昭说：“明公正以孝道治天下，而阮籍在重丧期中，公然在您这儿饮酒吃肉。应该把他流放到海外，以端正风俗教化。”司马昭说：“阮嗣宗这么虚弱，你不能一同为他担心，还说什么？况且有病而饮酒吃肉，也是丧礼中允许的。”阮籍不停地吃喝，神色坦然。

原文

刘伶病酒，渴甚，从妇求酒。妇捐酒毁器，涕泣谏曰：君饮太过，非摄生之道，必宜断之！伶曰：“甚善。我不能自禁，唯当祝鬼神，自誓断之耳。便可具酒肉。”妇曰：“敬闻命。”供酒肉于神前，请伶祝誓。伶跪而祝曰：“天生刘伶，以酒为名。一饮一斛[①]，五斗解酲。妇人之言，慎不可听。”便引酒进肉，隗然已醉矣。

注释

①斛:古器量名。原十斗为一斛。后改为五斗。

译文

刘伶病酒,极渴,和妻子要酒。妻子泼了酒、毁了酒器,哭着劝道:"你喝得太多,这不是养生之道,一定要戒掉。"刘伶说:"很好。我自己戒不了,只能向鬼神祝祷,发誓戒掉。那你就准备酒肉吧。"妻子说:"就照你说的办。"将酒肉供到神前,叫刘伶祝祷发誓。刘伶跪下祝道:"天生刘伶,以酒为命。一顿喝一斛,五斗才能解酒病。女人的话,小心不要听。"于是喝酒吃肉,颓然又醉过去了。

原文

步兵校尉缺①,厨中有贮酒数百斛②,阮籍乃求为步兵校尉。

注释

①步兵校尉:官名。汉代始置,掌管上林宛屯兵。

②厨:指步兵营的厨房。

译文

步兵校尉一职空缺,校尉府柜中储存有几百斛酒,阮籍便请求担任步兵校尉。

原文

阮公邻家妇有美色①，当垆酤酒。阮与王安丰常从妇饮酒②，阮醉，便眠其妇侧。夫始殊疑之，伺察，终无他意。

注释

①阮公：阮籍。

②王安丰：王戎。

译文

阮籍邻居的女人很漂亮，开店卖酒。阮籍和王戎常到女人店中喝酒，阮籍喝醉了，便睡在女人的身边。女人的丈夫开始时很有疑心，暗中观察，最终没有发现阮籍有别的用意。

原文

阮仲容、步兵居道南①，诸阮居道北。北阮皆富，南阮贫。七月七日，北阮盛晒衣，皆纱罗锦绮。仲容以竿挂大布犊鼻裈于中庭②。人或怪之，答曰："未能免俗，聊复尔耳。"

注释

①阮仲容：阮咸，字仲容，是阮籍的侄儿，竹林七贤之一。步兵：注家认为此二字为衍文。

②犊鼻裈：短裤。或谓围裙。

译文

阮咸、步兵校尉阮籍住在道南，其他几位阮姓住在道北。北阮很富，南阮很穷。七月七日，北阮把衣服拿出来晒，都是绫罗绸缎。阮咸用木杆将粗布犊鼻裈挂在院中间。有人感到不解，他回答："我也不能免俗，姑且凑个热闹而已。"

原文

阮步兵丧母，裴令公往吊之。阮方醉，散发坐床，箕踞不哭[①]。裴至，下席于地，哭吊唁毕[②]，便去。或问裴："凡吊，主人哭，客乃为礼。阮既不哭，君何为哭？"裴曰："阮方外之人[③]，故不崇礼制。我辈俗中人，故以仪轨自居。"时人叹为两得其中。

注释

①箕踞：两腿叉开而坐，如簸箕状，是一种轻慢的坐姿。
②吊唁：同"吊唁"。
③方外：世俗之外。

译文

阮籍的母亲去世，裴楷前往吊唁。阮籍正醉酒，披着头发坐在床上，箕踞不哭。裴楷来后，将席子放在地上，哭吊完毕，便走了。有人问裴楷："凡去吊唁，主人哭，客人才行礼。阮籍既然不哭，你哭什么？"裴楷说："阮籍是方外之人，所以不崇尚礼制。我是世俗中的人，就应以礼数来约束自己。"当时的人感叹说这两人各得其所。

原文

诸阮皆能饮酒。仲容至宗人间共集[①],不复用常杯斟酌[②],以大瓮盛酒,围坐,相向大酌。时有群猪来饮,直接去上,便共饮之。

注释

①宗人:同一家族的人。

②斟酌:斟酒。

译文

几个阮姓的人都能饮酒。阮咸去参加宗族的集会,不再用平常的杯子喝酒,而用大瓮盛酒,围坐着,相对大喝。有时一群猪也过来喝,直接挤上前去,于是便一起喝。

原文

阮浑长成,风气韵度似父,亦欲作达[①]。步兵曰:"仲容已预之,卿不得复尔[②]。"

注释

①阮浑:字长成,是阮籍的儿子。

②步兵:阮籍。仲容:阮咸。

译文

阮浑长大后，风度气韵都像父亲，也想学旷达。阮籍说："仲容已参与进来了，你不能再这样了。"

原文

王子猷作桓车骑骑兵参军①。桓问曰："卿何署？"答曰："不知何署，时见牵马来，似是马曹。"桓又问："官有几马？"答曰："不问马，何由知其数？"又问："马比死多少？"答曰："未知生，焉知死回？"

注释

①王子猷：王徽之。桓车骑：桓冲。

译文

王徽之任桓冲的骑兵参军。桓冲问："你都管些什么事？"王徽之回答："不知管什么，时常见牵马来，好像是管马的。"桓冲又问："府中有几匹马？"王徽之答："不问过马，怎么能知道马的数？"桓冲又问："近来马死了多少？"王徽之答："生尚且不知，怎能知道死？"

原文

谢公尝与谢万共出西[1]，过吴郡。阿万欲相与共萃王恬许，太傅云："恐伊不必酬汝意，不足尔。"万犹苦要，太傅坚不回，万乃独往。坐少时，王便入门内。谢殊有欣色，以为厚待己。良久，乃沐头散发而出，亦不坐，仍据胡床[2]，在中庭晒头，神气傲迈，了无相酬对意。谢于是乃还。未至船，逆呼太傅。安曰："阿螭不作尔。"

注释

①谢公：谢安。

②胡床：一种可折叠的轻便坐具。

译文

谢安曾和谢万一起西去，路过吴郡。谢万想一起去王恬那儿，谢安说："恐怕他不会招待你，不值得去。"谢万仍苦苦相邀，谢安坚决不去，谢万便独自去了。坐了片刻，王恬便进了屋。谢万极为高兴，以为会盛情款待自己。过了好久，王恬洗完头披散着头发出来，也不回座，而坐着胡床，在院里晒头发，神色傲慢，根本没有招待的意思。谢万只好回来，还没到船上，便大喊谢安。谢安说："阿螭那儿不值得去。"

原文

王子猷作桓车骑参军[1]。桓谓王曰：卿在府久，比当相料理。初不答，直高视，以手版拄颊云[2]："西山朝来，致有爽气。"

注释

①王子猷：王徽之。桓车骑：桓冲。
②手版：古时下级见官长时用以记事的板。

译文

王徽之任桓冲的参军。桓冲对王徽之说："你在府中时间很久了，应当帮我做些事了。"王徽之开始时没有答话，眼睛望着高处，用手版拄着下巴说："西山的早晨，送来凉爽之气。"

原文

谢万北征，常以啸咏自高，未尝抚慰众士。谢公甚器爱万，而审其必败，乃俱行，从容谓万曰："汝为元帅，宜数唤诸将宴会，以说众心。"万从之。因召集诸将，都无所说，直以如意指四坐云①："诸君皆是劲卒②。"诸将甚忿恨之。谢公欲深著恩信，自队主将帅以下，无不身造，厚相逊谢。及万事败，军中因欲除之。复云："当为隐士③。"故幸而得免。

注释

①如意：器物名，柄端作手指形，用以挠痒。
②劲卒：行伍出身者讳称其为卒，谢称之为"劲卒"。故愤恨。
③隐士：当时谢安隐居在会稽。

译文

谢万北征，常常以长啸吟诵显示自己的不俗，而不抚慰将士。谢安很爱护谢万，估计他必定失败，便与他同行，从容地对谢万说："你当主帅，应当经常找众将们来宴会，以取悦于大家。"谢万答应了，便召集众将。他没有什么话说，只用如意指着所有座中人说："你们都是强悍的大兵。"众将更恨他。谢安想以施恩来加强关系，便自队主将帅以下，都亲自拜访，代谢万深加自责。到谢万打了败仗，军中想借机除掉他。后来又说："当为隐士饶了他。"谢万这才侥幸免难。

原文

王子敬兄弟见郗公①，蹑履问讯，甚修外生礼。及嘉宾死②，皆著高屐③，仪容轻慢。命堂，皆云有事，不暇坐。既去，郗公慨然曰："使嘉宾不死，鼠辈敢尔。"

注释

①王子敬：王献之。郗公：郗愔。
②嘉宾：郗超。
③高屐：木底鞋，游览闲居时所著。正式场合穿着，视为不敬。

译文

王献之兄弟去见郗愔，穿着鞋来请安，严格遵守外甥的礼节。待郗超死后，他们都穿着高屐，仪态傲慢。叫他们上堂坐，却都说："有事，没工夫坐。"走了之后，郗愔慨然地说："如果嘉宾没死，小辈们敢这样么？"

原文

王子敬自会稽经吴[1]，闻顾辟疆有名园。先不识主人，径往其家，值顾方集宾友酣燕。而王游历既毕，指麾好恶，傍若无人。顾勃然不堪曰："傲主人，非礼也；以贵骄人，非道也。失此二者，不足齿人，伧耳[2]。"便驱其左右出门。王独在舆上，回转顾望，左右移时不至。然后令送著门外，怡然不屑。

注释

①王子敬：王献之。

②伧：当时南方人骂北方人的话。王为北方人，故骂为伧。

译文

王献之从会稽出发经过吴郡，听说顾辟疆家有名园。他原不认识主人，便经往顾家，赶上顾家正召集宾朋举行宴会。王献之游览完后，指点哪儿好哪儿坏，旁若无人。顾辟疆忍不住发怒道："傲慢主人，是无礼的；以贵骄人，是不讲道理的。失去这两点，就不称其为人，是个伧而已。"随即把王献之的手下赶出了门。王献之一人在车上，转来转去地看，手下人过了好久也不来。后来王献之被送到门外，仍然愉快地毫不在意。

原文

刘道真少时[1],常渔草泽[2],善歌啸,闻者莫不留连[3]。有一老妪,识其非常人[4],甚乐其歌啸[5],乃杀豚进之。道真食豚尽,了不谢[6]。妪见不饱,又进一豚。食半馀半,乃还之。后为吏部郎[7],妪儿为小令史,道真超用之[8],不知所由,问母,母告之,于是赍牛酒诣道真[9]。道真曰:"去,去!无可复用相报。"

注释

①刘道真:名宝,高平(今属山东)人。
②草泽:荒野水泽。
③留连:留恋不愿离开。
④非常人:不同一般的人。
⑤甚乐其歌啸:很愿听他歌咏。
⑥了不谢:没有一点感谢的意思。了,完全。
⑦吏部郎:官名,掌管官员升降奖罚。
⑧超用:破格、越级使用。
⑨牛酒:牛肉和酒。诣:到,旧时专指到尊者那里。

译文

刘道真年轻时,经常在草泽间捕鱼,又很会啸咏,听到他啸咏的人没有不留连忘返的。有个老太婆,看出他不是一般人,很喜欢听他啸咏,就杀了一头小猪送给他。刘道真全吃了,全然不谢。老太婆看他还没吃饱,又送给他一头小猪。刘道真吃了一半,还剩下一半,并把剩下的还给了老太婆。后来,刘道真做了吏部郎,老太婆的儿子做他的小令史,刘道真破格使用他,他不知为什么,就问自己的母亲。母亲告诉他事情的原委,于是,他带着牛肉和酒去拜访刘道真,刘道真说:"去,去!没有什么可报答的。"

原文

有人讥周仆射与亲友言戏秽杂无检节[1]。周曰:“吾若万里长江,何能不千里一曲[2]。”

注释

①仆射:官名,东汉末年,此官渐有宰相的重权。秽杂:污秽不雅。
②曲:弯。

译文

有人讥笑周顗和亲友谈笑玩乐时秽杂相间,不检点。周顗说:“我如同万里长江,怎么不可以千里中有一弯曲呢。”

原文

苏峻乱,诸庾逃散[1]。庾冰时为吴郡[2],单身奔亡。民吏皆去,唯郡卒独以小船载冰出钱塘口[3],蘧篨覆之[4]。时峻赏募觅冰[5],属所在搜检甚急[6]。卒舍船市渚[7],因饮酒醉还,舞棹向船曰:“何处觅庾吴郡?此中便是。”冰大惶怖,然不敢动。监司见船小装狭[8],谓卒狂醉,都不复疑。自送过浙江,寄山阴魏家,得免。后事平,冰欲报卒,适其所愿[9]。卒曰:“出自厮下[10],不愿名器[11]。少苦执鞭[12],恒患不得快饮酒,使其酒足馀年,毕矣。无所复须[13]。”冰为起大舍,市奴婢,使门内有百斛酒,终其身。时谓此卒非唯有智,且亦达生。

注释

①诸庾逃散：是指当时执掌朝政的庾亮及其弟弟庾翼等人与苏峻作战，兵败，南逃奔温峤。

②庾冰：庾亮弟，当时任吴国内史。

③钱塘口：钱塘江口。

④籧篨：用苇或竹编的粗席。

⑤觅：搜找。

⑥属：通“嘱”，叮嘱，命令。

⑦市渚：指上小岛买酒。市，买。

⑧监司：这里指负责搜查的人。

⑨适其所愿：满足他的要求、愿望。

⑩出自厮下：出身于奴仆。

⑪不愿名器：不愿做官。器，器物，指车服。

⑫少苦执鞭：从小苦于当劳役。执鞭，供人驱使。

⑬须：通“需”。

译文

苏峻作乱，庾家兄弟都逃散了。庾冰当时在吴郡做官，只身逃了出来。僚属和百姓都逃走了，只有个郡府差役用小船载他逃出钱塘江口，用苇席盖住他。当时苏峻正在悬赏捉拿庾冰，命令到处搜索，情势急迫。差役离开小船上小洲买酒，喝醉了回来，舞动着船桨，对小船说：“到什么地方去找庾吴郡？这里就有。”庾冰听了十分惶恐，然而又不敢动。负责搜查的官员见船又小又狭，认为差役喝醉了乱说，就不再怀疑了。差役亲自把庾冰送过浙江，寄居在山阴魏家，才得脱险。后来苏峻作乱平息下去，庾冰想报答差役，满足他的要求。差役说：“我出身卑微，不愿做官，从小就做奴役，常苦于不能痛快喝酒，让我有酒喝，满足后半生，就行了。再没有别的要求了。”庾冰给他盖了一座大房屋，替他买了奴婢，让他家中有百斛多的酒，供他终生受用。当时人说这个差役不但有智谋，而且还通达做人的道理。

原文

殷洪乔作豫章郡[1],临去[2],都下人因附百许函书[3]。既至石头[4],悉掷水中,因祝曰[5]:"沉者自沉,浮者自浮,殷洪乔不能作致书邮!"

注释

①殷洪乔:殷羡,字洪乔,陈郡(今河南淮河)人。作豫章郡:任豫章郡太守,今江西省南昌市。

②临去:将要离家上任。临,及,将要。去,离开。

③都下:指京都,即当时建康,今南京。百许:一百多。

④石头:石头城,在今南京附近。

⑤祝:祷告。

译文

殷洪乔任豫章郡太守,将要上任离去时,京城人托他带了上百封书信。走到石头城,他把信全扔到水里,并且祷告说:"想沉下的就沉下吧,想漂浮的就漂浮吧,我殷洪乔不能做送信的人。"

原文

桓子野每闻清歌[1],辄唤"奈何"[2],谢公闻之[3],曰:"子野可谓一往有深情[4]。"

注释

①桓子野：桓伊的小字。桓伊，字叔夏，谯国（今安徽宿县）人，从小有才艺，精通音乐，曾累迁豫州刺史，赠右将军。

②奈何：感慨之词，犹“可奈何乎”，即情不自禁之意。

③谢公：谢安。

④一往：一直，始终。

译文

桓子野每次听到清歌，就喊：“奈何！”谢安听说后，说：“桓子野也可算做一往情深了。”

原文

王子猷尝暂寄人空宅住[①]，便令种竹。或问：“暂住何烦尔[②]？”王啸咏良久[③]，直指竹曰：“何可一日无此君[④]！”

注释

①王子猷：王徽之，字子猷。暂寄：临时借宿。

②何烦尔：为什么做这麻烦事。

③啸咏：歌啸。

④君：指竹子。

译文

王子猷曾经临时借他人空宅住，他让手下人在院子里种上竹子。有人问：

"临时住,为什么做这种麻烦事?"王子猷啸咏了半天,直指竹子说:"哪能一天没有这位君子。"

原文

王子猷居山阴①,夜大雪,眠觉②,开室命酌酒③,四望皎然④。因起彷徨⑤,咏左思《招隐诗》⑥。忽忆戴安道⑦,时戴在剡⑧,即便夜乘小船就之⑨。经宿方至,造门不前而返⑩。人问其故,王曰:"吾本乘兴而行,兴尽而返,何必见戴!"

注释

①山阴:今浙江省绍兴市。
②眠觉:睡觉醒来。
③酌酒:斟酒,即备酒之意。
④四望皎然:眺望四方,一片皆白。
⑤彷徨:徘徊,游移不定。
⑥左思:西晋诗人,正始文学的代表作家。
⑦忆:思念。戴安道:东晋画家。
⑧剡:剡县,在今浙江嵊州市,从绍兴沿曹娥江而上可达。
⑨就:前往。
⑩造门:到门口。前:见面,会晤。

译文

王子猷在山阴居住时,一天夜里下起了大雪,睡觉醒后,打开房门,让备好酒,眺望四方,一片白净。王子猷于是有些彷徨,咏唱起左思《招隐诗》来。忽然思念起戴安道,当时戴安道在剡县,他立刻连夜乘小船前往那里。走了一夜才到,到了门口又不进去相见,却往回走。别人问为什么,王子猷说:"我本来是乘着高兴劲来的,高兴劲过了就可以回去了,何必一定见他!"

原文

桓南郡被召作太子洗马①,船泊荻渚②,王大服散后已小醉③,往看桓。桓为设酒,不能冷饮④,频语左右:"令温酒来!"桓乃流涕呜咽,王便欲去。桓以手巾掩泪,因谓王曰:"犯我家讳⑤,何预卿事?"王叹曰:"灵宝故自达⑥。"

注释

①太子洗马:官名,太子属官,两晋时代此官职掌图籍。

②荻渚:地名,在当时江陵。

③服散:服药。魏晋名士喜欢服五石散一类药品,有人考证,此药当是氧化汞等物。

④不能冷饮:服了五石散后,药性发作,浑身发热,所以不能饮冷酒。

⑤讳:古代规定对君王、长辈的名字应避开不可直接称呼,这叫避讳。否则,便叫犯讳。桓玄父即桓温,"温酒"一句犯了桓玄的家讳,所以桓玄哭了起来。

⑥灵宝:桓玄的小字。

译文

桓玄被任命为太子洗马,船停泊在荻渚,王忱服了药散后有些醉了,去探望桓玄。桓玄替他备好酒,王忱因服过药,不能饮冷酒,便连叫旁边人:"温酒来!"桓玄听了哭了起来,王忱便要离开。桓玄用手巾擦去眼泪,接着对王忱说:"只是犯了我家的家讳,怎么关系您的事?"王忱感叹说:"灵宝真是放达。"

简傲第二十四

原文

晋文王功德盛大,坐席严敬,拟于王者[①]。唯阮籍在坐,箕踞啸歌,酣放自若。

注释

①晋文王:司马昭,封为晋公,后又封为晋王,死后谥为文王。阮籍在世时,他只是晋公。坐席:座位,这里指满座的人。

译文

晋文王功劳很大,恩德深厚,座上客人在他面前都很严肃庄重,和王者相似。只有阮籍在座上,伸开两腿坐着,啸咏歌唱,痛饮放纵,不改常态。

原文

王戎弱冠诣阮籍,时刘公荣在坐,阮谓王曰:“偶有二斗美酒,当与君共饮,彼公荣者无预焉。”二人交觞酬酢,公荣遂不得一杯[①];而言语谈戏,三人无异。或有问之者,阮答曰;“胜公荣者,不得不与饮酒;不如公荣者,不可不与饮酒;唯公荣可不与饮酒[②]。”

注释

①交觞:互相敬酒。觞,酒杯。酬酢:宾主互相敬酒。

②“胜公荣”句:是借用刘公荣的话开玩笑。

译文

王戎青年时代去拜访阮籍,这时刘公荣也在座,阮籍对王戎说:“碰巧有两斗好酒,该和您一起喝,那个公荣不要参加进来。”两人频频举杯,互相敬酒,刘公荣始终得不到一杯;可是三个人言谈要笑,和平常一样。有人问阮籍为什么这样做,阮籍回答说:“胜过公荣的人,我不能不和他一起喝酒;比不上公荣的人,又不可不和他一起喝酒;只有公荣这个人,可以不和他一起喝酒。”

原文

钟士季精有才理,先不识嵇康①;钟要于时贤俊之士,俱往寻康。康方大树下锻,向子期为佐鼓排②。康扬槌不辍,傍若无人,移时不交一言。钟起去,康曰:“何所闻而来?何所见而去?”钟曰:“闻所闻而来,见所见而去。”

注释

①钟士季:即钟会,因访问嵇康受到冷遇,怀恨在心,后借故在司马昭前诬陷嵇康,嵇康终于被杀害。

②排:风箱。

译文

钟士季有精深的才思，先前不认识嵇康；他邀请当时一些才德出众人士一起去寻访嵇康。碰上嵇康正在大树下打铁，向子期打下手拉风箱。嵇康继续挥动铁槌，没有停下，旁若无人，过了好一会也不和钟士季说一句话。钟士季起身要走，嵇康才问他："听到了什么才来的？看到了什么才走的？"钟士季说："听到了所听到的才来，看到了所看到的才走。"

原文

嵇康与吕安善，每一相思，千里命驾①。安后来，值康不在，喜出户延之，不入，题门上作"凤"字而去②。喜不觉，犹以为欣。故作凤字，凡鸟也。

注释

①"每一"句：《晋书·嵇康传》："东平吕安服康高致，每一相思，辄千里命驾。"

②凤：繁体字作"鳯"，是由凡、鸟两个字组成的。"凡鸟"比喻平凡的人物。吕安轻视权贵，看不起嵇喜这种凡俗之士，所以用这个字来表示轻蔑。

译文

嵇康和吕安很友好，每一想念对方，即使相隔千里，也立刻动身前去相会。后来有一次，吕安到来，正碰上嵇康不在家，嵇喜出门来邀请他进去，吕安不肯，只在门上题了个"凤"字就走了。嵇喜没有醒悟过来，还因此感到高兴。所以写个凤字，是因为它分开来就成了凡鸟。

原文

陆士衡初入洛，咨张公所宜诣，刘道真是其一[①]。陆既往，刘尚在哀制中，性嗜酒[②]；礼毕，初无他言，唯问："东吴有长柄壶卢，卿得种来不[③]？"陆兄弟殊失望，乃悔往。

注释

①张公：张华。博学多才，德高望重，得到陆机兄弟推重。

②"陆既往"句：刘道真在居丧期间仍嗜酒，这是不守礼法的表现。在魏晋，并不认为这是简慢、放诞的举动，可是从吴地世家大族出来的陆氏兄弟仍不能赞同这种风气。

③东吴：三国时的吴国，世称东吴；吴地也称东吴。

译文

陆士衡初到京都洛阳，征求张华的意见，看看应该去拜访谁，张华认为其中之一就是刘道真。陆氏兄弟前去拜访时，刘道真还在守孝，生性喜欢喝酒；行过见面礼，并没有谈别的话，只是问："东吴有一种长柄葫芦，你带来种子没有？"陆家兄弟俩特别失望，于是后悔去这一趟。

原文

王平子出为荆州，王太尉及时贤送者倾路[①]。时庭中有大树，上有鹊巢。平子脱衣巾，径上树取鹊子，凉衣拘阂树枝，便复脱去[②]。得鹊子，还下弄，神色自若，旁若无人。

注释

①王平子：王澄，是王衍的弟弟。一生放荡不羁，日夜纵酒，穷欢极乐。
②拘阂：挂着；钩着。

译文

王平子要外调任荆州刺史，太尉王衍和当代名流全都来送行。当时院子里有棵大树，树上有个喜鹊窝。王平子脱去上衣和头巾，干脆爬上树去掏小喜鹊，汗衫挂住树枝，就再脱掉。掏到了小鹊，又下树来继续玩弄，神态自若，旁若无人。

原文

高坐道人于丞相坐①，恒偃卧其侧②。见卞令，肃然改容，云："彼是礼法人。"

注释

①高坐：和尚名。
②偃卧：仰卧。

译文

高坐和尚在丞相王导家做客，常常是仰卧在王导身旁。见到尚书令卞壶，就神态恭敬端庄，说道："他是讲究礼法的人。"

原文

桓宣武作徐州，时谢奕为晋陵，先粗经虚怀，而乃无异常①。及桓迁荆州，将西之间，意气甚笃，奕弗之疑。唯谢虎子妇王悟其旨②，每曰："桓荆州用意殊异，必与晋陵俱西矣。"俄而引奕为司马。奕既上，犹推布衣交，在温坐，岸帻啸咏，无异常日③。宣武每曰："我方外司马。"遂因酒，转无朝夕礼。桓舍入内，奕辄复随去。后至奕醉，温往主许避之④。主曰："君无狂司马，我何由得相见！"

注释

①虚怀：谦虚退让。

②谢虎子：谢据，小名虎子，是谢奕的弟弟。

③岸帻（zé）：帻是一种遮住前额的头巾，岸帻就是把帻掀上去露出前额。这表示神态潇洒。

④主：指南康长公主，晋元帝的女儿，是桓温的妻子。

译文

桓温任徐州刺史，这时谢奕任扬州晋陵郡太守，起初两人在交往中略为留意谦虚退让，而没有不同寻常的交情。到桓温调任荆州刺史，将要西去赴任之际，桓温对谢奕的情意就特别深厚了，谢奕对此也没有什么猜测。只有谢虎子的妻子王氏领会了桓温的意图，常常说："桓荆州用意很特别，一定要和晋陵一起西行了。"不久就任用谢奕做司马。谢奕到荆州以后，还很看重和桓温的老交情，到桓温那里作客，头巾戴得很随便，长啸吟唱，和往常没有什么不同。桓温常说："是我的世外司马。"谢奕终于因为好喝酒，越发违反晋见上级的礼节。桓温如果丢下他走进内室，谢奕总是又跟进去。后来一到谢奕喝醉时，桓温就到公主那里去躲开他。公主说："您如果没有一个放荡的司马，我怎么能见到您呢！”

原文

谢万在兄前，欲起索便器①。于时阮思旷在坐，曰：“新出门户，笃而无礼②。”

注释

①“谢万”句：谢万的哥哥是谢奕、谢安。

②新出门户：谢家在晋代为名门望族，只是兴起未久，所以阮思旷说是新出的门户，意含轻蔑。

译文

谢万在兄长面前，想起身找便壶。当时阮思旷在座，说：“新兴的门第，甚是无礼。”

原文

谢中郎是王蓝田女婿，尝著白纶巾，肩舆径至扬州听事见王①，直言曰：“人言君侯痴，君侯信自痴。”蓝田曰：“非无此论，但晚令耳②。”

注释

①王蓝田:王述,性格沉静,到三十岁时还不出名,就有人认为他痴。后来出任扬州刺史。纶(guān)巾:用丝带做的头巾。肩舆:轿子。

②晚令:指成名较迟。令,指好名声。王述年轻时不为人所知,后得王导等人的赞扬,才渐知名,所以有晚令的说法。

译文

从事中郎谢万是蓝田侯王述的女婿,他曾经戴着白头巾,坐着轿子径直到扬州府大厅上见王述,直言不讳地说:"人家说大人傻,大人确实是傻。"王述说:"不是没有这种议论,只是因为成名较迟罢了。"

排调第二十五

原文

嵇、阮、山、刘在竹林酣饮[1]，王戎后往，步兵曰："俗物已复来败人意[2]！"王笑曰："卿辈意亦复可败邪[3]？"

注释

①山：山涛。酣饮：痛快地饮酒。

②俗物：未脱俗的人。魏晋间的名士标榜超俗，极端蔑视俗夫凡子。已复：竟然。

③意：心意，心情。此句意谓，真正超脱世俗之人的情趣是不可败坏的；如果能败坏，那么就不是真正的脱俗之人。

译文

嵇康、阮籍、山涛、刘伶在竹林中正痛快饮酒，王戎后边赶来，阮步兵说："俗物竟然来败坏别人的情趣！"王戎笑着说："你们这些人的情趣也是可以败坏的吗？"

原文

孙子荆年少时欲隐，语王武子"当枕石漱流[1]"，误曰"漱石枕流"。王曰："流可枕，石可漱乎？"孙曰："所以枕流，欲洗其耳；所以漱石，欲砺其齿[2]。"

注释

①枕石漱流：以石当枕头，用溪流漱口。这句意思是，归隐山水，与大自然为伍。

②砺：本指磨刀石。此当动词用，磨快的意思。

译文

孙子荆年轻时，想要隐居，对王武子说“将要枕石漱流”，误说成“漱石枕流”。王武子问：“流水可枕，石头能漱吗？”孙子荆说：“‘枕流’的原因，是要洗一洗耳朵。‘漱石’的原因，是想磨砺牙齿。”

原文

荀鸣鹤、陆士龙二人未相识①，俱会张茂先坐②。张令共语③。以其并有大才④，可勿作常语。陆举手曰：“云间陆士龙⑤。”荀答曰：“日下荀鸣鹤⑥。”陆曰：“既开青云睹白雉⑦，何不张尔弓⑧，布尔矢⑨？”荀答曰：“本谓云龙骙骙⑩，定是山鹿野麋⑪，兽弱弩强，是以发迟。”张乃抚掌大笑⑫。

注释

①荀鸣鹤：名隐，颍川人，历任太子舍人、廷尉平。

②张茂先：张华。

③共语：一起交谈。

④大才：不一般的才华。

⑤云间：旧江苏省松江府（古华亭）之古称，即今上海市松江。陆云是华亭人，所以自称“云间”。

⑥日下：京都。古代以帝王比日，因而把皇帝所在地称为日下。荀隐家乡

颍川临近京都洛阳，故称“日下”。

⑦白雉：白色的野鸡。此句嘲弄荀鸣鹤不是鹤。

⑧张尔弓：拉开你的弓。

⑨布：布上，搭上。一本作“挟”。矢：箭。

⑩骙骙：马强壮的样子，这里比喻龙。

⑪定：到底。麋：鹿的一种。此句嘲弄陆士龙不是龙。

⑫抚掌：拍手。

译文

荀鸣鹤、陆士龙二人不认识，一起在张茂先家做客时相会。张茂先让他们一起交谈。因为他们都有不寻常的才华，要他们别说平常话。陆士龙拱手说：“我是云间的陆士龙。”荀鸣鹤回答说：“我是日下的荀鸣鹤。”陆士龙说：“既然黑云已经散开，见到了白野鸡，为什么不张开你的弓，搭上你的箭呢？”荀鸣鹤回答说：“本来以为是壮健的云间龙，原只是山野中的麋鹿，野兽软弱而弓箭强劲，因此箭才迟迟而发。”张茂先拍手大笑起来。

原文

元帝皇子生[①]，普赐群臣。殷洪乔谢曰[②]：“皇子诞育，普天同庆。臣无勋焉，而猥颁厚赉[③]。”中宗笑曰：“此事岂可使卿有勋邪[④]！”

注释

①元帝：即晋元帝司马睿。皇子：简文帝司马昱。元帝共有六子，只有简文帝是即位后生的。

②殷洪乔：殷羡。

③颁：分赏。赉：赏赉，赐予。本句意思是说，愧对皇帝赐予。

④中宗：晋元帝司马睿庙号。

译文

晋元帝的儿子诞生了,他遍赏群臣。殷羡谢恩说:“皇子诞生,全天下都在庆贺。我对此事没什么功劳,却多取厚重的赏赐。”晋元帝笑了笑说:“这件事难道可以让你有功劳吗!”

原文

王公与朝士共饮酒①,举琉璃盎谓伯仁曰②:“此盎腹殊空③,谓之宝器,何邪?”答曰:“此盎英英④,诚为清彻,所以为宝耳。”

注释

①朝士:泛指在中央任职的官员。

②盎:一种大肚小口的器皿。

③殊空:十分空洞。王导以此戏谑周颛无能。

④英英:俊美的样子。

译文

王导和朝中官员一起饮酒,举起琉璃盎对周伯仁说:“这个盎肚子十分空洞,可却说是宝器,为什么?”周伯仁回答说:“这个盎俊美,实在是清莹透亮,因此是宝器。”

原文

诸葛瑾为豫州，遣别驾到台①，语云："小儿知谈，卿可与语。"连往诣恪，恪不与相见②。后于张辅吴坐中相遇，别驾唤恪："咄咄郎君！"③恪因嘲之曰："豫州乱矣，何咄咄之有？"答曰："君明臣贤，未闻其乱。"恪曰："昔唐尧在上，四凶在下④。"答曰："非唯四凶，亦有丹朱。"于是一坐大笑。

注释

①别驾：官名。

②恪：诸葛恪，字元逊，诸葛瑾的长子，年轻时就有才名，善应辩，在吴国官至太傅，为孙峻所害。

③郎君：尊称贵公子或上司的子弟为郎君。

④四凶：指四个凶暴的人，即尧时的浑敦、穷奇、梼杌、饕餮（tāo tiè），是四个部族的首领。一说指舜时的共工、讙兜、三苗、鲧。

译文

诸葛瑾任豫州牧的时候，派遣别驾入朝，并告诉他说："我的儿子善于谈吐，你可以和他谈论谈论。"别驾接连去拜访诸葛恪，诸葛恪都不和他见面。后来在辅吴将军张昭家中做客时相遇，别驾招呼诸葛恪："哎呀呀，公子！"诸葛恪于是嘲笑他说："豫州出乱子了，有什么好惊叹的？"别驾回答说："君主圣明，臣子贤良，没有听说那里出了乱子。"诸葛恪说："古时上面虽有唐尧，下面仍有四凶。"别驾回答说："不仅有四凶，也有丹朱。"于是满座的人都大笑起来。

原文

晋文帝与二陈共车，过唤钟会同载，即驶车委去。比出，已远。既至，因嘲之曰："与人期行，何以迟迟？望卿遥遥不至[①]。"会答曰："矫然懿实，何必同群[②]！"帝复问会："皋繇何如人[③]？"答曰："上不及尧、舜，下不逮周、孔，亦一时之懿士[④]。"

注释

①遥遥：形容时间长久。因为钟会的父亲名繇，而繇和遥同音，所以用"遥遥"来戏弄钟会。

②懿实：指有美德实才的人，懿指美好。陈骞的父亲名陈矫，晋文帝的父亲是司马懿，陈泰的父亲名陈群，祖父名陈寔（音实）。钟会在回答时或者直用其名，或者用同音字，以此来报复他们三人。

③皋繇：舜时的法官。

④懿士：有懿德（美德）的人。

译文

晋文帝和陈赛、陈泰一起乘车，当车子经过钟会家时，招呼钟会一同乘车，还没等他出来，就丢下他驾车离开了。等他出来，车子已经走远了。他赶到以后，晋文帝借机嘲笑他说："和别人约定时间一起走，你为什么迟迟不出来？大家盼着你，你却遥遥无期。"钟会回答说："懿德、实才矫然出众的人，为什么一定要和大家合群！"文帝又问钟会："皋繇是怎样一个人？"钟会回答说："比上不如尧舜，比下不如周公和孔子，但也是当时的懿德之士。"

原文

钟毓为黄门郎，有机警，在景王坐燕饮[1]。时陈群子玄伯、武周子元夏同在坐，共嘲毓。景王曰："皋繇何如人？"对曰："古之懿士。"顾谓玄伯、元夏曰："君子周而不比，群而不党[2]。"

注释

①景王：司马懿的儿子司马师。晋国建立，追尊为景王。

②"君子"两句："君子周而不比"一句引自《论语·为政》，意指君子团结，却不互相勾结。"群而不党"一句引自《论语·卫灵公》，意指合群而不互相袒护。

译文

钟毓任黄门侍郎，机灵敏锐，有一次陪侍景王宴饮。当时陈群的儿子玄伯、武周的儿子元夏一同在座，他们一起嘲笑钟毓。景王问："皋繇是怎样的一个人？"钟毓回答说："是古代的懿德之士。"又回过头对玄伯、元夏说："君子周而不比，群而不党。"

原文

晋武帝问孙皓："闻南人好作《尔汝歌》，颇能为不[1]？"皓正饮酒，因举觞劝帝而言曰："昔与汝为邻，今与汝为臣。上汝一杯酒，令汝寿万春！"帝悔之。

注释

①尔汝歌：晋时民歌。用尔汝称呼对方是失礼的，更何况君臣之间。晋武帝让降臣以尔汝称呼自己，是自取羞辱，故后悔。尔、汝相当于“你”。

②寿万春：寿万年；长寿。

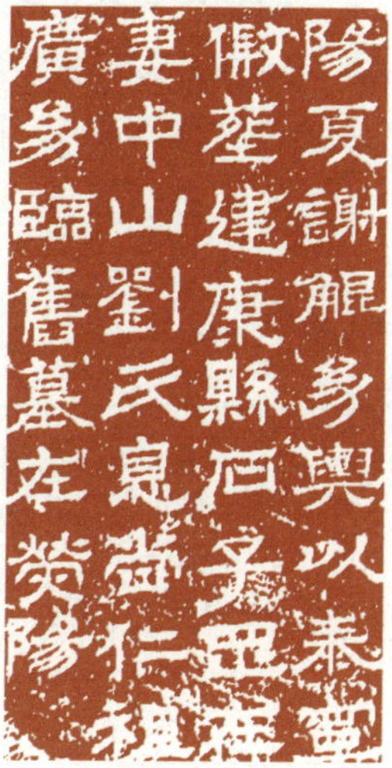

译文

晋武帝问孙皓：“听说南方人喜欢作《尔汝歌》，你可会作吗？”孙皓正在饮酒，于是举杯向武帝劝酒，并且作歌道：“从前和你是近邻，现在给你做小臣。拳献给你一杯酒，祝你寿长享万春。”武帝为这件事很后悔。

原文

谢幼舆谓周侯曰[①]：“卿类社树，远望之，峨峨拂青天[②]；就而视之，其根则群狐所托，下聚溷而已[③]。”答曰：“枝条拂青天，不以为高；群狐乱其下，不以为浊。聚溷之秽，卿之所保，何足自称！”

注释

①谢幼舆：谢鲲，字幼舆，喜欢玄学，任达不拘，曾任豫章太守，后任王敦长史。

②社树：社坛周围的树。

③聚溷（hùn）：聚集污秽。

译文

谢幼舆对武城侯周伯仁说："你像社坛上的树，远远望去，高耸云霄；走近去看，它的根部却是群狐聚居的地方，下面堆积着污秽的东西罢了。"周伯仁回答说："树枝擦着青天，我不认为高；群狐在它根部捣乱，也不认为混乱。至于藏垢纳污这种丑恶的事，是你所占有的，哪里值得自夸呢！"

原文

王长豫幼便和令[①]，丞相爱恣甚笃[②]，每共围棋，丞相欲举行，长豫按指不听。丞相笑曰："讵得尔，相与似有瓜葛[③]！"

注释

①王长豫：王悦，字长豫，是丞相王导的儿子。和令：温顺善良。

②爱恣：溺爱。

③瓜葛：瓜、葛都是蔓生植物，比喻有一定牵连、关系。

译文

王长豫小时候就很和善，丞相王导非常疼爱他。每次和他一起下围棋，王导要动子走棋，长豫却按着指头不让动。王导笑着说："你怎么能这样做，我们相互间好像还有点关系吧！"

原文

明帝问周伯仁[①]："真长何如人[②]？"答曰："故是千斤犗特[③]。"王公笑其言[④]。伯仁曰："不如卷角牸[⑤]，有盘辟之好[⑥]。"

注释

①明帝：即晋明帝司马绍。

②真长：刘惔，字真长。

③犗特：去势的公牛。特，公牛。刘真长年少有才，所以周顗这么讲。

④王公：王导。

⑤卷角牸：卷起角的母牛。牛老之时角便卷起。

⑥盘辟：盘旋。周顗用此语要笑王导，言王导已如卷角的老母牛，办事盘旋，缺乏果断。

译文

晋明帝问周伯仁："刘真长是怎样一个人？"回答说："确实是有千斤力气的去势公牛。"王导见他这样说，笑了笑。周伯仁说："刘真长不如卷了角的母牛，有盘旋的本领。"

原文

王丞相枕周伯仁膝，指其腹曰："卿此中何所有？"答曰："此中空洞无物，然容卿辈数百人①。"

注释

①容：容纳。卿辈：你这样的人。

译文

丞相王导枕着周伯仁的膝，指着他的肚子说："你这里边有什么东西？"周伯仁回答说："这里边空洞无物，然而可以容纳你这样的人几百个。"

原文

干宝向刘真长叙其《搜神记》①,刘曰:“卿可谓鬼之董狐②。”

注释

①干宝:史学家、文学家。字令升,新蔡(今属河南)人。东晋初年做过著作郎、始安太守、司徒右长史、散骑常侍等官。《搜神记》:志怪小说集,二十卷。其中所记多为神怪灵异之事,保存了不少神话传说和民间故事,描写细致,是六朝志怪小说的代表作品。

②董狐:古代著名史官,春秋时期人。据说他记载的史实,不扬美,不隐恶,忠于事实,旧时誉为“良史”。

译文

干宝向刘真长叙述他著述的《搜神记》,刘真长听了后说:“您可真称得起鬼怪的‘良史’。”

原文

许文思往顾和许,顾先在帐中眠,许至,便径就床角枕共语①。既而唤顾共行,顾乃命左右取杭上新衣②,易己体上所著。许笑曰:“卿乃复有行来衣乎③?”

注释

①角枕:用兽角作装饰的枕头。

②杭:同"桁",衣架。

③行来衣:出门所穿的体面衣服。

译文

许文思去顾和的府上,顾和先已在帐子里睡觉,许文思来到,就径直上床靠着角枕跟顾和交谈。不久又招呼顾和一道走,顾和便叫随从去拿衣架上的新衣,换下自己身上的衣服,许文思笑着说:"你竟然还有出门穿的衣服吗?"

原文

康僧渊目深而鼻高①,王丞相每调之②。僧渊曰:"鼻者,面之山;目者,面之渊。山不高则不灵,渊不深则不清。"

注释

①康僧渊:生平不详。据有关记载,他是西域人,生长在长安,说汉语,于佛学有很深的造诣。可能是当时的高僧。目深:眼窝较深。

②调之:取笑他。

译文

康僧渊眼窝深,鼻子高,王丞相经常取笑他。康僧渊说:"鼻子,是脸面上的山;眼睛,是脸面上的渊。山不高就不灵秀,渊不深就不清澈。"

原文

何次道往瓦官寺礼拜甚勤①。阮思旷语之曰:"卿志大宇宙,勇迈终古。"何曰:"卿今日何故忽见推?"阮曰:"我图数千户郡,尚不能得;卿乃图作佛,不亦大乎?"

注释

①瓦官寺:佛寺名,亦名瓦棺寺,在故金陵凤凰台。礼拜:向神佛行礼。

译文

何次道经常去瓦官寺拜佛,非常虔诚。阮思旷对他说:"你的志向比宇宙还大,你的勇气超过了古人。"何次道说:"你今天为什么忽然推重起我来?"阮思旷说:"我谋求几千户的小郡郡守之职,尚且得不到;你却希图成佛,这个志向不也是很大吗?"

原文

庾征西大举征胡,既成行,止镇襄阳①。殷豫章与书,送一折角如意以调之②。庾答书曰:"得所致,虽是败物,犹欲理而用之。"

注释

①"庾征西"句:庾翼原为荆州刺史,镇守武昌,在晋康帝建元元年(公元343年)率众北伐,驻扎于襄阳,这时升为征西将军。到第二年,康帝和哥哥庾

冰死，庾翼也没有多少战功，便还镇夏口。

②折角：指如意的一角折断了，有残缺；也比喻折损人家的傲慢。

译文

征西将军庾翼大举征伐胡人，军队出发以后，停留在襄阳防守。豫章太守殷羡给他写信，并送他一个破损了一角的如意来戏弄他。庾翼回信说："收到你送来的礼物，虽然是破损了的东西，我还是想修好它来用。"

原文

桓大司马乘雪欲猎[①]，先过王、刘诸人许[②]。真长见其装束单急[③]，问："老贼欲持此何作[④]？"桓曰："我若不为此，卿辈亦那得坐谈？"

注释

①桓大司马：即桓温，曾任大司马。

②王：王濛。刘：刘惔。二人都善清谈阔论。

③单急：单薄紧窄。

④老贼：朋友间友好的戏称。

译文

大司马桓温趁着下雪要去打猎，先到王濛、刘惔等人的住处拜访。刘惔见他的装束单薄紧窄，问道："老家伙，你穿成这个样子干什么？"桓温回答说："我要不这么做，你们哪能坐着清谈？"

原文

王、刘每不重蔡公[①]。二人尝诣蔡语[②],良久,乃问蔡曰:"公自言何如夷甫[③]?"答曰:"身不如夷甫。"王、刘相目而笑曰[④]:"公何处不如?"答曰:"夷甫无君辈客。"

注释

①王:王濛。刘:刘惔。王濛和刘惔是十分要好的朋友。蔡公:即蔡谟,字道明,济阳(今河南兰考东北)人。博学有识,历任左光禄大夫等职。

②蔡:蔡谟处所。语:谈天。

③自言:自我评论。

④目:用如动词,视,看。

译文

王濛、刘惔看不起蔡谟。两个人曾经一起到蔡谟处谈天,谈论了许久,才问蔡谟说:"您自己说说比王夷甫怎么样?"蔡谟回答说:"我自身不如王夷甫。"王濛、刘惔交换了下眼色,笑了笑说:"您什么地方不如?"蔡谟回答说:"王夷甫那里没有你们这样的客人。"

原文

张吴兴年八岁,亏齿[①],先达知其不常[②],故戏之曰:"君口中何为开狗窦[③]?"张应声答曰:"正使君辈从此中出入[④]。"

注释

①张吴兴：即张玄之，曾任过吴兴太守，所以有此称谓。
②先达：前辈。
③狗窦：狗洞。窦，洞。
④君辈：你们这样的人。

译文

张玄之八岁时，缺了个牙，前辈知道他是个不普通的孩子，所以要笑他说："你口中为什么开了个狗洞？"张玄之应声回答说："正为了使您这样的人从这里出入呀。"

原文

郝隆七月七日出日中仰卧①，人问其故，答曰："我晒书。"

注释

①郝隆：字佐治，汲郡（今属河南）人，曾任征西参军。七月七日：古代有在这天曝晒衣物的习俗。

译文

七月七日这天，郝隆在太阳下挺着肚子躺着，别人问在干什么，他回答说："我在晒书。"

原文

郝隆为桓公南蛮参军[①]。三月三日会[②]，作诗，不能者罚酒三升。隆初以不能受罚，既饮，揽笔便作一句云："娵隅跃清池[③]。"桓问："娵隅是何物？"答曰："蛮名鱼为娵隅。"桓公曰："作诗何以作蛮语？"隆曰："千里投公，始得蛮府参军，那得不作蛮语也！"

注释

①"郝隆"句：桓温曾任南蛮校尉，即驻守南方民族地区的将领，郝隆在他府中任参军。

②三月三日会：农历三月上旬的巳日，人们到水边洗濯，祈福驱邪，也借此宴饮、郊游。魏代以后定在三月三日。

③娵(jū)隅：古时南方的民族称鱼为娵隅。

译文

郝隆是桓温南蛮校尉府的参军。三月三日的聚会上，要求大家作诗，作不出的要罚酒三升。郝隆开始因为作不出而受罚，喝完酒，提起笔来便写了一句："娵隅跃清池。"桓温问："娵隅是什么？"郝隆回答说："南蛮称鱼为娵隅。"桓温说："作诗为什么用蛮语？"郝隆说："我从千里之外来投奔您，才得到南蛮校尉府的参军一职，怎么能不用蛮语呢！"

原文

袁羊尝诣刘惔[①]，惔在内眠未起。袁因作诗调之曰："角枕粲文茵，锦衾烂长筵[②]。"刘尚晋明帝女[③]，主见诗不平，曰："袁羊。古之遗狂[④]！"

注释

①刘惔:是刘惔之误。

②"角枕"二句:大意是华丽的褥子上用兽角装饰的枕头鲜艳夺目,精美的席子上锦被光辉灿烂。此化用《诗经·唐风·葛生》"角枕粲兮,锦衾烂兮"句。《葛生》是一首描写丈夫出征,生死不明,妻子在家思念的诗。袁羊用这篇诗的语句作诗嘲笑刘惔,所以庐陵公主见诗不平。

③尚:指娶公主为妻。刘惔之妻为晋明帝的女儿庐陵公主。

④狂:放荡不羁的人。

译文

袁羊有一次去拜访刘惔,刘惔正在内室睡觉,还没有起床。袁羊于是作诗戏弄他说:"角枕粲文茵,锦衾烂长筵。"刘惔娶的妻子是晋明帝的女儿庐陵公主,公主看见袁羊的诗愤愤不平,说:"袁羊是古代狂徒的后代!"

轻诋第二十六

原文

王太尉问眉子:“汝叔名士,何以不相推重①?”眉子曰:“何有名士终日妄语!”

注释

①眉子:王玄,字眉子,是王衍的儿子,有豪气,也有才能,是知名人士。他的叔父王澄,字平子,以善于品评人物知名于世。

译文

太尉王衍问眉子说:“你叔父是名士,你为什么不推崇他?”眉子说:“哪有名士整天胡言乱语的呢!”

原文

庾元规语周伯仁:“诸人皆以君方乐。”周曰:“何乐?谓乐毅邪①?”庾曰:“不尔,乐令耳②。”周曰:“何乃刻画无盐,以唐突西子也③?”

注释

①乐毅：战国时燕国人，燕昭王时任上将军，曾率五诸侯国之兵征伐齐国，大破齐军，封为昌国君。

②乐令：乐广，西晋人，官至太子舍人、尚书令。

③"何乃"句：指用丑妇来比美女，比拟不伦不类。无盐，指无盐女，传说中的丑女。西子，即西施，古代的美女，春秋时越王勾践把她献给吴王夫差。刻画，描摹。唐突，冒犯，亵渎。

译文

庾元规告诉周伯仁说："大家都拿你和乐氏并列。"周伯仁问道："是哪个乐氏？是指的乐毅吗？"庾元规说："不是这样，是乐令啊。"周伯仁说："怎么竟美化无盐来亵渎西施呢？"

原文

深公云："人谓庾元规名士，胸中柴棘三斗许①！"

注释

①柴棘：枯枝和荆棘，比喻有心计，胸怀不坦荡。

译文

竺法深说："有人评论庾元规是名士，可是他心里隐藏的柴棘，恐怕有三斗之多！"

原文

庾公权重,足倾王公[①]。庾在石头,王在冶城坐[②]。大风扬尘,王以扇拂尘曰:“元规尘污人。”

注释

①庾公:庾亮,字元规,初任丞相参军,得到晋元帝的器重。

②冶城:冶城属于丹阳郡,王导在西晋末年曾任丹阳太守,疑其驻在地为冶城。

译文

庾元规权势很大,足以超过王导。庾元规在石头城,王导在冶城坐镇。一次,大风扬起了尘土,王导用扇子扇掉尘土说:“元规的尘土玷污人。”

原文

王右军少时甚涩讷[①]。在大将军许,王、庾二公后来,右军便起欲去。大将军留之,曰:“尔家司空、元规,复可所难[②]!”

注释

①涩讷:说话迟钝不流利。

②可所难:同“何所难”。

译文

右军将军王羲之少年时很不善于说话。他在大将军王敦府上，王导和庾元规两人后到，王羲之便站起来要走。王敦挽留他，说："是你家的司空和元规两人，又为难什么呢！"

原文

王丞相轻蔡公①，曰："我与安期、千里共游洛水边，何处闻有蔡充儿②！"

注释

①蔡公：蔡谟，字道明，是蔡充的儿子，在苏峻叛乱时，出任吴国内史，当时王导已为显官。后迁五兵尚书、司徒。

②"我与"句：指西晋时代京都还在洛阳的事。西晋时王导已任东海王司马越参军，后为安东司马、丹阳太守。而蔡谟到东晋时代才出任官职。安期，王承的字，在西晋中叶出任骠骑参军，名声很大。

译文

丞相王导轻视蔡谟，说："我和安期、千里一道在洛水之滨游览时，哪里听说有蔡充的儿子呢！"

原文

褚太傅初渡江，尝入东，至金昌亭，吴中豪右燕集亭中[1]。褚公虽素有重名，于时造次不相识，别敕左右多与茗汁，少著粽，汁尽辄益，使终不得食[2]。褚公饮讫，徐举手共语云：“褚季野[3]。”于是四坐惊散，无不狼狈。

注释

①东：对建康来说，吴郡、会稽为东。豪右：豪门大族。
②造次：匆忙。
③褚季野：褚裒，字季野，很有名望，死后追赠侍中、太傅。

译文

太傅褚季野刚到江南时，曾经到吴郡去，到了金昌亭，吴地的豪门大族，正在亭中聚会宴饮。褚季野虽然一向有很高的名声，可是当时那些富豪匆忙中不认识他，就另外吩咐手下人多给他茶水，少摆上粽子，茶喝完了就添上，让他始终也吃不上食物。褚季野喝完茶，慢慢和大家作揖、谈话，说：“我是褚季野。”于是满座的人惊慌地散开，个个进退两难。

原文

王右军在南，丞相与书，每叹子侄不令，云：“虎豚、虎犊，还其所如[1]。”

注释

①"虎豚"句：虎豚是王彭之小名，官至黄门侍郎。虎犊是王彪之小名。是王彭之三弟，累迁至左光禄大夫。两人是王导的族人。豚的原义是猪，犊的原义是小牛。这句指两人才质低下，正如各自的小名一样。

译文

右军将军王羲之在南方，丞相王导给他写信，常常慨叹子侄辈才质平庸，说："虎豚、虎犊，正像他们的名字一样。"

原文

褚太傅南下，孙长乐于船中视之。言次，及刘真长死，孙流涕，因讽咏曰："人之云亡，邦国殄瘁①。"褚大怒曰："真长平生何尝相比数，而卿今日作此面向人②！"孙回泣向褚曰："卿当念我！"时咸笑其才而性鄙。

注释

①"人之"句：语出《诗经·大雅·瞻仰》，大意是，贤德的人都逃亡了，国家就要艰难危急了。殄瘁（tiǎn cuì），困苦。

②比数：并列在一起来计算，这里指和礼法之士相提并论。这句实指瞧不起他们。

译文

太傅褚季野到南方去镇守京口，长乐侯孙绰到船上去看望他。言谈之间说到刘真长之死，孙绰流着眼泪，就背诵道："人之云亡，邦国殄瘁。"褚季野很生气地说:“真长平生何尝和他们相提并论,而你今天装出这副面孔对着我!”孙绰收泪对褚季野说:“你应该同情我!”当时人都笑话他虽有才学可本性庸俗。

原文

谢镇西书与殷扬州,为真长求会稽①。殷答曰:“真长标同伐异,侠之大者②。常谓使君降阶为甚,乃复为之驱驰邪③?”

注释

①“谢镇西”句:殷浩曾任扬州刺史,会稽郡属扬州,疑是此时谢尚曾举荐刘真长。

②标同伐异:称赞同道而攻击异己,等于党同伐异。

③使君:对州郡长官的尊称。驱驰:奔走;效劳。

译文

镇西将军谢尚写信给扬州刺史殷浩,推荐刘真长主管会稽郡,殷浩回信说:“真长党同伐异,是个大侠士。我曾说你降低身份同他结交不应该,你怎么竟然为他奔走呢?”

原文

桓公入洛,过淮、泗,践北境,与诸僚属登平乘楼,眺瞩中原①,慨然曰:“遂使神州陆沉,百年丘墟,王夷甫诸人不得不任其责②!”袁虎率而对曰:“运自有废兴,岂必诸人之过?”桓公懔然作色,顾谓四坐曰:“诸君颇闻刘景升不③?有大牛重千斤,啖刍豆十倍于常牛,负重致远,曾不若一羸牸。魏武入荆州,烹以飨士卒,于时莫不称快。”意以况袁。四坐既骇,袁亦失色。

注释

①"桓公"句：桓温北伐，先后三次，这一则疑指晋太和四年伐燕一事，平乘楼，指大船的船楼。

②王夷甫：王衍，字夷甫，位至三公，喜好清谈，据《晋书·王衍传》说，他"不以经国为念，而思自全之计"。后来被后赵主石勒俘虏，还劝石勒称帝，终于被杀。

③憬然：令人生畏的样子。刘景升：刘表，字景升，任荆州牧，在曹操和袁绍的斗争中，想保持中立。后来曹操率军攻打他，未至，他就病死了。

译文

桓温进兵洛阳，经过淮水、泗水，踏上北方地区，和下属们登上船楼，遥望中原，感慨地说道："终于使国土沦陷，长时间成为废墟，王夷甫等人不能不承担这一罪责！"袁虎轻率地回答说："国家的命运本来有兴有衰，难道一定是他们的过错？"桓温神色威严，面露怒容，环顾满座的人说："诸位多少都听说过刘景升吧？他有一条千斤重的大牛，吃的草料，比普通牛多十倍，可是拉起重载走远路，简直连一头瘦弱的母牛都不如。魏武帝进入荆州后，把大牛杀了来慰劳士兵，当时没有人不叫好。"桓温本意是用大牛来比拟袁虎。满座的人都震惊了，袁虎也大惊失色。

原文

袁虎、伏滔同在桓公府[1]。桓公每游燕，辄命袁伏。袁甚耻之，恒叹曰："公之厚意，未足以荣国士[2]；与伏滔比肩，亦何辱如之[3]！"

注释

①“袁虎”句:袁宏小名虎;本性刚直,文笔优美,任大司马桓温府中记室参军。
②国士:一国所推崇的杰出人物。
③比肩:并肩,比喻声望地位相等。

译文

袁虎和伏滔一同在桓温的大司马府中任职。桓温每逢游乐宴饮,就叫袁虎和伏滔陪同。袁虎对此感到非常羞愧,常常对桓温叹息说:“您的深厚情意,不足以使国士感到光荣;把我和伏滔同等看待,还有什么耻辱比得上这个呢!”

原文

刘尹、江虨、王叔虎、孙兴公同坐,江、王有相轻色。虨以手歙叔虎云①:“酷吏!”词色甚强。刘尹顾谓:“此是瞋邪?非特是丑言声,拙视瞻②。”

注释

①歙(xié):用力进逼,捅。
②视瞻:指顾盼的眼神。此句原注:“言江此言非是丑拙,似有忿于王也。”

译文

丹阳尹刘惔、江虨、王叔虎、孙兴公坐在一起,江虨和王叔虎露出互相轻视的神色。江虨用手捅一下王叔虎说:“残暴的官吏!”辞色很强硬。刘惔看着他说:“这是生气吗?不只是说话难听,眼神拙劣吧!”

假谲第二十七

原文

魏武少时，尝与袁绍好为游侠①。观人新婚，因潜入主人园中，夜叫呼云："有偷儿贼！"青庐中人皆出观，魏武乃入，抽刃劫新妇②。与绍还出，失道，坠枳棘中，绍不能得动③。复大叫云："偷儿在此！"绍遑迫自掷出，遂以俱免④。

注释

①游侠：重义气、勇于救人急难的人。

②青庐：当时婚俗，用青布做帐幕，设于门旁，叫作青庐，新婚夫妇在里面行交拜礼。

③还（xuán）：迅速。

④掷：腾跃。

译文

魏武帝曹操年轻时，和袁绍两人常常喜欢做游侠。他们去看人家结婚，乘机偷偷进入主人的园子里，到半夜大喊大叫："有小偷！"青庐里面的人，都跑出来察看，曹操便进去，拔出刀来抢劫新娘子。接着和袁绍迅速跑出来，中途迷了路，陷入了荆棘丛中，袁绍动不了。曹操又大喊："小偷在这里！"袁绍惊恐着急，赶快自己跳了出来，两人终于得以逃脱。

原文

魏武行役,失汲道,军皆渴[①]。乃令曰:"前有大梅林,饶子、甘酸,可以解渴[②]。"士卒闻之,口皆出水。乘此得及前源。

注释

①汲(jí):取水。
②饶子:果实很多。

译文

魏武帝曹操率部远行军,找不到取水的路,全军都很口渴。于是便传令说:"前面有大片的梅树林子,梅子很多,味道甜酸,可以解渴。"士兵听了这番话,口水都流出来了。利用这个办法得以赶到前面的水源。

原文

魏武常言:"人欲危己,己辄心动。"因语所亲小人曰:"汝怀刃密来我侧,我必说心动。执汝使行刑,汝但勿言其使,无他,当厚相报[①]。"执者信焉,不以为惧,遂斩之[②]。此人至死不知也。左右以为实,谋逆者挫气矣。

注释

①无他:没有别的,无害。
②执者:指被逮捕的人。

译文

魏武帝曾经说过："如果有人要害我，我立刻就心跳。"于是授意他身边的侍从说："你揣着刀隐蔽地来到我的身边，我一定说心跳。我叫人逮捕你去执行刑罚，你只要不说出是我指使，没事儿，到时一定重重酬报你。"那个侍从相信了他的话，不觉得害怕，终于被杀了。这个人到死也不醒悟啊。手下的人认为这是真的，谋反者丧气了。

原文

魏武常云："我眠中不可妄近，近便斫人，亦不自觉[①]。左右宜深慎此。"后阳眠，所幸一人窃以被覆之，因便所杀[②]。自尔每眠，左右莫敢近者。

注释

①斫（zhuó）：砍。

②阳：通"佯"，假装。

译文

魏武帝曹操曾经说过："我睡觉时不可随便靠近我，一靠近，我就杀人，自己也不知道。身边的人应该十分小心这点。"有一天，曹操假装睡熟了，有个亲信偷偷地拿条被子给他盖上，曹操趁机把他杀死了。从此以后，每次睡觉的时候，身边的人没有谁敢靠近他。

原文

袁绍年少时，曾遣人夜以剑掷魏武，少下，不著。魏武揆之，其后来必高，因帖卧床上[①]。剑至果高。

注释

①揆：揣测。帖：通“贴”，紧挨。

译文

袁绍年轻时候，曾经派人在夜里投剑刺曹操，稍微偏低了一些，没有刺中。曹操考虑一下，第二次投来的剑一定偏高，就紧贴床躺着。剑投来果然偏高了。

原文

王大将军既为逆，顿军姑孰。晋明帝以英武之才，犹相猜惮，乃著戎服，骑巴賨马；赍一金马鞭，阴察军形势[①]。未至十馀里，有一客姥居店卖食，帝过愒之[②]，谓姥曰：“王敦举兵图逆，猜害忠良，朝廷骇惧，社稷是忧，故劬劳晨夕，用相觇察[③]。恐形迹危露，或致狼狈。追迫之日，姥其匿之。”便与客姥马鞭而去，行敦营匝而出[④]。军士觉，曰：“此非常人也！”敦卧心动，曰：“此必黄须鲜卑奴来[⑤]！”命骑追之，已觉多许里。追士因问向姥：“不见一黄须人骑马度此邪？”姥曰：“去已久矣，不可复及。”于是骑人息意而反。

注释

①猜惮：疑惧。巴賨(cóng)马：巴州賨人所进贡的马。賨人是秦汉时居住在四川、湖南一带的民族。赍(jī)：携带。

②客姥(mǔ)：客居此乡的老妇人。愒(qì)：同“憩”，休息。

③劬(qú)劳：劳苦。觇(chān)察：侦察。

④匝(zā)：一周；一圈。

⑤鲜卑奴：对晋明帝的蔑称。晋明帝母亲是燕代(今河北一带)人，鲜卑族曾居此地，而明帝相貌也像外族人，黄须。

译文

大将军王敦已经发动叛乱，把军队驻扎在姑孰。晋明帝纵有文才武略，也还疑惧他，于是就穿上军装，骑着良马，拿着一条金马鞭，去暗中察看王敦军队的情况。离王敦的军营还差十多里，有一外乡老妇在店里卖小吃，晋明帝经过那里停下来休息，对她说：“王敦起兵图谋叛乱，猜忌并且陷害忠臣良将，朝廷惊恐，我担心国家的命运，所以早晚辛劳，来侦察王敦的动向。恐怕行动败露，可能陷于困境。我被追击的时候，希望老人家为我隐瞒行踪。”于是把马鞭送给这位外乡老妇就离开，沿着王敦的营区走了一圈就出来了。王敦的士兵发现了，说：“这不是普通人啊！”王敦躺在床上，忽然心跳，说：“这一定是黄胡子的鲜卑奴来了！”下令骑兵去追赶他，可是已经相距很远了。追击的士兵就问刚才那位老妇：“没有看见一个黄胡子的人骑马从这里经过吗？”老妇说：“已经走了很久了，再也追不上了。”于是骑兵打消了追赶的念头就回去了。

原文

王右军年减十岁时，大将军甚爱之，恒置帐中眠[1]。大将军尝先出，右军犹未起。须臾钱凤入，屏人论事，都忘右军在帐中，便言逆节之谋[2]。右军觉，既闻所论，知无活理，乃剔吐污头面被褥，诈孰眠[3]。敦论事造半，方意右军未起，相与大惊曰："不得不除之。"及开帐，乃见吐唾从横，信其实孰眠，于是得全。于时称其有智。

注释

①"王右军"句：王敦是王羲之的堂伯父。《晋书·王允之传》认为这事属王允之。允之也是王敦的侄儿。

②钱凤：字世仪，任王敦的参军，是王敦的谋主。王敦发动叛乱失败后，他也被杀。屏人：叫别人避开。

③剔吐：用指头抠出口水。

译文

右军将军王羲之不满十岁的时候，大将军王敦很喜爱他，常常安排他在自己的床帐中睡觉。有一次王敦先出帐，王羲之还没有起床。一会儿，钱凤进来，屏退手下的人，商议事情，一点也没想起羲之还在床上，就说起叛乱的计划。王羲之醒来，已经听到了他们的谈论，就知道没法活命了，于是抠出口水，把头脸和被褥都弄脏了，假装睡得很熟。王敦商量事情到中途，才想起王羲之还没有起床，彼此十分惊慌，说："不得不把他杀了。"等到掀开帐子，才看见他吐得到处都是，就相信他真的睡得很熟，于是才保住了命。当时人们都称赞他有智谋。

原文

陶公自上流来赴苏峻之难，令诛庾公，谓必戮庾，可以谢峻[①]。庾欲奔窜，则不可；欲会，恐见执，进退无计。温公劝庾诣陶，曰："卿但遥拜、必无它，我为卿保之。"庾从温言诣陶，至便拜。陶自起止之，曰："庾元规何缘拜陶士行？"毕，又降就下坐；陶又自要起同坐。坐定，庾乃引咎责躬，深相逊谢，陶不觉释然[②]。

注释

①"陶公"句：晋成帝咸和二年（公元327年），庾亮参辅朝政。苏峻起兵反，庾亮逃到寻阳。当时陶侃（字士行）起兵东下讨伐苏峻，兵至寻阳，大家认为他要杀庾亮。

②引咎：归罪自己。

译文

陶侃从荆州赶来平定苏峻的叛乱，下令惩办庾亮，认为一定要杀庾亮，才可以拒绝苏峻的要求，使他退兵。庾亮想要逃亡，却不行；想要去见陶侃，又恐怕被逮捕，进退两难。温峤劝庾亮去拜会陶侃，说："你只要远远就向他下拜行礼，一走没事儿，我给你担保。"庾亮采纳了温峤的意见去拜访陶侃，一到就行了个大礼。陶侃亲自站起来不让他行礼，说："庾元规为什么要拜我陶士行？"庾亮行完大礼，又退下来坐在下座；陶侃又亲自请他起来和自己一道就座。坐好了，庾亮于是把罪过承担过来，严格要求自己，狠狠地自责，而且表示谢罪，陶侃不知不觉心平气和了。

原文

温公丧妇。从姑刘氏，家值乱离散，唯有一女，甚有姿慧，姑以属公觅婚[①]。公密有自婚意，答云："佳婿难得，但如峤比云何？"姑云："丧败之馀、乞粗存活，便足慰吾馀年，何敢希汝比[②]。"却后少日，公报姑云："已觅得婚处，门地粗可，婿身名宦，尽不减峤。"因下玉镜台一枚。姑大喜。既婚交礼，女以手披纱扇，抚掌大笑曰："我固疑是老奴，果如所卜。"[③]玉镜台是公为刘越石长史北征刘聪所得[④]。

注释

①属：同"嘱"。

②丧败之馀：兵荒马乱后的幸存者。

③纱扇：新娘用来遮脸的用具，疑是盖头一类。

④刘聪：五胡十六国时期汉的国君，匈奴族。

译文

温峤死了妻子。堂姑母刘氏，一家人碰上战乱，辗转离散，只有一个女儿，很漂亮又很聪明，堂姑母托温峤给找个女婿。温峤私下里有意给自己定亲，就回答说："称心如意的女婿不容易找到，只是和我一样的行不行？"姑母说："经过战乱活下来的人，只求马马虎虎保住条命，就足以让我晚年安适，哪里还敢希望和你一样。"过后不几天，温峤回复姑母说："已经找到一户人家，门第还过得去，女婿本人名声、官位全都不比我差。"于是送上一个玉镜台做聘礼。姑母非常高兴。等到结婚，行了交拜礼以后，新娘用手拨开纱扇，拍手大笑说："我本来就疑心是你这个老家伙，果然不出所料。"玉镜台是温峤做刘越石的长史北伐刘聪时得到的。

原文

诸葛令女，庾氏妇，既寡，誓云不复重出。此女性甚正强，无有登车理[1]。恢既许江思玄婚，乃移家近之[2]。初诳女云："宜徙于是。"家人一时去，独留女在后。比其觉，已不复得出。江郎莫来，女哭詈弥甚，积日渐歇[3]。江虨暝入宿，恒在对床上。后观其意转帖，虨乃诈厌，良久不悟，声气转急[4]。女乃呼婢云："唤江郎觉！"江于是跃来就之，曰："我自是天下男子，厌何预卿事而见唤邪？既尔相关，不得不与人语。"女默然而惭，情义遂笃。

注释

①登车：指女人出嫁乘车。
②江思玄：江虨，字思玄。
③哭詈（lì）：又哭又骂。
④帖：安定。

译文

尚书令诸葛恢的女儿是庾会的媳妇，守寡后，发誓说不再嫁人。这个女儿本性很正派、刚强，没有可能改嫁。诸葛恢答应了江思玄求婚后，就把家搬到靠近江思玄的地方住下。起初他欺骗女儿说："应该搬到这里来。"后来家里人一下都走了，单单把女儿留在后面。等她省悟过来，已经再也出不去了。江思玄晚上进来，她哭骂得更加厉害，过了好些天才渐渐平静下来。江思玄天黑时来往宿，总是睡在对面床上。后来看她的心情更加平静了，江思玄就假装做噩梦，好久也没醒来，叫声和呼吸更加急促。她于是招呼侍女说："叫醒江郎！"江思玄于是跳起来到她床上去，说："我原是世上的普通男子，做噩梦和你有什么关系，你为什么叫醒我呢？你既然这样关心我，就不能不和我说话。"她默不作声，感到羞愧，从此两人的情义才深厚起来。

原文

愍度道人始欲过江，与一伧道人为侣①。谋曰："用旧义在江东，恐不办得食。"便共立心无义②。既而此道人不成渡，愍度果讲义积年。后有伧人来，先道人寄语云："为我致意愍度，无义那可立③！治此计，权救饥尔，无为遂负如来也！"

注释

①伧道人：指中州和尚。当时吴人鄙薄中州人为伧。
②心无义：佛教的一种教义。
③无义：指上文的心无义。

译文

愍度和尚起初想过江到江南，邀一个中州和尚做伴，两人商量说："在江南宣讲旧教义，恐怕难以糊口。"就一道创立心无义。事后，这个和尚没有去成，愍度和尚果然在江南宣讲了多年的心无义。后来有个中州人过江来，先前那个和尚请他传话说："请替我问候愍度，告诉他，心无义怎么可以成立呢！当初想出这个办法，只是姑且用来度过饥寒罢了，不要最终违背了如来佛呀！"

原文

王文度弟阿智，恶乃不翅，当年长而无人与婚①。孙兴公有一女，亦僻错，又无嫁娶理②；因诣文度，求见阿智。既见，便阳言："此定可，殊不如人所传，那得至今未有婚处！我有一女，乃不恶，但吾寒士，不宜与卿计，欲令阿智娶之。"文度欣然而启蓝田云："兴公向来，忽言欲与阿智婚。"蓝田惊喜。既成婚，女之顽嚚，欲过阿智③。方知兴公之诈。

注释

①不翅：不啻，不止，不仅。

②僻错：怪僻、不近情理。

③顽嚚（yín）：愚蠢而顽固。

译文

王文度的弟弟阿智，不仅仅是坏，年龄已大了，却没有人和他结亲。孙兴公有一个女儿，也很怪僻、不近情理，又没有办法嫁出去；他便去拜访文度，要求见见阿智。见面后，便假意说："这孩子必定合意，很不像人们所传的那样，哪能到现在还没有成亲！我有一个女儿，还不丑，只不过我是个贫寒之士，本不应和你商量，但我想让阿智娶她。"文度很高兴地告诉父亲蓝田侯王述说："兴公刚才来过，忽然说起要和阿智结亲。"王述又惊奇又高兴。结婚以后，女方的愚蠢、顽固，快要超过阿智。这才知道孙兴公欺诈。

原文

范玄平为人，好用智数，而有时以多数失会①。尝失官居东阳，桓大司马在南州，故往投之②。桓时方欲招起屈滞，以倾朝廷③。且玄平在京，素亦有誉，桓谓远来投己，喜跃非常。比入至庭，倾身引望，语笑欢甚。顾谓袁虎曰："范公且可作太常卿。"范裁坐，桓便谢其远来意。范虽实投桓，而恐以趋时损名，乃曰："虽怀朝宗，会有亡儿瘗在此，故来省视④。"桓怅然失望，向之虚伫，一时都尽⑤。

注释

①范玄平：名汪，进爵武兴县侯，东阳太守。徐、兖二州刺史。会：时机；机会。

②南州：指姑孰。桓温曾兼任扬州牧，镇守姑孰。

③屈滞：指被委屈、埋没的人才。

④朝宗：谒见长官。瘗（yì）：埋葬。

⑤虚伫（zhù）：虚心期待。

译文

范玄平为人处世爱用权术，可是有时因为多用权术而坐失良机。他曾经失掉官职住在东阳郡，由于大司马桓温在姑孰，便特意前去投奔他。桓温当时正想招揽起用不得志的人才，以胜过朝廷。再说范玄平在京都，一向也很有声誉，桓温认为他是远道来投奔自己，格外高兴、激动。等到他进入院内，便侧身伸长脖子远望，说说笑笑，高兴得很。还回头对袁虎说："范公暂且可以任太常卿。"范玄平刚刚坐下，桓温就感谢他远道而来的好意。范玄平虽然确实是来投奔桓温，可是又怕人家说他趋炎附势，有损名声，便说："我虽然有心拜见长官，也正巧我有个儿子葬在这里,特意前来看望一下。”桓温听了,无精打采,大失所望,刚才那种虚心期待之情,顷刻之间全都没有了。

原文

谢遏年少时,好著紫罗香囊,垂覆手①。太傅患之,而不欲伤其意。乃谲与赌,得即烧之。

注释

①“谢遏”句:遏,谢玄的小名。又晋代的男子有带香囊的风尚。至于覆手,徐嘉锡《世说新语笺疏》说:“覆手不知何物,恐是手中之类。”

译文

谢遏年轻时,喜欢带紫罗香囊;挂着覆手。太傅谢安为这事很担忧,又不想伤他的心。于是就骗他来赌,把他的香囊赢过来马上烧掉。

黜免第二十八

原文

诸葛厷在西朝，少有清誉，为王夷甫所重，时论亦以拟王。后为继母族党所谗，诬之为狂逆[1]。将远徙，友人王夷甫之徒诣槛车与别[2]，厷问："朝廷何以徙我?"王曰："言卿狂逆。"友曰："逆则应杀，狂何所徙！"

注释

①狂逆：狂放而且叛逆。
②槛车：囚车。

译文

诸葛厷(gōng)在西晋时，年纪很轻就有美好的声誉，受到王夷甫的推重，当时的舆论也拿他和王夷甫相比。后来被他继母的亲族造谣中伤，诬蔑他是狂放叛逆。将要把他流放到边远地区时，他的朋友王夷甫等人到囚车前和他告别，诸葛友问："朝廷为什么流放我?"王夷甫说："说你狂放、叛逆！"诸葛厷说："叛逆就应当斩首，狂放有什么可流放的呢！"

原文

桓公入蜀[1]，至三峡中，部伍中有得猿子者，其母缘岸哀号，行百馀里不去，遂跳上船，至便即绝。破视其腹中，肠皆寸寸断。公闻之怒，命黜其人。

注释

①桓公入蜀：晋穆帝永和二年（公元346年），桓温西伐蜀汉李势，次年攻占成都。

译文

桓温进军蜀地，到达三峡时，部队里有个人捕到一只小猿，母猿沿着江岸悲哀地号叫，一直跟着船走了百多里也不肯离开，终于跳上了船，一跳上就马上气绝。剖开母猿的肚子看，肠子都一寸一寸地断开了。桓温听说这事大怒，下令革除了那个人。

原文

桓公坐有参军椅烝薤不时解，共食者又不助，而椅终不放，举坐皆笑[1]。桓公曰："同盘尚不相助，况复危难乎！"敕令免官。

注释

①梼(jī):通"攲",用筷子夹菜。烝薤(xiè):徐嘉锡《世说新语笺疏》说,《齐民要术·素食篇》有薤白蒸,是米薤同蒸,调以油豉。蒸熟后必凝结,故夹取较难。薤,也叫藠头(jiào tóu)。

译文

桓温的宴席上有个参军用筷子夹烝薤没能一下子夹起来,同桌的人又不帮助,而他还夹个不停,满座的人都笑起来。桓温说:"同在一个盘子里用餐,尚且不能互相帮助,更何况遇到危急患难呢!"便下令罢了他们的官。

原文

殷中军废后,恨简文曰:"上人著百尺楼上,儋梯将去①。"

注释

①"殷中军"句:殷浩兵败,桓温上表请罢免他。当时简文帝以抚军录尚书事,辅助朝政,所以奏请废殷浩。

译文

中军将军殷浩罢官以后,不满意简文帝,说:"把人送到百尺高楼上,却扛起梯子走了。"

原文

桓宣武既废太宰父子[1]，仍上表曰："应割近情，以存远计。若除太宰父子，可无后忧。"简文手答表曰："所不忍言，况过于言[2]。"宣武又重表，辞转苦切。简文更答曰："若晋室灵长，明公便宜奉行此诏[3]；如大运去矣，请避贤路[4]。"桓公读诏，手战流汗，于此乃止。太宰父子，远徙新安。

注释

①太宰父子：指司马晞和他的儿子司马综。司马晞，字道升，晋元帝第四子，简文帝之兄，初封武陵王，后升任太宰，为桓温所畏惧。

②所：可。

③明公：对地位尊贵者的敬称。

④贤路：任用贤德的人做官的途径、机会。

译文

桓温罢免了太宰司马晞父子后，仍然上奏章说："应该割断私情，以留心长远大计。如果清除太宰父子，可以免除后患。"简文帝在奏章上亲手批示说："我可不忍心这样说，何况所做的超过了所说的。"桓温又重新上奏章，言辞越发迫切。简文帝再批示说："如果晋王室的国运久长，明公就应该奉行这个诏令；如果晋王室国运已去，请让我避开进用贤人之路。"桓温读着诏书，害怕得手发抖、直流汗，这才停止上奏。太宰父子被流放到遥远的新安郡。

原文

殷仲文既素有名望，自谓必当阿衡朝政[①]。忽作东阳太守，意甚不平[②]。及之郡，至富阳，慨然叹曰："看此山川形势，当复出一孙伯符[③]。"

注释

①阿(ē)衡朝政：辅佐帝王，主持国政。

②"忽作"句：殷仲文脱离桓玄归朝廷后，任大司马咨议，忽调离京都，出任扬州东阳郡太守，实为降职，故不平。

③孙伯符：孙策，字伯符，东汉末吴郡富春(晋代改富阳)县人，曾任会稽太守，平定江东，为他弟弟孙权创立吴国奠定了基础。

译文

殷仲文既一向很有名望，自认为一走会主持国政。忽然调任东阳太守，心里非常不平。当到郡上任，经过富阳时，感慨地叹息说："看这里的山河地理形势，应当再出一个孙伯符。"

原文

邓竟陵免官后赴山陵[①]，过见大司马桓公，公问之曰："卿何以更瘦？"邓曰："有愧于叔达[②]，不能不恨于破甑[③]。"

注释

①邓竟陵：即邓遐，字应先（《晋书·邓遐传》作“应远”），陈郡（今河南淮阳）人。勇力超人，气盖当世，当时人们把他比做汉初的樊哙。曾任桓温参军，数次随桓温征伐，后任竟陵太守，所以又称邓竟陵。后被桓温免官。

②叔达：即汉代名士孟敏。据《后汉书·郭泰传》，孟敏客居太原，未有名气。曾经到市场上买甑（古代蒸饭的一种瓦器），后来掉到地下打破。

③破甑：苏轼诗“我已无可言，堕甑难追悔”（《闻子由为郡僚所捃恐当去官》），以“堕甑”指此事。后来便以“堕甑”比喻事已过去，不必介意。

译文

竟陵太守邓遐免官后奔赴简文帝（司马昱）葬礼，并探访大司马桓温，桓温问：“您怎么比以前更瘦了？”邓遐回答说：“我有愧于叔达，不能不遗憾于‘破甑’。”

原文

桓玄败后①，殷仲文还为大司马咨议②，意似二三③，非复往日。大司马府听前有一老槐④，甚扶疏⑤。殷因月朔，与众在听，视槐良久，叹曰：“槐树婆娑⑥，无复生意！”

注释

①桓玄败后：指桓玄反晋称帝，被刘裕讨平一事。

②大司马咨议：官名，即大司马咨议参军省称。殷仲文曾两次任大司马咨议。

③意似二三：心意不专。

④听：即“厅”，官舍视事的地方。

⑤扶疏：树木繁茂的样子。

⑥婆娑：本指人的舞姿。殷仲文在此指槐树已老，如同老舞女一般，肢体舒缓、不能收缩的样子。

译文

桓玄兵败后，殷仲文又回来任大司马刘裕的咨议参军，心意不专，不同于以前。大司马府的正厅前有一棵老槐树，十分繁茂，枝干四伸。殷仲文因为这天是初一，和大家一起在厅中，看了老槐树很长一段时间，感叹说："槐树婆娑，再没有一点生机！"

原文

郝尚书与谢居士[①]善。常称："谢庆绪识见虽不绝人，可以累心处都尽。"[②]

注释

①谢居士：即下文的谢庆绪。居士是在家信佛的人。谢庆绪崇信佛教，曾入余姚太平山中隐居。

②累心处：指世情烦恼。

译文

尚书郝恢和谢庆绪居士很友好。常称赞说："谢庆绪的见识虽然不比别人高明，但是可能牵累心性的地方却全都除尽了。"

俭啬第二十九

原文

和峤性至俭[1],家有好李,王武子求之[2],与不过数十。王武子因其上直[3],率将少年能食之者,持斧诣园,饱共啖毕,伐之。送一车枝与和公,问曰:"何如君李?"和既得,唯笑而已。

注释

①和峤:字长舆,汝南西平(今河南)人。晋武帝时为中书令、侍中,很被器重。家资丰厚,性吝啬,世人讥其有"钱癖"。性:本性。至:极。俭:俭啬。

②王武子:王济,字武子,和峤妻弟。

③上直:值班。古代吏员有上朝轮值之制。

译文

和峤本性很俭啬,家中有好李树,王武子要些吃,每次送他不超过几十个。王武子趁他去值班,便率领一帮能吃的青年,拿着斧头到李树园中,共同饱吃了一顿,吃完,把树砍了。送了一车树枝给和峤,问道:"比您的李子怎么样?"和峤得到树枝后,只是笑笑罢了。

原文

王戎俭吝,其从子婚[1],与一单衣,后更责之[2]。

注释

①从子:侄子。伯父叔父为从父,所以称侄子为从子。

②责:求,索要。

译文

王戎俭吝,他的侄子结婚,送给一件单衣,后来又索要回来。

原文

司徒王戎既贵且富[①],区宅、僮牧、膏田、水碓之属[②],洛下无比[③]。契疏鞅掌[④],每与夫人烛下散筹算计[⑤]。

注释

①司徒:官名,在晋代是有职无权的荣誉职位。

②区宅:房屋。僮牧:奴仆。

③洛下:洛阳一带。

④契疏鞅掌:契约账目一类事情很是繁忙。契,契约。疏,疏记、账目一类。鞅掌,烦劳忙碌。

⑤筹:计算的用具。

译文

司徒王戎,地位既显贵,财富又很多,房屋、奴仆、肥田、水碓一类,洛阳一带没有谁能和他相比。每日整理契约、记账让他苦费心机,晚上和夫人一起在灯下摆开筹码,反复计算。

原文

王戎有好李[①],卖之,恐人得其种,恒钻其核[②]。

注释

①好李:品种优良的李子。
②恒:常常。

译文

王戎有品种优良的李子,卖了担心别人得到这些种子,常把李核钻破。

原文

王戎女适裴頠[①],贷钱数万[②]。女归[③],戎色不说[④],女遽还钱[⑤],乃释然。

注释

①裴頠:字逸民,闻喜(今属山西)人。
②贷:借。
③归:回娘家。
④说:通“悦”,高兴。
⑤遽:立刻。

译文

王戎女儿嫁给裴頠,向王戎借了几万钱。女儿回娘家后,看见王戎脸色不高兴,立刻把钱还了,王戎不高兴劲才消失。

原文

卫江州在寻阳,有知旧人投之,都不料理,唯饷王不留行一斤[①]。此人得饷,便命驾。李弘范闻之,曰:"家舅刻薄,乃复驱使草木[②]。"

注释

①料理:照顾;帮助。王不留行:药草名,一名剪金花。送此物,是暗示不留。

②家舅:对人称自己的舅父。

译文

江州刺史卫展在得阳时,有知交和老朋友投奔他,他一概不帮助,只是送一斤王不留行。这些人得到了礼物,就起身走了。李弘范听到这件事,说:"我舅父太刻薄了,竟然役使草木来逐客。"

原文

王丞相俭节,帐下甘果盈溢不散[①]。涉春烂败,都督白之,公令舍去,曰:"慎不可令大郎知[②]!"

注释

①帐下:幕府中。

②大郎:父称长子为大郎,这里指王悦。

译文

丞相王导本性节俭,幕府中的美味水果堆得满满的,也不分给大家。到了春天就腐烂了,卫队长禀报王导,王导叫他扔掉,嘱咐说:"千万不要让大郎知道!"

原文

苏峻之乱[①],庾太尉南奔见陶公[②],陶公雅相赏重[③]。陶性俭吝。及食,啖薤,庾因留白[④]。陶问:"用此何为?"庾云:"故可种。"于是大叹庾非唯风流,兼有治实[⑤]。

注释

①苏峻之乱:苏峻因平王敦有功,官职累迁,拥有重兵。晋成帝即位后,外戚庾亮执政,命苏峻交出兵权。

②庾太尉:即庾亮。

③雅相赏重:很是器重、赏识。

④留白:留下白色根部。

⑤非唯:不只是。风流:超脱凡俗而好风雅的气质。治实:务实。

译文

苏峻叛乱时，太尉庾亮往南投奔去见陶侃。陶侃一见面便很赏识、推重庾亮。陶侃本性俭吝，开饭时，吃薤菜，庾亮留下白色的根。陶侃问："用它干什么？"庾亮说："可以用来栽种。"于是，陶侃感叹庾亮不仅风流，而且还有务实精神。

原文

郗公大聚敛，有钱数千万，嘉宾意甚不同①。常朝旦问讯，郗家法，子弟不坐，因倚语移时，遂及财货事②。郗公曰："汝正当欲得吾钱耳！"乃开库一日，令任意用。郗公始正谓损数百万许，嘉宾遂一日乞与亲友、周旋略尽③。郗公闻之，惊怪不能已已。

注释

①嘉宾：郗超，字嘉宾，是郗愔的儿子，好施舍，喜交游。
②移时：过了很久。
③周旋：指有交往的人。

译文

郗愔大肆搜刮钱财，有几千万钱，郗嘉宾很不同意这样做。有一次，嘉宾早晨来问安，按照郗家的规矩，子弟不能坐着，嘉宾便靠着谈了好大一会儿，终于谈到钱财的事情。郗愔说："你只是想要我的钱罢了！"于是就打开钱库一天，让他随意取用。郗愔原先只以为会损失几百万左右，嘉宾竟然在一天内送给了亲友和有交往的人，几乎都用尽了。郗愔听说了，惊诧不止。

汰侈第三十

原文

石崇每要客燕集，常令美人行酒[1]，客饮酒不尽者，使黄门交斩美人[2]。王丞相与大将军尝共诣崇，丞相素不能饮，辄自勉强，至于沉醉。每至大将军，固不饮，以观其变。已斩三人，颜色如故，尚不肯饮。丞相让之，大将军曰："自杀伊家人，何预卿事！"

注释

①石崇：字季伦，晋代人，曾任荆州刺史，因劫夺远使、客商而致富。常与贵戚王恺等斗富，后被害。

②交：接连，交替。黄门不止一人，轮流来斩美人。

译文

石崇每次请客宴会，常常让美人劝酒，如果哪位客人不干杯，就叫家奴接连杀掉劝酒的美人。丞相王导和大将军王敦曾经一同到石崇家赴宴，王导一向不能喝酒，这时总是勉强自己喝，直到大醉。每当轮到王敦，他坚持不喝，来观察情况的变化。石崇已经连续杀了三个美人，王敦神色不变，还是不肯喝酒。王导责备他，王敦说："他自己杀他家里的人，干你什么事！"

原文

石崇厕，常有十馀婢侍列，皆丽服藻饰[1]；置甲煎粉、沉香汁之属，无不毕备[2]。又与新衣著令出，客多羞不能如厕。王大将军往，脱故衣，著新衣，神色傲然。群婢相谓曰："此客必能作贼！"

注释

①侍列：侍位，在各自的位置上侍候。

②沉香汁：沉香木制成的香水。

译文

石崇家的厕所，经常有十多个婢女各就各位侍候，都穿着华丽的衣服，打扮起来；并且放上甲煎粉、沉香汁一类物品，各样东西都准备齐全。又让上厕所的宾客换上新衣服出来，客人大多因为难为情不能上厕所。大将军王敦上厕所，就敢脱掉原来的衣服，穿上新衣服，神色傲慢。婢女们互相评论说："这个客人一定会作乱！"

原文

王君夫有牛，名八百里驳，常莹其蹄角[1]。王武子语君夫："我射不如卿，今指赌卿牛，以千万对之。"君夫既恃手快，且谓骏物无有杀理，便相然可，令武子先射[2]。武子一起便破的，却据胡床，叱左右速探牛心来。须臾，炙至，一脔便去[3]。

注释

①莹(yíng):珠玉的光彩,这里指磨得晶莹光洁。
②手快:技术好。然可:许可。
③脔(luán):切成小块的肉。

译文

王君夫有一头牛,名叫八百里驳,牛蹄、牛角经常磨得晶莹发亮。有一次,王武子对王君夫说:"我射箭的技术赶不上你,今天想指定你的牛做赌注,和你赌射箭,我押上一千万钱来顶你这头牛。"王君夫既仗着自己射箭技术好,又认为千里牛没有可能杀掉,就答应了他,并且让王武子先射。王武子一箭就射中了箭靶,退下来坐在马扎儿上,吆喝随从赶快把牛心取来。一会儿,烤牛心送来了,王武子吃了一块就走了。

原文

王君夫尝责一人无服馀衵,因直内著曲阁重闺里,不听人将出[1]。遂饥经日,迷不知何处去[2]。后因缘相为,垂死,乃得出[3]。

注释

①衵(rì):内衣。
②经日:过了几天。
③因缘:亲近的人;朋友。

译文

王君夫曾经处分一个人，不准他穿衣服，又径直把他关在深宫内院里，不让人带他出来。这个人终于饿了好几天，弄得精神恍惚，不知该往哪里走。后来一个朋友帮助了他，都快死了，才得以出来。

原文

石崇与王恺争豪，并穷绮丽以饰舆服[1]。武帝，恺之甥也，每助恺。尝以一珊瑚树高二尺许赐恺，枝柯扶疏，世罕其比。恺以示崇，崇视讫，以铁如意击之，应手而碎。恺既惋惜，又以为疾己之宝，声色甚厉。崇曰："不足恨，今还卿。"乃命左右悉取珊瑚树，有三尺、四尺，条干绝世，光彩溢目者六七枚，如恺许比甚众[2]。恺惘然自失[3]。

注释

①豪：豪华；阔绰。
②绝世：冠绝当代；举世无双。
③惘（wǎng）然：失意的样子。

译文

石崇和王恺争比阔绰，两人都用尽最鲜艳华丽的东西来装饰车马、服装。晋武帝是王恺的外甥，常常资助王恺。他曾经把一棵二尺来高的珊瑚树送给王恺，这棵珊瑚树枝条繁茂，世上很少有和它相当的。王恺拿来给石崇看，石崇看后，拿铁如意敲它，随手就打碎了。王恺既惋惜，又认为石崇是妒忌自己的宝物，一时声色俱厉。石崇说："不值得遗憾，现在就赔给你。"于是就叫手下的人把家里的珊瑚树全都拿出来，有三尺、四尺高的，树干、枝条举世无双，而且光彩夺目的有六七棵，像王恺那样的就更多了。王恺看了，惘然若失。

原文

王武子被责，移第北邙下[①]。于时人多地贵，济好马射，买地作埒，编钱匝地竟埒[②]。时人号曰金沟。

注释

①“王武子”句：王济，字武子，入为侍中，后出为河南尹，尚未到任，行过王官，鞭打了王府官吏，被免官，于是移居北郊山下。北邙（máng），山名，即邙山，在河南洛阳东北。

②埒（liè）：矮墙，这里指马埒，即跑马射箭的场所，四周用矮墙围着。

译文

王武子被处分，移居北邙山下。当时人多地贵，武子喜欢跑马射箭，就买地做跑马场，地价是用绳子穿着钱围着跑马场排一圈。当时的人把这里叫作金沟。

原文

石崇每与王敦入学戏，见颜、原象而叹曰[①]：“若与同升孔堂，去人何必有间[②]！”王曰：“不知馀人云何，子贡去卿差近[③]。”石正色云：“士当令身名俱泰，何至以瓮牖语人[④]！”

注释

①颜、原：颜指颜回，字子渊；原指原宪，字子思，两人都是孔子的弟子。

②有间（jiàn）：有距离；有差别。

③子贡：端木赐，字子贡，是孔子的弟子。

④泰：平安。瓮牖（yǒu）：用破瓮做窗户，比喻贫苦人家。据说原宪家就是这样的。石崇醒悟到不该以颜、原自比，所以正色而言。

译文

石崇常常和王敦进学校游览，看见颜回、原宪的画像就叹息说："如果和他们一起登上孔子的厅堂做弟子，那么和这些人又怎么会有差别呢！"王敦说："不知道孔门其徐弟子怎么样，我看子贡和你比较相像。"石崇神色严肃地说："读书人应当使生活舒适，名位安稳，我怎么拿贫苦人来和别人谈论呢！"

原文

彭城王有快牛，至爱惜之[①]。王太尉与射，赌得之。彭城王曰："君欲自乘，则不论；若欲啖者，当以二十肥者代之。既不废啖，又存所爱。"王遂杀啖。

注释

①彭城王：司马权，字子舆，是晋武帝的堂叔父，封为彭城王。

译文

彭城王有一头跑得很快的牛，他最吝惜这头牛。太尉王衍和他赌射箭，把牛赢了。彭城王说："如果您想要用来驾车，我就不说什么了；如果想杀来吃，我就要用二十头肥牛来换下它。这既不妨碍您吃，又能留下我所喜爱的牛。"王衍终于杀来吃了。

忿狷第三十一

原文

魏武有一妓，声最清高，而情性酷恶。欲杀则爱才，欲置则不堪[1]。于是选百人一时俱教。少时还有一人声及之，便杀恶性者[2]。

注释

①置：赦免。

②还：一本作“果”，似乎更好。

译文

魏武帝曹操有一名歌女，她的歌声特别清脆高亢，可是性情极其恶劣。曹操想杀了她，却又爱惜她的才能；想赦免她，却又难以忍受。于是就挑选了一百名歌女同时培养。不久，果有一名歌女的歌喉赶上了她，曹操便把那个性情恶劣的歌女杀了。

原文

王蓝田性急。尝食鸡子，以箸刺之，不得，便大怒，举以掷地。鸡子于地圆转未止，仍下地以屐齿蹍之，又不得[1]。瞋甚，复于地取内口中，啮破，即吐之[2]。王右军闻而大笑，曰：“使安期有此性，犹当无一豪可论，况蓝田邪[3]！”

注释

①屐(jī):木板鞋。底部前后有两块突出的木头,就是齿。
②内:同“纳”。
③豪:同“毫”。

译文

蓝田侯王述性情急躁。有一次吃鸡蛋,用筷子去戳鸡蛋,没有戳进去,就大发脾气,拿起鸡蛋扔到了地上。鸡蛋在地上转个不停,他就下地用木屐齿去踩,又没有踩破。他气极了,再从地上捡起来放进口里,咬破就吐了。右军将军王羲之听说了,大笑起来,说:“假使安期有这种性格,尚且没有一点可取,何况是蓝田呢!”

原文

王司州尝乘雪往王螭许[①]。司州言气少有牾逆于螭[②],便作色不夷[③]。司州觉恶[④],便舆床就之[⑤],持其臂曰:“汝讵复足与老兄计!”螭拨其手曰:“冷如鬼手臂,强来捉人臂!”

注释

①王螭:王恬,小名螭虎,是王胡之的堂弟。
②言气:说话和态度。牾(wū)逆:忤逆,触犯。
③不夷:不平和;不愉快。
④恶(wù):冒犯。
⑤舆床:举床。

译文

司州刺史王胡之有一次冒雪前去王螭府上。王胡之说话时的言谈、态度稍为冒犯了王螭，王螭便生气不高兴。王胡之觉得冒犯了他，就把坐床挪近王螭身边，拉着他的手臂说："你难道值得和老兄计较！"王螭拨开他的手说："冷得像鬼手一样，还硬要来拉人家的胳膊！"

原文

桓宣武与袁彦道樗蒲[1]。袁彦道齿不合，遂厉色掷去五木[2]。温太真云："见袁生迁怒，知颜子为贵[3]。"

注释

①樗蒲（chū pú）：古代一种赌博棋戏，以掷五木决胜负。

②"袁彦道"句：五木是棋戏用具，原先用木头做成，一套是五颗，故称五木，类似色子。

③"见袁生"句：颜子，指颜回，是孔子的弟子。孔子说过："有颜回者好学，不迁怒，不贰过"。袁彦道迁怒，就比不上颜回了。

译文

桓温和袁彦道赌博，袁彦道掷五木的采数不合心意，竟然板着脸把五木扔掉了。温太真说："看见袁生把怒气发泄到五木上，更知道颜子是可宝贵的。"

原文

谢无奕性粗强。以事不相得,自往数王蓝田,肆言极骂[①]。王正色面壁不敢动[②]。半日,谢去良久,转头问左右小吏曰:"去未?"答云:"已去。"然后复坐。时人叹其性急而能有所容。

注释

①肆言极骂:肆意攻击、极力谩骂。

②面壁:脸对着墙。

译文

谢无奕性情粗暴固执。因为一件事彼此不合,亲自前去数落蓝田侯王述,肆意攻击谩骂。王述表情严肃地转身对着墙,不敢动。过了半天,谢无奕已经走了很久,他才回过头问身旁的小官吏说:"走了没有?"小官吏回答说:"已经走了。"然后才转过身又坐回原处。当时的人赞赏他虽然性情急躁,可是能宽容别人。

原文

王令诣谢公,值习凿齿已在坐,当与并榻[①];王徙倚不坐,公引之与对榻[②]。去后,语胡儿曰:"子敬实自清立,但人为尔多矜咳,殊足损其自然。"[③]

注释

①习凿齿：字彦威，曾任桓温的主簿，后出为荥阳太守。

②徙倚：徘徊。王献之不肯和习凿齿并榻而坐，是因为自己出身士族，而习凿齿虽然世为乡间豪族，却是寒门。晋代看重门阀等级，士庶不肯同座。

③矜咳：徐震堮《世说新语校笺》说：咳，一本作硋，疑是。矜咳，傲慢、固执。

译文

中书令王子敬去拜访谢安，正遇上习凿齿已经在座，按礼法本应和习凿齿并排坐；子敬却来回走动，不肯落座，谢安拉着他坐在习凿齿的对面。客人走后，谢安对胡儿说："子敬确实是清高不随俗，不过人为地保持这样多的傲慢、固执，特别会损害自己的天然本性。"

原文

王大、王恭尝俱在何仆射坐，恭时为丹阳尹，大始拜荆州[①]。讫将乖之际，大劝恭酒，恭不为饮，大逼强之，转苦，便各以裙带绕手[②]。恭府近千人，悉呼入斋；大左右虽少，亦命前，意便欲相杀。何仆射无计，因起排坐二人之间，方得分散。所谓势利之交，古人羞之。

注释

①王大、王恭：两人是同族叔侄关系，但是感情上有裂痕，所以会做出下文所述之事。何仆射：何澄，字子玄，曾任尚书左仆射，为人清正。

②讫：通"迄"，到。

译文

王大和王恭曾经一起在左仆射何澄家做客,王恭当时任丹阳尹,王大刚受任荆州刺史。到他们快要闹别扭的时候,王大劝王恭喝酒,王恭不肯喝,王大就强迫他,越来越急迫,随即各自拿起裙带缠在手上。王恭府中有近千人,全都叫来何澄家中;王大的随从虽然少,也叫他们前来,双方的意思是想要打起来。何澄没有办法,就站起来插入两人中间坐着,才把两人分开。人们所说的依仗权势和财富的交往,古人认为是可耻的。

原文

桓南郡小儿时,与诸从兄弟各养鹅共斗。南郡鹅每不如,甚以为忿。乃夜往鹅栏间,取诸兄弟鹅悉杀之。既晓,家人咸以惊骇,云是变怪,以白车骑[①]。车骑曰:"无所致怪,当是南郡戏耳[②]!"问,果如之。

注释

①车骑:桓冲,桓玄的叔父,曾任车骑将军。

②"无所"句:桓冲不可能称自己的侄儿为南郡,这是记言疏忽。

译文

南郡公桓玄还是小孩时,和堂兄弟们各自养鹅来斗。桓玄因为鹅常常斗输了,就非常恼恨他们的鹅。于是就在夜间到鹅栏里。把堂兄弟的鹅全抓出来杀掉。天亮以后,家人全都被这事吓呆了,说这是妖物作怪,去告诉车骑将军桓冲。桓冲说:"没有可能引来怪异,定是桓玄开玩笑罢了!"追问起来,果然如此。

谗险第三十二

原文

王平子形甚散朗，内实劲侠[①]。

注释

①劲侠：原注引邓粲《晋纪》作“劲侠”，刚烈，心胸狭隘的意思。

译文

王澄外表非常洒脱，实际上内心刚强偏激。

原文

袁悦有口才，能短长说，亦有精理[①]。始作谢玄参军，颇被礼遇。后丁艰，服除还都，唯赍《战国策》而已。语人曰：“少年时读《论语》《老子》，又看《庄》《易》，此皆是病痛事，当何所益邪？天下要物，正有《战国策》。”既下，说司马孝文王，大见亲待，几乱机轴，俄而见诛[②]。

注释

①短长说：指战国时纵横游说之术。

②司马孝文王：《晋书》为司马文孝王，即司马道子。机轴：机，弩牙；轴，车轴。喻枢要之位。

译文

袁悦有口才，能游说，也精通玄学。开始任谢玄的参军，很受器重。后来遭父母丧，服完丧回到都城，只带着《战国策》而已。他对人说："年轻时读《论语》《老子》，又看《庄子》《易》，讲的都是些小事，有什么益处呢？天下最重要的东西，就是《战国策》。"到了都城后，游说司马道子，极得亲信，几乎乱了朝纲，不久便被处死了。

原文

孝武甚亲敬王国宝、王雅[1]。雅荐王珣于帝，帝欲见之。尝夜与国宝、雅相对，帝微有酒色，令唤珣。垂至，已闻卒传声。国宝自知才出珣下，恐倾夺要宠，因曰："王珣当今名流，陛下不宜有酒色见之，自可别诏也。"帝然其言，心以为忠，遂不见珣。

注释

①孝武：晋孝武帝司马昌明。

译文

孝武帝非常亲敬王国宝、王雅。王雅向孝武帝推荐了王珣，孝武帝想见见他。孝武帝夜里和王国宝、王雅相对而坐，孝武帝有点醉意，传令王珣来。王珣将到，已听到了外面的传呼声。王国宝自知才干在王珣之下，怕他夺去皇上对自己的宠信，便说："王珣是当今的名士，陛下不应带着醉意见他，可以另找时间召见。"孝武帝认为说得对，觉得王国宝忠于自己，便不再见王珣了。

原文

王绪数谗殷荆州于王国宝，殷甚患之，求术于王东亭①。曰："卿但数诣王绪，往辄屏人，因论它事。如此，则二王之好离矣。"殷从之。国宝见王绪问曰："比与仲堪屏人何所道？"绪云："故是常往来，无它所论。"国宝谓绪于己有隐，果情好日疏，谗言以息。

注释

①王绪：是王国宝的堂弟，会稽王司马道子的心腹，任从事中郎，会谄媚。殷荆州：殷仲堪。王东亭：王珣。

译文

王绪屡次向王国宝说殷仲堪的坏话，殷仲堪非常担心。求教于王珣。王王句说："你可以常去拜访王绪，去了就把其他人支开，说些无关紧要的事。这样，就离间了二王的关系。"殷仲堪照他说的去做了。王国宝见了王绪问："近来殷仲堪支开别人和你说了些什么？"王绪说："只是平常往来，没有说什么。"王国宝认为王绪对自己有所隐瞒，果然彼此日益疏远，王绪也不再说坏话了。

尤悔第三十三

原文

王导、温峤俱见明帝，帝问温前世所以得天下之由[①]。温未答。顷，王曰："温峤年少未谙，臣为陛下陈之。"王乃具叙宣王创业之始[②]，诛夷名族，宠树同己，及文王之末高贵乡公事[③]。明帝闻之，覆面著床曰："若如公言，祚安得长！"

注释

①前世：指西晋前辈事。

②宣王：指司马懿，曾受魏文帝曹丕重用，后来为了夺权，寻机把皇族曹爽和曹操的女婿、吏部尚书何晏杀掉，并杀太尉王凌等。还逮捕魏朝诸王公。这就是诛夷名族。与此同时，因太尉蒋济追随他杀曹爽等，便进封蒋济为都乡侯。这就是宠树同己。建立晋国时，追尊为宣王。

③高贵乡公事：文王司马昭继其兄司马师任魏大将军后，图谋代魏，杀魏帝高贵乡公曹髦，立曹奂为帝，并进爵为晋王，死后谥为文王。

译文

王导和温峤一起谒见晋明帝，明帝问温峤晋朝前代之所以取得天下的缘由。温峤没有回答。过了一会儿，王导说："温峤年轻，不熟悉这些事，我为陛下讲一讲吧。"王导于是就一一叙说晋宣王开创晋朝基业时，诛杀名门望族，宠幸培植同党，以及晋文王司马昭晚年杀高贵乡公曹髦的事。晋明帝听后，把脸贴在坐榻上，说："如果像您说的那样，晋室的皇位怎么能长久呢！"

原文

温公初受刘司空使劝进[①],母崔氏固驻之[②],峤绝裾而去[③]。迄于崇贵,乡品犹不过也[④]。每爵,皆发诏。

注释

①劝进:劝即帝位。

②固驻:坚决阻止。

③绝裾:扯断衣襟,表示去意坚决。裾,衣服的大襟或前后部分。

④乡品:乡里的品评。晋代推行九品官人法,政界根据乡里品评的高低来授予官职。不过:不能通过。温峤母亲在江北去世,温峤无法归葬,所以乡人对他评价不高,后来提升他为散骑侍郎时,朝中也因此意见不一,他不得不坚决辞让。后由于晋元帝诏令朝臣议定,这才接受任命。

译文

温峤当初受司空刘琨委派过江去劝说琅琊王司马睿即帝位,他母亲崔氏坚决阻止他,温峤扯断衣襟执意离开了。直到他显贵以后,乡里对他的评论还是不能通过。每当给他晋升官爵,皇帝都要发布诏书来说明。

原文

桓公卧语曰:"作此寂寂[①],将为文、景所笑[②]。"既而屈起坐曰:"既不能流芳后世[③],亦不足复遗臭万载邪!"

注释

①作：像。寂寂：冷落凄清的样子，比喻不能做一番事业，登上帝位。

②文、景：指晋文帝司马昭和晋景帝司马师。这两人都曾废旧主，立新君，为子孙篡位打下了基础。

③屈起：一下子坐起来。屈，同“崛”。

译文

桓温躺在床上说：“像这样寂寂无闻过一生，将会被文帝、景帝所耻笑。”接着，一下子坐起来说：“既然不能流芳百世，难道也不能遗臭万年吗！”

原文

魏文帝忌弟任城王骁壮，因在卞太后阁共围棋，并啖枣[①]。文帝以毒置诸枣蒂中，自选可食者而进。王弗悟，遂杂进之。既中毒，太后索水救之。帝预敕左右毁瓶罐，太后徒跣趋井，无以汲。须臾，遂卒。复欲害东阿[②]，太后曰：“汝已杀我任城，不得复杀我东阿。”

注释

①魏文帝：曹丕。

②东阿：曹植。

译文

魏文帝忌怕曹彰骁勇雄壮，便在卞太后的房中和曹彰下围棋，并吃枣。魏文帝把毒药下在枣蒂中，自己捡没毒的吃。曹彰不知道，有毒没毒的都吃了。

中毒之后,卞太后找水救他。魏文帝事先命令手下毁去了瓶罐,卞太后赤着脚赶到井旁,却无法打水。不一会儿,曹彰便死了。魏文帝又要害曹植,卞太后说:“你已经杀了我的任城王,不得再杀我的东阿王。”

原文

王浑后妻,琅琊颜氏女。王时为徐州刺史,交礼拜讫,王将答拜,观者咸曰:“王侯州将,新妇州民,恐无由答拜。”王乃止。武子以其父不答拜不成礼①,恐非夫妇,不为之拜,谓为颜妾。颜氏耻之,以其门贵,终不敢离。

注释

①武子:王济。不成礼:没有完成规定的礼节。

译文

王浑的后妻,是琅琊颜氏的女儿。王浑当时任徐州刺史,拜堂之后,王浑要答拜,旁观的人都说:“您是州官,新娘是州民,恐怕答拜不合适。”王浑便不答拜了。王济因父亲不答拜,等于不成礼,恐怕不是名正言顺的夫妻。便也不拜后母,称之为“颜妾”。颜女以此为耻辱,但因王家门第高贵,最终也不敢离婚。

原文

刘琨善能招延,而拙于抚御①。一日虽有数千人归投,其逃散而去亦复如此。所以卒无所建。

注释

①刘琨：刘琨在西晋永嘉元年出任并州刺史，并州当时发生饥荒，百姓流离，寇盗猖狂。刘琨转战至晋阳，那里已变成了废墟。

译文

刘琨善于招揽人士，而拙于抚慰驾御之术。每天虽有几千人投奔他，而逃散离他而去的也差不多有这个数。因此他最终无所建树。

原文

王平子始下①，丞相语大将军："不可复使羌人东行②。"平子面似羌。

注释

①王平子始下：王平子是王澄的字，西晋惠帝末年出任荆州刺史，东晋元帝召他为军谘祭酒，路过豫章，去探望堂兄弟王敦，被王敦杀害。

②羌人：羌族人。羌族是古代民族，住在西北一带。这里指王平子。

译文

王平子刚从荆州下建康，丞相王导告诉大将军王敦说："不可再让那个羌人到东边来。"因为王平子脸长得像羌人。

原文

陆平原河桥败[1],为卢志所谗[2],被诛[3]。临刑叹曰:"欲闻华亭鹤唳[4],可复得乎?"

注释

①河桥:古桥,故址在今河南孟州市西南、孟津东北黄河上。晋泰始十年(公元274年)杜预由于孟津渡险,始建浮桥于富平津上,世称河桥。它为洛阳外围重要戍地,攻者只有夺取此桥,才能逼近城郊。

②卢志:当时任成都王司马颖的长史,与陆机的弟弟陆云不和。

③陆机被诛一事,据《陆机别传》载,弟陆云平素与卢志趣舍不同,又孟玖向司马颖要官做,当时任左司马的陆云极力反对,构怨于孟玖,从此,卢、孟二人对陆机兄弟诽谤不断。河桥一仗大败后,孟玖诬陆机谋反,于是被杀。

④华亭鹤唳:此句比喻遇害人死前的感慨。追悔当初不该离开隐居生活投身宦海而招杀身之祸,再也听不到华亭鹤唳。华亭:地名,在今上海松江区西。

译文

陆平原在河桥一仗大败后,被卢志谗陷,被判死刑。临执刑时,陆平原感叹道:"想听一下华亭的鹤叫声,能够再办到吗?"

原文

王大将军起事①，丞相兄弟诣阙谢②，周侯深忧诸王③，始入，甚有忧色。丞相呼周侯曰："百口委卿④！"周直过不应⑤。既入，苦相存救。既释，周大说饮酒。及出，诸王故在门。周曰："今年杀诸贼奴，当取金印如斗大，系肘后。"大将军至石头⑥，问丞相曰："周侯可为三公不⑦？"丞相不答。又问："可为尚书令不⑧？"又不应。因云："如此，唯当杀之耳！"复默然。逮周侯被害⑨，丞相后知周侯救己，叹曰："我不杀周侯，周侯由我而死，幽冥中负此人⑩！"

注释

①起事：起事谋反。

②丞相：即王导，王敦的堂兄弟。阙：本指皇宫门前两边的楼，此指朝廷。

③深忧诸王：很是担忧王导等人的安危。王敦谋反后，有人主张杀尽王氏，周伯仁却在晋元帝面前力陈王导无罪，多方申救。

④百口委卿：全家百口人都拜托您了。

⑤周直过不应：周颉径直走过去，没回应王导的要求。

⑥大将军至石头：王敦带领叛兵攻进石头城。

⑦三公：历代说法不一。东汉以太尉、司徒、司空为三公，权势极大。自唐宋以后，已无实职，明清时只是最高荣誉头衔。

⑧尚书：官名。东汉时尚书协助皇帝处理政务。魏晋以后，尚书事务益繁。

⑨逮：及，等到。

⑩幽冥：阴间。

译文

大将军王敦起兵谋反，丞相王导及兄弟们，到朝中请罪，周顗很是担忧王导等人的安危，开始入朝时，脸上的忧色很重。丞相王导招呼周顗说："全家百口人的性命都拜托您了！"周顗径直走过去，没有回答。入朝后，苦苦搭救保全王家。王导等获准免罪后，周顗十分高兴，饮起酒来。出来后，看到王家人还在宫门外，周顗说："今年杀了那些乱臣贼子，将得到斗大的金印，捆在肘后。"大将军王敦带兵到石头城后，问王导说："周顗可以任三公吗？"王导不回答。又问："可以任尚书吗？"还是不回答。于是王敦说："如果是这样的话，只有杀了他啦。"王导又默默不答。等到周顗被杀后，丞相王导后来知道周顗曾经救过自己性命，悲叹说："我没有杀周侯，可是周侯却因我而死，到了阴间也对不起他！"

原文

王大将军于众坐中曰："诸周由来未有作三公者。"有人答曰："唯周侯邑五马领头而不克[①]。"大将军曰："我与周，洛下相遇，一面顿尽[②]。值世纷坛，遂至于此[③]！"因为流涕。

注释

①马：赌博用的筹码。按：此处以赌博为喻，指周侯将作三公而被杀害。故王敦有下面的话。

②顿尽：指立刻倾吐真心。

③"值世"句：据《晋书·周侯传》载，王敦说此话是在他杀了周侯之后，只是《晋书》所记与此略有不同。

译文

大将军王敦在大庭广众中说："周氏一族从来没有人做过三公。"有人回答说："只有周侯已经拿到五个筹码领头，却不能取胜。"王敦说："我和周侯在洛阳相会，初次见面，就能推心置腹。只是赶上世事乱纷纷，竟然落得这样的结局！”于是为他流下泪来。

原文

桓宣武对简文帝，不甚得语。废海西后[1]，宜自申叙[2]，乃豫撰数百语，陈废立之意。既见简文，简文便泣下数十行。宣武矜愧，不得一言。

注释

①废海西：公元371年，桓温把晋帝废为海西县公，立简文帝。

②申叙：指陈述事情。

译文

桓温回答简文帝的问话，说得不很尽意。废黜海西公后，他应当亲自申奏说明，便事先构思好几百句话，陈说废黜旧君、拥立新君的本意。见到简文帝后，简文帝就泪流不止。桓温既怜悯又羞愧，一句话也说不出来。

原文

谢太傅于东船行，小人引船，或迟或速，或停或待；又放船从横，撞人触岸，公初不呵谴。[1]。人谓公常无嗔喜。曾送兄征西葬还，日莫雨驶，小人皆醉，不可处分[2]。公乃于车中手取车柱撞驭人，声色甚厉[3]。夫以水性沉柔，入隘奔激，方之人情，固知迫隘之地，无得保其夷粹。

注释

①放船：纵船，指让船任意漂荡，不加牵引。

②征西：指谢奕，曾任安西将军、豫州刺史，卒于官，追赠镇西将军（并非征西）。雨驶：雨很急。

③车柱：疑是支撑车篷的柱子。

译文

太傅谢安在会稽坐船，纤夫拉着纤绳，有时慢，有时快，有时停下，有时等候；有时又不拉，由船任意飘荡，撞着别人的船，碰着河岸，谢安从不呵斥、责备。人们认为谢安常常不表示喜怒。有一次给他哥哥镇西将军谢奕送葬回来，正赶上天晚了，雨又急，赶车的驭手都喝醉了，掌握不住车子。谢安于是从车厢中拿下车柱来捅驭手，声色俱厉。按道理水的本性是很沉静、柔和的，可是一流入狭窄的地方就要奔腾激荡，拿人之常情来和水相比，自然会懂得人逢险境，就没有可能保持自己平和、纯洁的性格。

原文

简文见田稻，不识，问是何草，左右答是稻。简文还，三日不出，云："宁有赖其末，而不识其本①！"

注释

①"宁有"句：意指依靠谷米生活而不识其根本。末，指谷穗。本，指禾苗。简文帝因不识稻子而自责。

译文

简文帝看见田里的稻子，不认识，问是什么草，近侍回答是稻子。简文帝回到宫里，三天没有出门，说："哪里有依靠它的末梢活命，而不识其根本的呢！"

原文

桓车骑在上明畋猎，东信至，传淮上大捷。语左右云："群谢年少大破贼！"因发病薨。谈者以为此死贤于让扬之荆[1]。

注释

①让扬之荆：桓冲原为扬、豫二州刺史，后来因为谢安辅政，声望很高，就要求解除扬州职务离京。于是改授徐州刺史，后调荆州。按：桓冲既羞惭，又不能发愤图强，为国立功，所以谈者以为不如一死。

译文

车骑将军桓冲在上明打猎。东边的信使到了，送来淮上大捷的消息。桓冲对随从说："谢家年轻人大败贼寇！"于是就发病死了。舆论认为这样死胜过让出扬州刺史到荆州去。

原文

桓公初报破殷荆州[1]，曾讲《论语》，至"富与贵，是人之所欲，不以其道得之，不处[2]。"玄意色甚恶。

注释

①“桓公”句：晋安帝隆安二年（公元398年），江州刺史桓玄、荆州刺史殷仲堪起兵反晋室，第二年桓玄又攻占荆州，杀殷仲堪。

②“富与贵”句：出自《论语·里仁》。

译文

桓玄刚刚接到打败荆州刺史殷仲堪的报告时，正在讲解《论语》，讲到下面一句：“富有和尊贵，是人人都想得到的，如果不用正当的方法去得到它，君子是不能受用的。”桓玄听了，心情、脸色都很不好。

原文

庾公欲起周子南[①]，子南执辞愈固[②]。庾每诣周，庾从南门入，周从后门出。庾尝一往奄至[③]，周不及去，相对终日。庾从周索食，周出蔬食[④]，庾亦强饭极欢[⑤]，并语世故[⑥]，约相推引，同佐世之任[⑦]。既仕，至将军二千石[⑧]，而不称意。中宵慨然曰：“大丈夫乃为庾元规所卖！”一叹，遂发背而卒[⑨]。

注释

①起：起用。周子南：名邵，字子南，汝南（今属河南）人。他与南阳翟汤渡江后，共同隐居在寻阳庐山（今属江西省）。庾亮听说后，便亲自拜访，请他们出山做官。翟汤拒绝，周邵出仕，从此翟与周断交。

②执辞:持回绝态度。

③一往:一直,径往。奄:奄忽,突然。

④蔬食:粗食,以蔬菜为主的食品。

⑤强饭极欢:勉强吃饭,显出很高兴的样子。

⑥世故:世间的一切事故。

⑦佐世:辅助朝廷。佐,辅佐,辅助。

⑧石:重量单位,一百二十斤为一石。古代官员的薪水,除俸钱外,还有俸米。此代指郡守。汉制郡守俸禄是二千石。

⑨发背:发于背部。《史记·项羽本纪》:“(范增)行未至彭城,疽发背而死。”后指背疽,即背后生毒疮为发背。

译文

庾亮想起用周子南,子南以回绝态度对待,表现得很坚决。庾亮每次拜访周子南,他从南门进,周子南从后门出。有一回,庾亮突然到来,径直而入,周子南来不及躲避,两人相视整天。庾亮向周子南索取饭食,周子南端出粗食淡饭,庾亮也使劲吃了,显出十分高兴的样子,并开始谈论世上发生过的故事。庾亮说好要推荐他,表示共担佐世的重任。周子南当官后,当了个将军、郡守,心中不痛快,半夜中感慨道:“大丈夫竟致为庾亮所卖!”感叹一声,于是背后毒疮发作而死。

原文

阮思旷奉大法,敬信甚至[①]。大儿年未弱冠,忽被笃疾。儿既是偏所爱重,为之祈请三宝,昼夜不懈[②]。谓至诚有感者,必当蒙佑。而儿遂不济。于是结恨释氏,宿命都除[③]。

注释

①大法：指大乘佛法，是佛教的一派，泛指佛法。

②三宝：佛教称佛、法、僧为三宝。佛指创教者释迦牟尼（泛指一切佛），法即佛教教义，僧指继承和宣扬佛教教义的僧徒。

③宿命：佛教用语，指前世善恶决定今世命运。此言阮为事实所教训，完全摈弃了宿命论。

译文

阮思旷信奉佛教，虔诚、信奉到了顶点。大儿子尚未成年，忽然患了重病。这个儿子既是自己特别喜爱和看重的，就为他祈请三宝，昼夜坚持不懈。自认为信仰最虔诚能有所感应，必定得到保佑。可是这个儿子到底也没救过来。于是就怀恨佛教，把命定论全都抛弃了。

纰漏第三十四

原文

王敦初尚主①,如厕,见漆箱盛干枣,本以塞鼻,王谓厕上亦下果,食遂至尽。既还,婢擎金澡盘盛水,琉璃碗盛澡豆,因倒著水中而饮之,谓是干饭②。群婢莫不掩口而笑之。

注释

①尚主:娶公主为妻。

②澡豆:古代供洗涤用的粉剂,用豆末合药制成,用来洗手洗脸。

译文

王敦刚和公主结婚时,上厕所,看见漆箱里装着干枣,这本来是用来堵鼻子的,王敦以为厕所里也摆设果品,便吃起来,竟然吃光了。出来时,侍女端着装水的金澡盘和装澡豆的琉璃碗,王敦便把澡豆倒入水里喝了,以为是干粮。侍女们都捂着嘴笑话他。

原文

元皇初见贺司空,言及吴时事①,问:"孙皓烧锯截一贺头,是谁②?"司空未得言,元皇自忆曰:"是贺劭。"司空流涕曰:"臣父遭遇无道,创巨痛深,无以仰答明诏。"元皇愧惭,三日不出。

注释

①贺司空：贺循，字彦先，晋元帝任安东将军时，荐贺循任吴国内史。

②孙皓：三国时吴国最后一个君主，因中书令贺劭上书劝谏，便烧锯锯断贺劭的头。

译文

晋元帝头一次召见司空贺循，谈到吴国的事情，问道："孙皓烧红一把锯锯下一个姓贺的头颅，这个人是谁？"贺循不好说，元帝自己想起来，说："是贺劭。"贺循流着泪说："臣的父亲碰上无道昏君，臣的创痛深重，无法回答陛下英明的问话。"元帝很羞愧，三天也没有出门。

原文

蔡司徒渡江，见彭蜞①，大喜曰："蟹有八足，加以二螯②。"令烹之。既食，吐下委顿，方知非蟹。后向谢仁祖说此事，谢曰："卿读《尔雅》不熟，几为《劝学》死③！"

注释

①彭蜞：蟛蜞，螃蟹的一种，体小。

②"蟹有"句：出自蔡邕《劝学篇》，蔡邕是蔡谟的堂曾祖辈。

③《尔雅》：古代第一部分类解释词义的字书，《尔雅·释鱼》讲到蟛蜞。

译文

司徒蔡谟避乱渡江后见到蟛蜞，异常高兴地背诵："螃蟹有八只脚，加上两个夹钳。"叫人煮来吃。吃完以后，上吐下泻，精神疲困，这才知道不是螃蟹。后来他向谢仁祖说起这件事，谢仁祖说："你读《尔雅》读得不熟，几乎被《劝学》害死了！"

原文

任育长年少时，甚有令名①。武帝崩，选百二十挽郎，一时之秀彦，育长亦在其中②。王安丰选女婿，从挽郎搜其胜者，且择取四人，任犹在其中。童少时，神明可爱，时人谓育长影亦好。自过江，便失志③。王丞相请先度时贤共至石头迎之，犹作畴日相待，一见便觉有异。坐席竟，下饮，便问人云："此为茶，为茗？"觉有异色，乃自申明云："向问饮为热为冷耳④。"尝行从棺邸下度，流涕悲哀。王丞相闻之，曰："此是有情痴。"

注释

①任育长：任瞻，字育长，曾任仆射、都尉、天门太守。

②秀彦：德才杰出的人。

③失志：失去神志，头脑糊涂。

④"向问"句：冷和茗在晋代同韵，热和茶虽不同韵而主元音相近，所以任育长能改口。

译文

任育长年轻时，名声很好。晋武帝死后，要挑选一百二十人做挽郎，这些都是当时才德出众的人，任育长也在其中。安丰侯王戎要挑选女婿，从挽郎里面寻找超群的人，暂且挑出四个人，任育长仍然在其中。少年时代，他聪明可爱，当时的人认为他相貌也好。自从过江以后，就头脑糊涂了。过江时，丞相王导邀请先前渡江的贤达一同到石头城迎接他，还是像过去一样对待他，可是一见面便发现他有变化。安排好座席后，摆上茶来，任育长就问别人道："这是茶还是茗？"刚一问，发现别人表情有变化，自己就申明："刚才问茶是热的还是冷的罢了。”有一次，他从棺材铺前走过，流了泪，很悲痛。王导听说了，说道：“这是有情之痴。”

原文

谢虎子尝上屋熏鼠。胡儿既无由知父为此事，闻人道痴人有作此者，戏笑之，时道此，非复一过。太傅既了己之不知，因其言次，语胡儿曰：“世人以此谤中郎，亦言我共作此①。”胡儿懊热，一月日闭斋不出。太傅虚托引己之过，以相开悟，可谓德教②

注释

①中郎：指谢据。如果兄弟三人，第二个为中郎。谢安兄弟六人，谢安排行第三，谢据第二。

②德教：以德教人。

译文

谢虎子曾经上房熏老鼠。谢胡儿既无从知道父亲做过这件事，又听人说傻子会这样做，就嘲笑这种人，时常说起这种事，不只说过一遍。太傅谢安既然明白胡儿并不知道父亲做过这种事，趁他谈话中间，告诉胡儿说：“一般人拿这件事情来毁谤中郎，也说我一道这样做。”胡儿听了，悔恨焦躁，有一段时间关在书房里不出来。谢安假托援引自己的过错来开导他，使他醒悟过来，这可以说是德教。

原文

王大丧后，朝论或云国宝应作荆州[①]。国宝主簿夜函白事云："荆州事已行"[②]。国宝大喜，而夜开阁唤纲纪话势，虽不及作荆州，而意色甚恬[③]。晓遣参问，都无此事[④]。即唤主簿数之曰："卿何以误人事邪？"

注释

①王大：王忱，又称阿大，任荆州刺史，卒于官。会稽王司马道子想让王国宝代替，孝武帝却任用殷仲堪。

②白事：报告，是文书的一种。

③阁：大门旁边的小门。纲纪：主簿。

④参：检验。

译文

王大死后，朝廷议论有说王国宝应该出任荆州刺史。国宝的主簿有一天夜里封好一份报告送上来，说："荆州的事已经实现了。"王国宝非常高兴，当夜打开侧门叫主簿进来谈论情势问题，虽然没有说到出任荆州刺史的事，可是神情态度很安适。到天亮，派人去验证打探，完全没有这回事。王国宝立即叫主簿来并数落他，说："你怎么耽误人家的事情呢？"

惑溺第三十五

原文

魏甄后[①]惠而有色，先为袁熙[②]妻，甚获宠。曹公之屠邺也，令疾召甄，左右白："五官中郎已将去[③]。"公曰："今年破贼正为奴[④]。"

注释

①魏甄后：魏文帝曹丕的皇后甄氏，生子魏明帝，后被谗死。

②袁熙：袁绍次子，有勇力。袁氏兵败，袁绍与弟袁尚奔辽东投奔孙康，为康所杀。

③五官中郎：指曹丕。曹丕登位前曾任五官中郎将，主管宫廷保卫。将：带。

④"今年"句：曹操想得到甄氏，只因曹丕抢先一步，只好改口这样说。奴，相当于"她"。

译文

魏文帝的甄后既聪明又漂亮，原先是袁熙的妻子，很受宠爱。曹操攻破邺城后，下令立即传见甄氏，侍从禀告说："五官中郎将已经把她带走了。"曹操说："今年打败贼寇，正是为了她啊。"

原文

荀奉倩与妇至笃①，冬月妇病热，乃出中庭自取冷，还以身熨之。妇亡，奉倩后少时亦卒，以是获讥于世。奉倩曰："妇人德不足称，当以色为主。"裴令闻之，曰："此乃是兴到之事②，非盛德言。冀后人未昧此语。"

注释

①荀奉倩：荀粲，三国时魏国人，荀彧少子，好老庄，年二十九而死。其妻为骠骑将军曹洪之女，有美色。

②兴到：兴致所到。

译文

荀奉倩与妻子的感情非常深厚，冬天他妻子发烧，他就到院子里冻自己，再回屋用身体贴着妻子。妻子死后，荀奉倩不久也死了，因此受到世人的讥讽。荀奉倩曾经说："妇女的德行不足以称道，应当以姿色为主。"中书令裴楷听说后，说道："这不过是一时兴起而说的话，不是德行高尚的人该说的，希望后人不会被这句话迷惑啊。"

原文

贾公闾后妻郭氏酷妒①。有男儿名黎民，生载周②，充自外还，乳母抱儿在中庭，儿见充喜踊，充就乳母手中呜之③。郭遥望见，谓充爱乳母，即杀之。儿悲思啼泣，不饮它乳，遂死。郭后终无子。

注释

①郭氏：郭槐，郭配之女，晋惠帝贾后之母。

②载周：刚满周岁。

③呜：亲吻。

译文

贾充的后妻郭氏忌妒心非常强。她有一个儿子名叫黎民，才刚满周岁，贾充从外面回来，奶妈正抱着孩子在院子里玩，孩子看见贾充，高兴得直跳，贾充走过去在奶妈的手里亲了亲儿子。郭氏远远地望见了，以为贾充爱上了奶妈，立刻把她杀了。孩子想念奶妈，哭闹不止，不肯吃别人的奶，最终饿死了。郭氏后来始终没有再生儿子。

原文

孙秀降晋，晋武帝厚存宠之，妻以姨妹蒯氏，室家甚笃[①]。妻尝妒，乃骂秀为貉子[②]。秀大不平，遂不复入。蒯氏大自悔责，请救于帝。时大赦，群臣咸见。既出，帝独留秀，从容谓曰："天下旷荡，蒯夫人可得从其例不？"秀免冠而谢，遂为夫妇如初[③]。

注释

①孙秀：字彦才，三国时吴国人，曾任夏口都督，是王室的至亲。存：慰问，安抚。

②貉子：北方人轻视、辱骂南方人的口头语。

③免冠：脱下帽子。古人免冠是表示谢罪。

译文

孙秀投降了晋国,晋武帝深加安抚并宠爱他,把小姨子蒯氏嫁给他,夫妻间感情很深厚。蒯氏曾经因为忌妒,竟骂孙秀是貉子。孙秀非常不满,就不再进内室。蒯氏深为悔恨自责,请求武帝帮助。当时正大赦天下,群臣都受到召见。召见完毕,群臣已经离开,武帝单独把孙秀留下,和缓地对他说:"国家宽大为怀,实行大赦,蒯夫人是否可以援例得到宽恕呢?"孙秀脱帽谢罪,于是夫妻和好如初。

原文

韩寿美姿容①。贾充辟以为掾。充每聚会,贾女于青琐中看②,见寿,说之。恒怀存想,发于吟咏。后婢往寿家,具述如此,并言女光丽。寿闻之心动,遂请婢潜修音问,及期往宿。寿跻捷绝人③,逾墙而入,家中莫知。自是充觉女盛自拂拭④,说畅有异于常⑤。后会诸吏,闻寿有奇香之气,是外国所贡,一著人,则历月不歇。充计武帝唯赐己及陈骞。馀家无此香,疑寿与女通⑥,而垣墙重密,门閤急峻,何由得尔!乃托言有盗,令人修墙。使反曰:"其馀无异。唯东北角如有人迹,而墙高,非人所逾。"充乃取女左右婢考问,即以状对。充秘之,以女妻寿。

注释

①韩寿:字德真,官至散骑常侍、河南尹。

②青琐:镂刻成连环格并涂上青色的窗户。

③跻捷:指动作强劲迅速。

④拂拭:指梳妆打扮。

⑤说畅:欢悦舒畅。

⑥通：私通。

译文

韩寿姿容很美，贾充征召他来做属官。贾充每次会集宾客，他女儿都从窗格子中观看，见到韩寿，就喜欢上了，心里常常想念着，并且在吟咏诗文中表露了出来。后来她的婢女到韩寿家里去，把小姐的这些情况一一说了出来，并说贾女光艳美丽。韩寿听说后意动神摇，就托这个婢女暗中传递音信，约定日期到那里去过夜。韩寿行动矫捷迅速，身手不凡，他跳墙进去，贾家没有人知道。从此以后，贾充发觉女儿越发用心修饰打扮，喜悦欢畅的神情不同于平常。后来贾充会见下属，闻到韩寿身上有一股异香，这是外国送来的贡品，一旦沾到身上，几个月香气也不会消散。贾充思量着武帝只把这种香赏赐给自己和陈骞，其余人家没有这种香，就怀疑韩寿和女儿私通，但是家中围墙重叠严密，门户严紧，从哪里能够进来呢！于是借口有小偷，派人修理围墙。派去的人回来禀告说："其他地方没有什么两样，只有东北角好像有人跨过的痕迹，可是围墙很高，不是人能跳得过来的。"贾充就把女儿身边的婢女叫来审问，婢女随即把情况说了出来。贾充对此严守秘密，把女儿嫁给了韩寿。

原文

王安丰妇常卿安丰①。安丰曰："妇人卿婿，于礼为不敬，后勿复尔。"妇曰："亲卿爱卿，是以卿卿②；我不卿卿，谁当卿卿！"遂恒听之。

注释

①卿安丰：称安丰为卿。"卿"用于君称臣、上称下、夫称妻，表示尊敬和亲昵。但按俗礼，下辈不能称长辈、妻不能称夫为"卿"。

②卿卿：称你为卿。前一个"卿"是动词。

译文

安丰侯王戎的妻子常常称王戎为卿。王戎说:"妻子称丈夫为卿,在礼节上不够敬重,以后不要再这样称呼了。"妻子说:"我亲卿爱卿,因此才称卿为卿;我不称卿为卿,谁该称卿为卿呢!"于是王戎就任凭她这样称呼了。

原文

王丞相有幸妾姓雷①,颇预政事,纳货②。蔡公谓之"雷尚书③"。

注释

①幸妾:受宠爱的妾。

②纳货:接受贿赂。

③尚书:官名,掌管文书奏章,协助皇帝处理政务。蔡谟称其为"雷尚书",是讥讽王导放任爱妾揽权干政。

仇隙第三十六

原文

孙秀既恨石崇不与绿珠①,又憾潘岳昔遇之不以礼。后秀为中书令,岳省内见之,因唤曰:"孙令,忆畴昔周旋不?"秀曰:"中心藏之,何日忘之②!"岳于是始知必不免。后收石崇、欧阳坚石③,同日收岳。石先送市,亦不相知。潘后至,石谓潘曰:"安仁,卿亦复尔邪?"潘曰:"可谓'白首同所归'。"潘《金谷集》诗云:"投分寄石友,白首同所归④。"乃成其谶⑤。

注释

①绿珠:石崇的歌妓,貌美,善吹笛。孙秀曾派人向石崇索取绿珠,石崇不肯给。

②"中心藏之"二句:引自《诗经·小雅·隰桑》,孙秀用此表示心中不忘过去受辱之仇。中心,心中。

③欧阳坚石:欧阳建,字坚石,石崇的外甥,世为大族,有才藻,擅时名,因受石崇牵连而被杀。

④"投分"二句:大意是,寄语志同道合的朋友,白头以后一道归去。投分,志趣相合。石友,比喻像金石一样坚贞的朋友。

⑤谶:预言吉凶的话。

译文

孙秀既怨恨石崇不肯把绿珠送给他，又不满潘岳从前对他不以礼相待。后来孙秀做了中书令，潘岳在中书省遇到他，就叫住他说："孙令，还记得我们过去交往的情景吗？"孙秀说："中心藏之，何日忘之！"潘岳于是知道自己一定不能免祸了。后来孙秀逮捕了石崇、欧阳坚石，同一天又逮捕了潘岳。石崇先被押到刑场，不知道还有潘岳。潘岳后被押到，石崇对他说："安仁，你也是这个结果吗？"潘岳说："可以说是'白首同所归'了。"潘岳在《金谷集》中的诗写道："投分寄石友，白首同所归。"竟然成了谶语。

原文

刘玙兄弟少时为王恺所憎，尝召二人宿，欲默除之。令作坑，坑毕，垂加害矣①。石崇素与玙、琨善，闻就恺宿，知当有变，便夜往诣恺，问二刘所在。恺卒迫不得讳②，答云："在后斋中眠。"石便径入，自牵出，同车而去，语曰："少年何以轻就人宿！"

注释

①垂：将要。

②卒迫：同"猝迫"，仓促急迫。讳：隐讳，隐瞒。

译文

刘玙兄弟年轻时被王恺憎恨，王恺曾经请他们兄弟到家里过夜，想暗中除掉他们。就命令人挖坑，坑挖好了，就要杀害了。石崇向来和刘玙、刘琨友善，听说两人到王恺家过夜，知道会有意外，就连夜去拜访王恺，问刘玙、刘琨二人在什么地方。王恺仓促间没法隐瞒，只得回答说："在后面的屋子里睡觉。"石崇就径直进去，亲自把他们拉出来，一同坐车走了，并且对他们说："年轻人怎么可以随便到别人家过夜！”

原文

王大将军执司马愍王[①]，夜遣世将载王于车而杀之[②]。当时不尽知也。虽愍王家亦未之皆悉，而无忌兄弟皆稚。王胡之与无忌，长甚相昵。胡之尝共游，无忌入告母，请为馔。母流涕曰：“王敦昔肆酷汝父[③]，假手世将。吾所以积年不告汝者，王氏门强，汝兄弟尚幼，不欲使此声著，盖以避祸耳。”无忌惊号，抽刃而出，胡之去已远。

注释

①司马愍王：司马丞，字元敬，袭父爵封谯王，曾任湘州刺史，死后谥为愍王。

②世将：王世将，是王敦的堂兄弟，追随王敦叛乱，王敦曾任命他为平南将军、荆州刺史。

③肆酷：肆意残害。

译文

大将军王敦捉住了愍王司马丞，夜里派王世将把他装到车里杀死了，当时人们不完全知道事情的真相。即使是愍王家里的人也不全了解内幕，而当时司马丞的儿子司马无忌兄弟又都很年幼。王胡之和无忌两人，长大以后非常要好。有一次，王胡之和无忌一起游玩，无忌回家告诉母亲，请她准备饭食。母亲流着泪说：“王敦从前肆意残害你父亲，借王世将的手把他杀了。我多年来没有告诉你们，是因为王氏家族势力强大，你们兄弟还年幼，我不想把这件事张扬出去，是为了避祸而已。”无忌听了十分震惊，号啕痛哭，拔刀就往外跑，可是王胡之已经走远了。

原文

应镇南作荆州。王脩载、谯王子无忌同至新亭与别①。坐上宾甚多，不悟二人俱到。有一客道："谯王丞致祸，非大将军意，正是平南所为耳。"无忌因夺直兵参军刀②，便欲斫。脩载走投，舸上人接取③，得免。

注释

①王脩载：字耆之，应是王世将的儿子。

②直兵参军：值班的参军。

③接取：从水中救起。

译文

镇南大将军应詹出任荆州刺史时，王脩载和谯王司马丞的儿子司马无忌同时到新亭给他饯行。座上宾客很多，不知道这两人都来了。有一位客人说："谯王司马丞遭受祸端，并非大将军的意思，只是平南将军干的罢了。"无忌于是夺过值班参军的刀，就要杀王脩载。脩载逃跑，跳入水中，船上的人把他救起，才得以免死。

原文

王右军素轻蓝田。蓝田晚节论誉转重，右军尤不平。蓝田于会稽丁艰，停山阴治丧。右军代为郡，屡言出吊，连日不果。后诣门自通，主人既哭，不前而去，以陵辱之①。于是彼此嫌隙大构。后蓝田临扬州②，右军尚在郡，初得消息，遣一参军诣朝廷，求分会稽为越州③。使人受意失旨，大为时贤所笑。蓝田密令从事数其郡诸不法④，以先有隙，令自为其宜。右军遂称疾去郡，以愤慨致终。

注释

①陵辱：凌辱；侮辱。

②临：监临，治理。

③求分会稽为越州：会稽郡属扬州，王羲之不愿在王述管辖之下，所以请求把会稽从扬州分出并升格为州。

④数：一一列举。

译文

右军将军王羲之向来看不起蓝田侯王述。王述晚年的声望越来越高，王羲之尤其不满。王述在任会稽内史时遭遇母丧，留在山阴办理丧事。王羲之代理会稽内史，他屡次说要前去吊唁，可是一连多天也没有去。后来他亲自登门通知前来吊唁，等到主人哭起来，他又不进去就走了，以此来侮辱王述。从此双方深结仇怨。后来王述出任扬州刺史，王羲之仍然管理会稽郡，刚得到王述受命的消息，王羲之就派一名参军到朝廷去，请求把会稽从扬州划分出来，成立越州。使者接受任务时未能领悟意旨，结果深被当时的名流所讥笑。王述暗中派从事去检察列举会稽郡各种不法行为，因为两人先前有嫌隙，王述就叫王羲之自己找个合适的办法处理。王羲之于是称病辞去郡守之职，继而因愤慨送了命。

原文

王东亭与孝伯语，后渐异[①]。孝伯谓东亭曰："卿便不可复测[②]！"。答曰："王陵廷争，陈平从默[③]，但问克终云何耳[④]。"

注释

①渐异：意见逐渐不同。王孝伯因为中书令王国宝专擅朝政，想杀国宝，而东亭侯王珣以为时机未到，极力劝止。后来王珣又劝王国宝辞职，以缓和矛盾。这里所谓后渐异，疑指此。

②不可复测：不可推测捉摸。

③"王陵"二句：汉惠帝死，吕后想封诸吕为王，问右丞相王陵，王陵认为不可，再问左丞相陈平，陈平认为可以。

④克终：结果，末了。

译文

东亭侯王珣和王孝伯两人谈话时，逐渐有了分歧。王孝伯对王珣说："你实在不可捉摸！"王珣回答说："王陵在朝廷上与吕后力争，陈平却顺从不语，这都不足为据，只要看最终的结果就可以了。"

原文

王孝伯死，县其首于大桁[①]。司马太傅命驾出至标所，孰视首[②]，曰："卿何故趣欲杀我邪[③]？"

注释

①"王孝伯"句：晋安帝时，太傅司马道子专权，引王愉、司马尚之为腹心。县(xuán)，悬挂。大桁，即朱雀桥，横跨于秦淮河上。

②标所：立柱子悬首示众的地方。

③趣(cù)：通"促"，急促。

译文

王孝伯死后，把他的头挂在朱雀桥上示众。太傅司马道子坐车到示众的地方，仔细地看着王孝伯的头，说道："你为什么急着要杀我呢？"

原文

桓玄将篡，桓脩欲因玄在脩母许袭之①。庾夫人云："汝等近，过我馀年，我养之，不忍见行此事。"

注释

①"桓玄"句：桓玄和桓脩是堂兄弟，桓脩年幼时常受到桓玄的欺侮，所以怀恨在心。

译文

桓玄将要篡夺帝位，桓脩想趁桓玄在桓脩母亲那里时袭击他。桓脩母亲庾夫人说："你们是近亲，等过了我的晚年再说吧，我养大了他，不忍心看到你做这种事。"